VdN

Mihail Sadoveanu

DER GOLDENE ZWEIG

Historischer Roman

Verlag der Nation
Berlin

Originaltitel: Creanga de aur
Aus dem Rumänischen von Erika Scharf
Mit einem Nachwort von Eva Behring

ISBN 3-373-00189-7

1. Auflage 1989
Verlag der Nation Berlin 1989
Lizenz-Nr. 400/53/89
LSV 7251
Lektor: Christiane Rothärmel
Technischer Redakteur: Hanne-Lore Martens
Typograph: Kerstin Vorwerk
Einband: Klaus Herrmann
Gesamtherstellung: Karl-Marx-Werk, Graphischer Großbetrieb,
Pößneck V15/30
Best.-Nr. 696 794 6
00850

I. Kapitel

Es handelt von unseren fernen Vorfahren; das Fortdauern des alten Magiers aus grauen Zeiten ist keineswegs ein bloßes Hirngespinst

Im August des Jahres 1926 rüstete unser Professor seine Expedition mit denselben Leuten und Tieren wie in den vorhergegangenen Jahren aus.

Wir setzten unsere Studien fort, entschlossen, ihm zuliebe aufs neue seine Einfälle und Schrullen zu ertragen.

Herr Stamatin – so nannten wir ihn, da er bedeutend älter war als wir – ähnelte mit seinem schütteren Bärtchen und der frühzeitigen Glatze einem schmächtigen Küster, der die Dinge, die er von ganz nahe aufmerksam durch seine Brillengläser prüft, in ihre Bestandteile zerlegt und wieder zusammensetzt. Es war erstaunlich, auf was für komische Zerstreuungen er manchmal verfiel.

Er war ziemlich überspannt, wie die Gebirgsbewohner, die uns begleiteten, zu sagen pflegten.

«Der ist nicht von dieser Welt», hörte ich einen von ihnen flüstern, wobei er seinen Nachbarn mit dem Ellbogen anstieß.

Seltsam für einen solchen Gelehrten dünkten mich auch die lyrischen Schwärmereien, denen er sich von Zeit zu Zeit während der Rast hingab. Bei solchen Gelegenheiten war es seine Gewohnheit, bis zu zwei Gläser Wein auszuschlürfen, nachdem er zuerst andächtig ein paar Tropfen für die Verstorbenen versprengt hatte.

Er war jedenfalls ein interessanter Mann, und ihm verdanken wir die nachstehende Geschichte. Ihn hier zu erwähnen ist mir eine fromme Pflicht. Es war ihm bestimmt, in einer Schlucht jener Einöden umzukommen, im Jahre

1930 während einer andern Expedition, an der ich nicht mehr teilgenommen habe.

Damals, im August 1926, schienen uns Berg und Tann, nachdem wir Obîrșii verlassen hatten, vollkommen vereinsamt. Von manchen hohen Bergwiesen blickten wir auf den Olt, von andern wieder auf den Muresch hinab. Dann aber schien es uns, als hätte sich unser Gesicht und Gehör gänzlich von den Tiefen gelöst; wir sahen nichts mehr als den Himmel und hörten nur noch das Rauschen des Hochwalds.

Bis dorthin, wohin wir vordrangen, gelangten weder Hirten noch Herden, denn allzu fern lagen die menschlichen Behausungen.

Unser Mentor machte sich ein Vergnügen daraus, uns tief ins «unbekannte Land» zu führen.

So stiegen wir auf und ab gen Căliman, mal zu Pferde, mal zu Fuß, wobei wir von den Felsen für die Sammlung des Professors Gesteinssplitter losschlugen.

Eines Nachmittags rasteten wir vor einer Kalksteinhöhle, deren Eingang unter Farnblättern und Latschen verborgen lag.

Nachdem er uns im Kreis um sich versammelt hatte, begann Herr Stamatin zu erzählen: «Ich kann mir denken, Freunde, daß ihr nie und nirgendwo Orte gesehen habt, die in ihrer düsteren Majestät so schön wären wie diese, die sich seit jener Zeit erhalten haben, als sie nach geologischen Umwälzungen in dieser neuen Form erstarrten. Im April balzt hier im Geäst der Urogalus, der schwarze Auerhahn mit den achtzehn Federn im Schwanzfächer. Im Morgengrauen werdet ihr das Röhren des Cervus carpaticus hören. Und wenn ihr wollt, kann ich euch am Abhang einer Schlucht auch jenes Dickicht zeigen, aus dem ich einen Bison Bonasus mit seinen Gefährtinnen treten sah, von dem es heißt, daß er in unseren Wäldern ausgestorben wäre. Doch wißt, dem ist nicht so; in dieser Einsamkeit dauern noch andere Bilder aus ferner Vergangenheit fort. Rückt näher ans Feuer, holt flink euren Mundvorrat hervor und bereitet den Tee, damit ihr dann Zeit habt, euch umzuschauen und den geheimnisvollen Stimmen zu lauschen, die mich ohne Unterlaß rufen. Ich ahne, daß ich hier meine Lebensbahn beenden werde. Meine Gebeine sollen wohl mit jenen irgendwelcher Vorfahren vereint werden. Sooft ich in dieses unberührte Gebiet eindringe, erfaßt mich ein urweltlicher Schauer. Macht euch nicht lustig und urteilt nicht falsch über mich, wenn ihr vernehmt, wie ich etwas rufe und beschwöre, was für euch längst verloren, für mich aber immer noch lebendig ist.»

Wir baten ihn, uns mehr davon zu erzählen, und er hub an:

«Ihr habt wohl geglaubt», er lächelte, «daß ich ein einfacher Gesteinssammler wäre. Das stimmt, ich habe mir aus dieser Beschäftigung einen Beruf gemacht; doch während ich ihn ausübte, kam ich auf Umwegen zu einem andern Ziel. Gewohnt, die Erdkruste zu erforschen, Schlüsse zu ziehen, ein Zeitalter vor abertausend Jahren auf Grund weniger verstreuter Knochen zu rekonstruieren, habe ich gelernt, mir derartige Fragen auch bei der Untersuchung anderer Spuren zu stellen. Ich weiß nicht, wozu sich die Folkloreforscher mühen, die in ihren Sammlungen Tausende von Makulaturblättern zusammentragen. Ich hatte nie den Eindruck, daß sie auf diese Weise etwas aus dem Strandgut des Zeitenmeeres geborgen hätten. Meine Methoden aber haben mich schon früh, als ich noch so jung war wie ihr, veranlaßt, nach dem Wesen der Steinzeitfunde, der Bräuche und Mythen der Karpatenzone zu forschen. Dabei bin ich zu natürlichen Schlußfolgerungen gekommen, die manchen dennoch überraschend erscheinen mögen. Ich habe diese lebendigen Gebilde der alten Religion dieses Bodens schätzen und lieben gelernt, weil ich darin das Denken und die Seele unserer Vorfahren fand. Die neue Religion, die erst zehn Jahrhunderte zählt, hat die Mächte der Vergangenheit nur zum Teil und oberflächlich verdrängen können. Das Volk übt immer noch den alten Glauben. Deshalb darf es euch nicht verwundern, wenn ich den strengen

Schatten des alten Heidenpriesters, der einst unter der Wölbung einer solchen Höhle gehaust hat, beschwöre. Euch mag er als ein Hirngespinst erscheinen, für mich ist er Wirklichkeit. Sein Geist lebt in mir, wie er in so vielen aufeinanderfolgenden Geschlechtern fortgelebt hat. Ich fühle und sehe daher sein Wesen in dieser Gottesgegend. Gewiß kann ein so geheimnisvolles Wesen nur den Gläubigen und den Dichtern erscheinen. Ihr mögt mich immerhin zu dieser minderen Gattung zählen; es ist der Augenblick, da ich glaube und sehe.

Es geschah gen Ende März, um die Zeit der Tagundnachtgleiche, in einem längst vergangenen Frühling, da ich zum ersten Mal mit diesem ehrwürdigen Magier und gewandten Sterndeuter in Berührung kam. Damals bin ich den verborgenen Berg, den meine Zeitgenossen nicht kennen, hinaufgestiegen. Durch Regen und Schneegestöber gelangte ich zu seiner Behausung an einen Ort, wo unter dem Stein drei lebendige Quellen hervorspringen, die sich wie die Schlangen seiner unsterblichen Weisheit winden und in einer andern Sprache als jener wandelbaren der Menschen seinen Namen murmeln. Hört, was ich dort gesehen habe: Die erkaltete Asche lag noch im verlassenen Herd; aus der Tiefe keckerte das Ziesel. Ich trat ein und fand ihn bleich und stolz in seinem Felsensitz. Mit der Rechten hielt er den elfenbeinernen Stab. Moos wucherte zwischen seinen Locken und auf seiner Brust; bis zur Erde reichte sein Bart und seine Wimpern bis auf die Brust; flatternd jagten ihm zu Häupten einander im Kreis

> Mit matten Schwingen ein Rabe weiß,
> ein Rabe schwarz …

Unter der Bürde dieses Sinnbildes der Tage und Nächte saß er blind, doch hinter der Wölbung seiner Stirne blinkten die goldenen Ziffern weiter und verzeichneten geheimnisvoll die Zeitläufte.»

Der Professor hielt einen Augenblick inne und betrachtete uns spöttisch durch die scharfen Brillengläser, dann fuhr er fort: «Auf meine Frage gab mir der Greis die treffendsten Antworten, indem er, ohne daß ich begriff wie, Gottes bleibende Werke in Bewegung setzte.

Ich muß es euch sagen – denn das habe ich am Ende meines verschlungenen Weges entdeckt –, ich muß es euch sagen, daß meine Vorfahren zur Zeit Burebistas und auch früher schon, um es so auszudrücken, mit unbefangenem Herzen vor den Wundern gestanden sind. Deshalb verkehrten die Weisen jener Zeit anders mit der Gottheit als eure Zivilisation. Da, wo ihr die Vernunft zu Rate zieht und mit Hilfe von Syllogismen und Hypothesen die Wahrheit zu ergründen versucht, da stand dem Weisen von einst der Weg offen, es war ihm gegeben, unmittelbar die Offenbarung zu empfangen und mühelos zum Kern der Dinge vorzudringen. Die Erscheinungen der Welt und der Natur stellte der Magier durch Sinnbilder dar; er gab ihnen also einen ewigen Schlüssel. Nach der gleichen Methode, mit Hilfe des Symbols, wurde die abstrakteste Wahrheit faßbar; ein trokkener Satz bewegte sich in Bildern; so wurde das Unbekannte gezähmt, die unbeseelten Gebilde und die sittlichen Werte dichterisch verklärt; die Metaphysik erschien als ein Reigen von Göttinnen.

Wißt, Freunde, von jenem alten Magier, der in dieser Gegend gehaust hat, stammen die Märchen, mit denen unsere Mütter uns an Winterabenden ergötzten. Sie enthalten ewige Wahrheiten. Das wußten weder wir noch sie; wir waren Kinder allesamt und freuten uns an ihrem Edelsteingefunkel.

Dieser Magier zeichnete zur Zeit der dakischen Könige die geistigen Offenbarungen mit den heiligen Schriftzeichen auf nach einer antiken Überlieferung aus Memphis. Die Hieroglyphen enthielten, wie ihr wißt, ein Prinzip der Allgemeinverständlichkeit der Begriffe, wodurch sie die Eingeweihten in einer stummen Sprache vereinten. Euer heutiges Alphabet wie auch die gemeine Sprache stehen mehr im Dienste der Instinkte.

Auf meine Frage erhielt ich Antworten, die mich zu einer Erkenntnis geführt haben, von der sich die Menschheit von heute entfernt hat; denn der unablässige Fortschritt der Intelligenz und der Vernunft hat jene Fähigkeiten geschwächt, die den Menschen enger mit den Naturgewalten verbanden. Ahnungen, Instikt und das, was ihr heute Unterbewußtsein nennt, haben auch wir einmal in einer gesteigerten Form besessen – wie unsere Anverwandten, die Tiere. Die Magie und die Wunder der Telepathie gehörten in jenen Zeiten zum alltäglichen Brauch. Diese feinen und unmittelbaren Kenntnisse müssen auf dem Wege der experimentellen Wissenschaft neu erworben werden.

Der Greis hat mir den Sinn der Mythen, der Überlieferungen, der Zaubersprüche, das innerste Leben unseres Volkes, das sich so sehr von jenem der städtischen Zivilisation unterscheidet, erschlossen. Dieses Geschlecht lebt noch in der Vergangenheit; alle seine Kinder, die in die Hochschule eintreten, überspringen die Zeitläufte, lösen sich von ihm, entwurzeln und sterben ab.

Ich las dies in den Darstellungen des alten Magiers, indes zu seinen Füßen sich die Schlange Uroboros mit dem Schwanz zum Maule ringelte und mir das Symbol der Ewigkeit und der Zyklen wies.

Der Geist des Magiers ist nicht nur in der vorgeschichtlichen Zivilisation unserer Landsleute lebendige Wirklichkeit. Ihr könnt ihn auch in eurer modernen Welt finden, worüber ihr euch nicht allzu sehr verwundern dürft: Die letzte Schicht ist dünn und bröckelig. Der Kalender der neuen Welt stammt noch von dem Sterndeuter und Magier von einst.

Die Sternbilder der Monate, die Jahreszeiten, die Wochen und die Tagesbenennungen hat mein Höhlenmagier aus dem Buche der Natur gelesen in einer Zeit, als der Mensch noch ein anderes Zahlensystem besaß, und sie sind verzeichnet geblieben im Gewebe der Geheimschriften, die zu entziffern ihr euch nicht mehr die Mühe nehmt. Unsere getischen und hellenischen Urväter, meine Herren, haben von den Ägyptern und Babyloniern die zwölf Sinnbilder und die sieben Symbole, die Mondviertel und die Sternbilder übernommen und alles, was nötig ist, um die Ewigkeit und den vergänglichen Augenblick zu deuten.

Von ihnen stammen die Namen der Wochentage. Die religiöse Nomenklatur der Griechen ist nur eine Übertragung der uralten ägyptischen Bezeichnungen.

Die sieben Planeten, die Himmel und Erde wie auch die Geschicke der Sterblichen beherrschen, waren ursprünglich in Memphis aufgezeichnet und benannt worden: Luna, Merkur, Venus, Sonne, Mars, Jupiter, Saturn.

Da der Tag in vier Viertel aufgeteilt war, wurde jede Tageszeit einem dieser Planeten jeweils in ihrer Grundfolge geweiht. Sucht also nach dem ersten, dem Mond geweihten Viertel, ebenso den vierten Planeten, und ihr werdet die Wochentage finden.

Seht euch die Aufstellung an, die ich euch mit einem Manganstückchen auf diesen glatten Kalkfelsen zeichne:

Mond	Merkur	Venus	Sonne;
Mars	Jupiter	Saturn	Mond;
Merkur	Venus	Sonne	Mars;
Jupiter	Saturn	Mond	Merkur,
Venus	Sonne	Mars	Jupiter;
Saturn	Mond	Merkur	Venus;
Sonne	Mars	Jupiter	Saturn.

Diese zahlenmäßigen Beziehungen schließen auch andere Geheimnisse ein, die zu entziffern mir nicht gelungen ist, oder, falls ich sie enträtselt habe, halte ich es nicht für nötig, sie euch mitzuteilen. Wichtig ist, daß ihr begreift, daß die Zeitrechnung meines Bergmagiers über eure Flugzeuge und Rundfunkgeräte regiert.»

Während wir das Gehörte überdachten und warteten, daß sich auf einer Fichte der Tetrao urogalus zeige, betrachteten wir vom Höhleneingang aus die Gestirne.

«Am nächsten Tag mußte die Sonne ihren Jahreslauf neu beginnen. Am 23. März, unter dem Zeichen des Widders, fängt der Tag zu wachsen an. Die Sonne, die Gottheit des Lichtes, macht einen Sprung wie der Bock in Großvaters Herde, sie schlägt und überwindet die Finsternis; die Eisschollen splittern, der Wildbach schwillt, die Grasspitze geht auf, fein wie das Horn des Neumondes.

Wenn es nicht so dunkel wäre, könnte mein Magier jetzt lächeln; denn auch er kannte dieses Phänomen, das Ergebnis einer der vielen Erdbewegungen, die man das Gefolge der Tagundnachtgleiche nennt. Die Erdachse bewegt sich nicht stets in der gleichen Richtung, sondern vollzieht durch ihren Nordpol eine Art Kreiselspirale dem himmlischen Pole zu. Die Sonne kehrt also nicht alle Jahre auf den gleichen Punkt zurück. Genau an der Stelle, wo sie sich heuer am 23. März gezeigt hat, wird sie infolge der äquinoktialen Bewegungen erst nach 25868 Jahren wieder stehen.

Zu jener Zeit, zur Zeit des Alten nämlich, begann die Sonne ihre Bahn tatsächlich im Zeichen des Widders. Heute zeigt sie sich eigentlich im Zeichen der Fische; aber euer Kalender ist immer noch in seiner alten Aufstellung geblieben, denn die neue Welt hat den Schlüssel der geheimen Zeichen verloren.

In den Überlieferungen von Memphis findet man auch eure heutigen Feste. Auch damals feierten die Menschen schmausend die Verkündigung der neuen Sonne, die Freude der Hirten und Bauern der Vergangenheit, am gleichen 25. März. Und auf den gleichen Apriltag fiel in unseren Gefilden das Fest des Pflügers; denn Georgis bedeutet in der hellenischen Sprache ‹Feldarbeiter›, und der Feldarbeiter bezwingt mit Hilfe des Sonnenspeeres des Winters Drachen und die Erdstarre. Mehr noch: In den gleichen unbeständigen und herkömmlichen Zyklen feierte man damals wie auch heute die Auferstehung Mithras' oder Osiris', nachdem der Gott-Mensch drei Tage im Grabesdunkel der Höhle gelegen war. Das war die Freude über die Wiederkehr der Frühlingssonne, die sich kundtat in Blattknospen und Blüten, in den Gaben aus Lämmern und roten Eiern. Meine Eltern, die im Kirchhof von Hangu ruhen, haben nie gewußt, daß dieses Ei die verjüngte Sonne und die Unvergänglichkeit des Lebens darstellt, doch sie haben getreulich den Brauch der Geschlechter wiederholt. Wenn die Sonne im Grabe der drei Wintermonde liegt, kleiden sich die Menschen von heute wie jene von einst in weiße Gewänder, trauern durch Fasten und stellen bis zur Auferstehung ihre Hochzeiten ein. Danach aber freuen sie sich wahrhaftig, denn Jesus ist die Sonne ihres Herzens. In diesem Herzen aber schlummern die alten Bräuche nach Geboten, die zu kennen dem Volke nicht nötig war.

Die alten Bräuche sind mir, vereint mit dem neuen Glauben des verbrüderten Herzens, noch viel teurer; denn sie beschwören das Bild der Mutter, die mir die aus jener Zeit überlieferten Märchen und Zauberformeln zuraunte.

Ich habe mich also», schloß Herr Stamatin mit leiser und ein wenig erschöpfter Stimme, «vor dem alten Magier verneigt und ihm meine Ehrfurcht bezeigt, weil ich in ihm meine Ahnen erblickte; und ich dachte mir, daß diese dichterische Fiktion, die ich euch vorgeführt habe, Gegenstand einer Erzählung bilden könnte, die um vieles wahrer wäre als die Verknüpfungen von allerlei Begebenheiten, die ihr in eurer gewohnten Lektüre findet. Jene sind in der Tat Erfindungen, um so inhaltloser, je mehr sie vorgeben, genaue Forschungen zu vertreten, während mein Ahnen eine Wahrheit ist, die nicht mit mir vergehen wird.»

Den ganzen langen Vortrag hindurch schien mir die Haltung der Menschen aus dem Gebirge, die uns begleiteten, besonders interessant.

Sie lauschten mit gespannter Aufmerksamkeit, ohne freilich etwas zu verstehen; doch waren sie von der poetischen Stimme des Professors so beeindruckt, daß den meisten von ihnen Tränen in den Augen standen.

Herr Stamatin hatte seine «Aufstellung» mit den herkömmlichen Zeichen notiert, wie man sie noch in Kalendern und Weissagebüchern findet; unsere Gebirgsleute verweilten lange neben dem Kalkfelsen und betrachteten sie voller Staunen und Ehrfurcht. Während sie sich auf diesem dunklen Weg unbewußt von der Vergangenheit durchdringen ließen, las ich die Wahrheiten Herrn Stamatins aus den Nebelschwaden, die von den Hängen zu den schräg von der Sonne beleuchteten Gipfeln emporwallten, in den versteinerten Mirakeln der Ödnis und im Spiel der Wellen und Wasserfälle, die dort in Ewigkeit das Lob des Herrn singen.

Nachdem sich die Zeit und die Weissagung unseres Professors erfüllt hatte und er auf so dramatische Weise mit seinen Vorfahren vereint wurde, fand man unter seinen Schriften ein Manuskript, das an mich adressiert war und aus dessen verworrenen Mäandern ich die folgende Geschichte entnehme. Trotz aller Absonderlichkeiten, die Herr Stamatin hineingewebt hat, ist auch diese Geschichte eine Liebesgeschichte.

II. Kapitel

In der alten dakischen Welt
waren die seelischen Kräfte rein und unverbraucht,
und unter ihrem Zeichen stand Kaesarion Breb

Die Zeitrechnung stand in ihrem fünften Zyklus nach dem seligen Zalmoxes, wenn man den Zyklus nach der Zahl der Tage eines Jahres rechnet, nämlich 365. Und in diesem fünften Zyklus zählten die Altgläubigen in den Karpaten nunmehr das einhundertzwanzigste Jahr. In den fernen Tälern, wo die Quellen und Wildbäche des Hochgebirges sich zu Flüssen und Seen vereinen, die Menschen sich in festen Niederlassungen Häuser aus roh behauenen Stämmen errichten, hatte die Welt sich einem neuen Glauben zugewandt und zählte das Jahr 780 nach Christus, dem Erlöser.

In dem verborgenen Berge, der unbekannt bleiben wird bis ans Ende der Zeiten, stand der Erzpriester des alten Glaubens am Eingang seiner Höhle und blickte hinaus auf den Frühlingsglanz. In dem eingekerbten Winkel, den die Sonnenaufgänge streiften, hatte das Licht bereits das Zeichen der Mitte der Tage und Nächte überschritten. Die Sonne erstieg die Himmelsleiter im ersten Sternbild, und aus den Tiefen der Schluchten hörte man das Donnern des Eisgangs. Über dem Hochgebirge lag noch ein zager Winter mit Schneespuren unter den Tannen. Am Rande der Bergwiesen begannen die großen Auerhähne ihre Hennen zu locken. Von den Talwegen her drang das Brüllen der Rinder bis zur Höhle herauf. Schneefinken und Distelfinken, die über Winter in der Höhle Unterschlupf gesucht hatten, waren ins Birkengeäst oberhalb der drei Quellen gesiedelt, wo sie mit dünnen Stimmen den Lobgesang des Frühlings anhuben und ihre Perläuglein im Lichte glitzern ließen.

Nun, nachdem sich am Nachthimmel der märzliche Vollmond gezeigt hatte, stellten die beiden Jünger vor dem Altar die drei vorgeschriebenen Wachsfackeln auf, denn mit dem Ende dieser Woche kam auch das Ende ihrer Fastenzeit, und nach drei Tagen voller Trauer, Schweigen und Geheimnis folgte eine neue Auferstehung des Herrn aller Zeiten.

Das wunderkräftige Wasser der drei Quellen wurde mittels einer schmalen Rinne in den in einem Felsloch befindlichen Keller gelenkt. Um ihn für das Gebet vorzubereiten, halfen die Jünger dem Greis, die Treppen niederzusteigen und dreimal im Wasser unterzutauchen. Sodann hüllten sie ihn in Sackleinen und in einen zottigen Mantel. Sie kämmten ihm den Bart und flochten ihm die Mähne. Dann bekleideten sie ihn mit dem weißen Gewand und der hohen Mönchskappe. Sie knieten nieder, um den Segen zu empfangen, und zogen sich, wie es das Ritual erheischte, wortlos zurück. Nachdem sie in das Licht des Nachmittags hinausgetreten waren, sammelten sie trockene Zweige und Tannennadeln, schichteten sie geschickt inmitten der Bergwiese und holten Glut vom inneren Herde, wo seit dem Anbeginn der Zeiten ein nie verlöschendes Feuer gehütet wurde.

Zu dieser Rauchsäule, die in der reglosen Luft aufrecht zum Himmel strebte, stiegen auf Bergpfaden aus den Tälern jene wenigen Mönche des Zalmoxes, denen die Freude vergönnt war, sich vor den strengen Augen des Alten aus der Höhle zu verneigen. Auch sie waren unter ihren grauen Wollmänteln in weiße Gewänder, das Zeichen des Ordens, gekleidet. An den Füßen trugen sie lederne Bundschuhe. Um ihre unbedeckten Häupter wallten lange Locken, braune Bärte säumten ihre Wangen. Ihre Augen hatten die Farbe des Himmels und der Gewässer, denn sie stammten aus alten einheimischen Geschlechtern.

Nach dem Spruch der Weisen aus alten Zeiten sind die Menschen dieser Gegend Künder ihrer Erde und ihres Himmels. Ihr Körper ist aus jener bestimmten Nahrung gefügt und gewachsen, die sie auf den Saatfeldern, in den Wäldern und Obstgärten sowie in den Bergen finden. Ihr Gemüt und ihre Seele ist mild wie das üppige Land, in das sie der Herrgott am Anbeginn der Zeiten gestellt hat, doch zugleich auch wandelbar und stürmisch, unbeständig und listig wie das Wasser, wie die Winde, wie ihr ganzer launenvoller Himmelsraum, in dem sich Gluthitze und Frostkälte tummeln.

Die jungen Mönche stiegen also hinauf zur Höhle mit traurigen Gesichtern, so wie es die Regel ihres Ordens an jenem Tag erheischte, da der Gott des Lichtes im Grabe lag, doch aus ihren Augen leuchtete bereits die Vorfreude der nahen Auferstehung. In jenen Karsten und auf jenen Wiesen kannten die wilden Tiere der Wälder keine Scheu. Die Eichkätzchen folgten ihnen, von Ast zu Ast hüpfend, und äugten ihnen verwundert nach. Über ihren Grasbüscheln in fernen Winkeln witterten Rehe mit schwarzen Nüstern. Der Weg dorthin, in den dichten Tann, war finster. Doch hier, wo sie gingen, war es hell. Haselhühner wiegten sich auf federnden Ästen. Große Spechte gaben die Kunde nach oben weiter, als hätten sie dafür eigens Weisung erhalten, sie pochten gegen die knorrigen Stämme, zählten sodann die neun Mönche und pochten wieder; neunmal mit kurzen Schlägen. Die Wildtauben lachten seltsam froh des Lichtes oder verwundert über die fremden Erscheinungen hier im Reiche der Stille. Leichtgeflügelte und unbekümmerte Geschöpfe, die sie waren, hatten sie sowohl den Abgrund des Eissturmes im Januar als auch den blauen Frostfels des Februars vergessen. Sie freuten sich des Lichtes und meinten, es sie für alle Ewigkeit zurückgekehrt.

Auch wir gleichen diesen Wildtauben, sann im stillen Kaesarion, der hohe, geschmeidige Mönch, der den Zug anführte. Wohl wissen wir, daß alles vergänglich ist, so wie der Tod, der uns betrübt, und die Auferstehung, die uns bald beglücken wird, es uns lehren; dennoch gleichen wir dem Wild und dem Wald.

Während dieser Gedankenspanne vernahm der Mönch

aus dem fernen Talgrund, wo sie Rast gehalten hatten, die Jubelschreie der Diener, die mit den Pferden in der Nähe des Feuers bei den Hütten geblieben waren. Wahrhaftig, wenn jene, die sich an dem Quell der Weisheit gelabt haben, nicht die täuschenden Vorspiegelungen des vergänglichen Fleisches zu bezähmen vermögen, wie sollten da ihre törichten Diener, die mit viel Tugend, aber wenig Kenntnis ausgestattet sind, anders tun? Sie jauchzen um die Wette mit den Vögeln und Wassern, sie staunen über die Krokusblüten, als hätten sie noch keine gesehen, und entsetzen sich vor den Wölfen, die im Waldesdickicht schleichen, und vor den Nebelgespenstern, die am Rande der Geröllhalden und der reglosen Tümpel lauern.

Als sie im Abendrot oben angelangt waren, machten sie halt und versammelten sich, Bart an Bart, um ein wenig zu verschnaufen. In der Ferne sah man die Wogen der Wälder. Einige standen noch im Lichte, andere duckten sich in den Schatten der Bergkämme. So weit das Auge rings all die Wälder und Höhen umfaßte, herrschte Einsamkeit, denn das Betreten des heiligen Berges war bis auf drei Tagreisen Nähe verboten. Die Hirten aus allen Himmelsrichtungen hatten zum Zeichen Geweihe an uralte Stämme genagelt und überschritten mit ihren Herden nie jene Grenze. Den Ort, wo der greise Seher hauste, durften nur wenige seiner Jünger kennen und aufsuchen; und wenn diese Jünger wieder hinabstiegen in die Welt der Menschen, war ihrer Zunge jeder Name und jede Erklärung verwehrt; nur Gott mit seinen Sternaugen konnte den geheimnisvollen Berg sehen und mit seiner Donnerstimme zu ihm sprechen. Hatten die Jünger ihn einmal verlassen, so mußten sie sich so verhalten, als hätten sie nie etwas gesehen, nie etwas gehört und nie ein Wort gesprochen. Sie mußten den Anblick, die Zeichen und die Stimmen jenes geheimnisvollen Ortes mitnehmen an jenes andere Ufer, von wo sie nicht mehr in die Welt der Sterblichen zurückkehren konnten.

Nur von Zeit zu Zeit, alle fünf, manchmal auch nur alle

sieben Jahre, erging die Kunde an die Dörfer, an die Hirten und an alle Geschlechter, daß sich der Seher den Menschen zeigen werde. Niemand wußte, wie und von wo ihn seine Jünger ins Tal brachten an einen Ort, der La Prelunci genannt wurde, nicht weit von zwei Quellen der großen Wasser. Dort auf dem Anger eines sanften Hanges, auf dem sich das Volk von überall versammelte, zeigte sich der Greis des verborgenen Berges und segnete die Sterblichen und ihre Gaben, die sie am Altare niedergelegt hatten. Diese großen Versammlungen pflegten nur an einem bestimmten Tag des Jahres stattzufinden, wenn die Sonne ihre höchste Höhe erreicht hat, in der zweiten Junihälfte, im Sternbild des Krebses. Um die Mittagsstunde jenes Tages beginnt die Sonne wie auch das Sternbild den Abstieg. Nachdem er das Volk gesegnet, den einen Rat für Feld und Vieh gegeben, anderen schreckhafte Träume gedeutet, andere wieder von schweren Gebresten geheilt hatte, zog sich der Greis um die Stunde des Sonnenuntergangs zurück, und die Versammelten blieben an ihren Lagerfeuern sitzen, sprachen voll Erstaunen über ihn, priesen ihn und schmausten. Das einfache Volk liebte es sehr, seinen Priester zu sehen und sich hinterher an Speis und Trank zu erfreuen. Die Geschlechter dieser Welt sind ehrfürchtig, doch finden sie auch Gefallen an allerlei Vergnügungen; wohl lauschten sie andächtig den heiligen Lehren des Bergpriesters, vergaßen sie aber recht bald.

Die Mönche des Zalmoxes hatten die Tannenwand erreicht, die sie wie eine Säulenhalle durchquerten, und betraten die Waldwiese, wo das Feuer, gespeist mit Reisig und Tannennadeln, knisternd Funken warf. Jung, bartlos, das Haar über der Stirne und hinter den Ohren kurz geschnitten, erhoben sich die Jünger eilig von ihren Stämmen und verneigten sich grüßend, wobei sie die Hände über der Brust kreuzten, ein Zeichen ihres Ordens. Sie waren munter wie die Eichkätzchen; zwar versuchten sie die Freude, endlich Menschen im Reich der Wildnis und der Einsamkeit zu sehen, zu verbergen, doch es mißlang ihnen. Kaesarion Breb näherte seine Stirne den ihren und umarmte sie, wie es auch seine Gefährten taten. Ohne ein Wort zu sprechen, ließen sie sich auf den Tannenstämmen nieder. Die Jünger fachten das Feuer an. Ab und zu wandten sie den Gästen Blicke zu, in denen Tränen der Freundschaft blinkten.

Sie schlichen sich in die Höhle, als wollten sie Kunde geben. Doch der Greis wußte zweifellos, daß seine Mönche gekommen waren. Die beiden Jünglinge blieben schüchtern stehen, da sie ihn in Gedanken versunken in seinem Sessel fanden, harrend, daß die Stunde sich verkünde aus dem Himmel oder aus dem Herzen des Berges oder aus der Ewigkeit, mit einem Klang, den nur er vernehmen konnte. Auf dem glatten Altarstein lagen die geheimnisvollen Zeichen des Lebens und des Todes. Die drei Wachsfackeln brannten still.

Die Jünger hätten gern auf ein Zeichen gewartet, doch wußten sie, daß der Greis ihnen keines geben würde. Sie hätten sich auch gern zurückgezogen, um die Gäste zu rufen, doch sie wagten es nicht. Sie knieten an dem ihnen bestimmten Platze nieder, da fühlten sie um die Schläfen einen Schauer; der Berg gab Kunde. Der Donner der Kupferplatte, die der hölzerne Hammer getroffen hatte, brach aus der Höhle über die Lichtung wie ein Regen feiner Klänge. Die Mönche erhoben sich vom Feuer und betraten den geheiligten Ort. Eilig umringten sie den Sessel und beugten die Knie. Die jungen Schüler senkten die Stirne und schlossen die Augen. Der Seher schrieb jedem über das gesenkte Haupt die vier Punkte, die die Unendlichkeit des Raumes, die unaufhörliche Wiedergeburt des Lebens, Opfer und Trost versinnbildlichen. Es war das alte Zeichen der Eingeweihten, mit dem um die gleiche Stunde unten in der fernen Ebene, dort, wo sich die Wasser besänftigen, die Priester des neuen Christenglaubens das Volk segneten und die Auferstehung verkündeten. Die geheime Zeremonie, die die Mönche unter dem Gebot und unter den Blikken des Bergpriesters vollzogen, durfte nicht über den

Abendschatten der Höhle hinaus zur Kenntnis der Menschen gelangen, auch heute ist es niemandem gestattet, sie zu offenbaren. Sie muß im Reiche der Vergangenheit bleiben, eingeschlossen wie ein Schatz im Herzen der Granitfelsen.

III. Kapitel

Kaesarion vernimmt die Ratschläge und Zaubersprüche des greisen Dezeneus

Später versammelten sie sich in einem andern in den Fels gemeißelten Höhlenraum, durch dessen runde Lichtluke man am klaren Himmel den Mond in seinem dritten Viertel sehen konnte: durchsichtige Wolken glitten von Zeit zu Zeit über seinen Goldglanz und schwammen dann südwärts, ein Zeichen, daß vom Meer der Mitte der warme Wind über den Boden Dakiens gezogen kam, um den letzten Schnee zu schmelzen und an den Ufern der Wasser, die silbersprühend über steinerne Schwellen sprangen, die Frühlingsblumen zu befreien. Auf den Wiesen hüpften längst schon die Lämmer, und auf den Donauinseln schlüpfte die erste Brut der Wildgänse aus dem Ei. In den Gerstenfeldern der Bauern konnte sich bereits die Lerche verstecken.

Leise rauschte der Wind in den Tannen. Auf silbernen Schüsseln brachten die Jünger die kargen Speisen des mönchischen Mahles, das ihnen ihr Orden vorschrieb. Den gekochten Pflanzen und Wurzeln fügten sie nur wenige Tropfen Bucheichelöl hinzu. Ebenso den frischen Feigwurzblättern, die sie auf sonnigen Hängen gepflückt hatten. Das auf heißen Steinen gebackene ungesäuerte Brot wurde aus jenem Mehl zubereitet, das Rechtgläubige aus der Ferne gebracht und in den Tälern an einem bestimmten Ort niedergelegt hatten, dem Eremiten als Gabe zugedacht. Die obere Kammer barg außerdem noch in Rindenkörben getrocknete Pilze, Wildäpfel und Haselnüsse, saure Heidelbeeren und bitteren Holunder. Diese Gottesdiener, die einer geistlichen Ordnung geweiht waren, durften weder Fleischgerichte noch berauschende Getränke genießen. Wahrhaftig, den köstlichsten Teil ihres Abendmahles bildete ein erlesener Genuß, der weder gekaut noch geschlürft wird und der den gewöhnlichen Sterblichen nicht bekannt ist. Denn die Worte und Gedanken, die der Allmächtige zum Geheimnis bestimmt hat, sind für jene, die sie nicht gewohnt sind, ein gefährliches Gift.

Breb kannte seinen Lehrer seit langer Zeit und betrachtete ihn heute besorgt, denn er sah, daß ein Gram an ihm nagte. Er zeigte in dieser Nacht nicht jene Freude, die er sonst bei der Begegnung mit seinen Jüngern offenbarte. Er blieb streng und schien immer wieder in sich selbst zurückzukehren.

«Vater», sagte Breb und neigte ihm seine Stirn zu, «trotz der wenig erfreulichen Nachrichten, die du von Zeit zu Zeit durch unseren Mund über die Menschen der Ebene erfährst, geziemt es sich dennoch, daß du uns dein Lächeln zeigst, auf daß wir nicht von Trauer bedrückt an unsere Stätten zurückkehren.»

«Mein Sohn», erwiderte der Greis, «auch mich erfüllt Freude. Die Kunde, die ihr mir bringt, kann mich nicht betrüben, denn alles, was geschieht, ist der Wille des Allerhöchsten, dem wir dienen. Lange schon habt ihr mir von dem neuen Glauben berichtet, dem sich die Völker zuwenden; doch unter ihren neuen Worten finde ich die gleichen alten Zeichen wieder, denn Gott der Herr hat tausend Namen und tausend Formen. Vielleicht braucht das Auge der Sterblichen etwas Neues, und ihre Seele begehrt ein neues Farbenspiel; der Auserwählte aber muß mit seiner ganzen Geisteskraft der höchsten Weisheit zugewandt an seinem Platze ausharren. Er, dem wir dienen, ist einzig und aus sich selbst geboren, und aus diesem Einen ist alles hervorgegangen, und Er ist in allem, und Er steht über allem. Keiner der Sterblichen hat Ihn je gesehen, es sei denn in Wind und Wogen und im Lichtstrahl, der den Tod bezwingt und das Saatkorn weckt. Die gewöhnlichen Sterblichen bedürfen der zugänglichsten Form, damit sie sich fürchten und einander nicht zerfleischen wie die wilden Tiere. Doch für uns kann das Ewige nicht wanken.»

«Mein Vater», antwortete Kaesarion, «ich weiß, daß wir nur die Wahrheit sprechen dürfen. Ich muß also gestehen, daß ich deinen Gram den Dingen zugeschrieben habe, die in der Welt vor sich gehen. In den Tälern unserer Flüsse und gegen die Donauebene müssen unsere Priester Kirchen eröffnen.»

«O mein Sohn, wisse, daß ich mich dem nicht widersetze. Die Liebe zu unseren unwissenden Brüdern muß sich mit allem versöhnen, was ihrer Seele frommen kann. Mögen sie den Namen Jesu aussprechen, wenn sie dadurch besser werden. Unsere Überlieferung heißt uns nur dann zu ihnen niedersteigen, wenn sie uns rufen. Wir können hier bleiben bis ans Ende unserer Zeit; unseren Priestern aber, von denen man für die gleiche Handlung andere Worte verlangt, raten wir, sie mögen der Obrigkeit gehorchen. Sie dienen dem gleichen Gott. Wisset ferner, was tausend Jahre das Leben und die Seele der Völker bestimmt hat, wird noch ein weiteres Jahrtausend gelten. Denn ein Glaube, der neu scheint, ändert weder die Angst noch die Hoffnung, weder das Leben noch den Tod. Soweit ich es erkenne, kommt diese Macht aus Byzanz. Dort haben sich ruhmreiche Kaiser erhoben, die die Barbarenhorden geschlagen und unterworfen und den neuen Ordnungen einen Weg gebahnt haben. Ich möchte wissen, ob ihre Völker glücklicher sind und ob die Priester des neuen Glaubens die Weisheit um ein Körnchen bereichert haben. Das ist es, was du für Gram hältst; doch ich sage dir, daß es eine Freude meiner Seele ist.»

«O mein hochweiser Vater, so sag mir, ob auch ich mich freuen darf.»

«Wahrlich, mein Sohn», entschied der Greis, «deine Stunde ist gekommen.»

Bei diesen Worten wandten die übrigen Mönche ihre vom Lächeln erhellten Gesichter dem Gefährten zu. Kaesarion ergriff die dürre Hand des Asketen und küßte sie. Da erhob sich diese Hand zu seiner Schläfe, um ihm die Stirne zu streicheln.

Der Greis wandte den Kopf nach den Jüngern. Diese verneigten sich und zogen sich zurück.

«Vernimm, du mein geliebter Sohn», fuhr der Erzpriester fort, «daß du dich auf einen langen Weg vorbereiten mußt. Unter all deinen Brüdern, die hier zugegen sind, Kinder meines Herzens, habe ich dich am würdigsten befunden, geopfert zu werden. Dein Leib ist kräftig und geschmeidig, du kannst die Härten des gemeinen Lebens besser ertragen; auch habe ich deinen Scharfsinn erkannt, denn es ist dir allmählich gelungen, dich den Wahrheiten zu nähern. Du hast gelernt, dich zu beherrschen, und dich daran gewöhnt, deinen Geist stets wach zu halten. Du hast begonnen, ziemlich leicht Menschen und Dinge zu deuten. Du bist im Begriff, auch deine geheimen Kräfte zu entfalten: doch eine so gefährliche Weisheit kann man nur dort erlangen, wo der unerschöpfliche Brunnen steht, durch den man in die Unterwelt niedersteigen kann. Dort bin auch ich nach dem Vorbild all meiner Vorgänger gewesen, als ich noch jung war. Damals habe ich die Augen meines Erzpriesters zugedrückt und mich an seine Stelle gesetzt unter dem gleichen Namen – als XXXII. Dezeneus. Gott in seiner Güte wird es gestatten, daß du der XXXIII. seiest, sobald die Asche meiner Gebeine in der ihr bestimmten Nische zur Ruhe kehrt. Du mußt daher, mein Sohn, eine lange Reise nach Ägypten antreten. Und nachdem du den Nil kennengelernt hast, der dort der Vater und Ernährer des Landes und der Menschen ist, wirst du über die Bauwerke der einstigen Kaiser staunen. Etliche jener Kaiser wirst du auch sehen, eingewickelt in die Geschichte ihres Lebens schlafen ihre Leiber in den Grüften, indes die Seelen am jenseitigen Gestade, das Amenthes heißt, der Auferstehung harren. Du wirst vor den Tempelsäulen stehenbleiben, und ihre Zeichen und deine Augen werden Zwiesprache halten über die Menschen von einst und ihre Taten. Du wirst die großen Pyramiden schauen, auf denen die Zeitläufte und die göttlichen Zeichen aufgeschrieben sind. Voll Verwunderung wirst du neben dem riesigen steinernen Löwen mit dem Weiberhaupte stehen, der vor der Grenze der Libyschen Wüste wacht, und um sein Geheimnis zu erkunden, wirst du zu den Wassern des Nils hinabsteigen und an die Pforte jenes Tempels klopfen, den ich dir nennen werde und an den auch ich geklopft habe, als ich so alt war wie du. Du wirst das Wort aussprechen und die Zeichen machen, die ich dich lehren werde, und wenn du dann vor dem Hohenpriester jener Stätte kniest, wirst du ihm meinen Ring zeigen. Sprich wenig und beantworte seine Fragen in hellenischer Sprache. Und so wirst du eintreten in deine letzte und vollkommenste Lehre, während du sieben Jahre im Tempel weilen wirst. Ich hoffe, daß du lebendig hervorgehst, gestärkt von jenen Kräften, die du jetzt noch nicht kennst.»

«Hochweiser Vater», murmelte Breb, «seit langem schon ersehnte ich diese seligen Jahre.»

«Es sind gefahrvolle Jahre, mein Sohn. Vielleicht habe ich mich geirrt. Von dort kehren nur Menschen ohne Makel wieder. Doch meine Seele frohlockt, denn sie ahnt heute schon deine Heimkunft. Sei rein und geschmeidig wie die Quelle und ebenso beharrlich. Durchbrich den Fels der Materie und mach dich frei für das Göttliche. Uns ist nur gestattet, in Liebe und Gerechtigkeit dem Geiste zu dienen; Lippen, Ohren und Augen dürfen nicht mehr den Lüsten des Fleisches frönen. Wenn du deine Lehrzeit nach sieben Jahren vollendet hast, wirst du stärker ans Meeresufer zurückkehren, als du bei deiner Ankunft gewesen. Mit den Augen deines Leibes oder mit den Augen deiner Seele wirst du in der Ferne diese Berge sehen, in denen du geboren wurdest und in denen deine Eltern ruhen, und Sehnsucht nach ihnen wird dich erfassen. Doch du wirst in Byzanz an Land gehen und so meinen zweiten Befehl ausführen. Gerüstet mit jener Erkenntnis, die du durch das Geschaute und die Geheimnisse erworben hast, erkühne dich, in jener Welt Einlaß zu finden, sowohl bei den Bedrückten als auch am Hofe der Mächtigen, damit du die Ordnung des griechischen Kaiserreiches kennenlernst und die wahre Beschaffenheit des Christenglaubens, von dem es heißt, daß er wie eine zweite Sonne über der neuen Zeit aufgeht. Ich will wissen, welches sein Geheimnis und ob es ein neues Geheimnis sei. Ich will wissen, welches Heil und welche Macht er den Kaisern bringt. Damit dieses neue Opfer deiner Seele von Nutzen sei, säume nicht, deinen Mitmenschen Liebe und Weisheit zu spenden. Wann immer und wo immer du eine gute Tat vollbringst, dienst du Gott. Je tiefer du in ihr Getümmel eindringst, desto gründlicher wirst du jene Welt erkennen. Bevor ich zu meinen Ahnen gehe, will ich die Tugenden und die Fehler der Menschen kennenlernen, damit wir nicht fehl handeln an den Völkern, die zu leiten Gott der Herr uns aufgetragen hat.»

«Ich werde deine Befehle genau ausführen, mein Vater», antwortete Breb gerührt.

«So ist es recht; handle immer in der Freude des Geistes und nicht in jener des Fleisches. Deine anderen Brüder werden also ins Tal hinabsteigen und meine Gebote mitnehmen; du aber bleibst bei mir, denn ich habe dir noch andere Weisungen zu geben. Wir werden, nachdem die Wiesen abgeblüht sind, allein in der höchsten Hütte weilen, unter den Adlern, um Gott und unserem eigenen Geiste nahe zu sein; jetzt aber, bei diesem brüderlichen Abendmahle, erteile ich dir die letzten Ratschläge für die Vorbereitungen und die Reise nach Ägypten. Du wirst die Freundlichkeit haben, aus dem Schatze der Herren dieser Welt so viele Goldstücke zu empfangen, wie du benötigst. Sobald ich dich umarmt und dich entlassen haben werde, säume nur so lange im Tal, bis du einen ergebenen Mann mit starkem Arm aus dem Volk der Dakier gefunden hast. Wenn du dir diesen zum Gefährten gemacht hast, so ziehe über den Berg und wähle den besten Weg, der dich zur Donau und von dort weiter nach Calatis führt. Du wirst durch Gegenden kommen, in denen die hunnischen Barbaren gehaust haben. Jetzt sind die Einheimischen wieder dorthin zurückgekehrt, sie bauen Lehmhütten und bestellen ihre Felder. Daß du dich jenen Orten näherst, wirst du daran erkennen, daß die Lüfte milder sind und die Fernen wie von Wassern schillern. Dort schweigen die Bäche, und jene Tiere, die den Namen deines Geschlechtes – Breb, Biber – führen, bauen sich neben dem Spiegel der Seen unter den Birken runde Häuschen, die sie mit dem Schwanz festschlagen und glätten. Von ihnen haben die Menschen der Ebene gelernt, Teiche anzulegen und Hütten zu bauen. Du und auch dein Weggenosse müßt euch Wasserbeutel an den Sattelknopf hängen, denn die Quellen sind spärlich. Auch sieh dich während der Rast vor, denn in jenen Gegenden treiben Räuber und Mörder ihr Unwesen. Suche nur in den Sennhütten unserer Gebirgsleute Obdach. In Calatis angelangt, suche einen Griechen, der nicht allzu verschlagen ist, und triff mit ihm ein Abkommen für die Überfahrt, ohne ihm deine Goldstücke zu zeigen, damit nicht sein Auge und Dolch sie belauern. Auf daß deine Reise ohne Mühe sei, leg deine Gewänder ab und kleide dich nach dem Brauch des Ortes, damit du nirgend als fremd erscheinst und die Bösen deiner nicht gewahr werden. Gehorche den Obrigkeiten, ehre die Götter und zieh deines Weges, einzig den wahren Gott im Herzen.»

IV. Kapitel

Kaesarion Breb begegnet
dem hochgeweihten Bischof Plato
von Sakkudion

Es geschah Anfang Mai im Jahre 787 nach Christi. Kaesarion Breb war erst vor kurzem in Byzanz eingetroffen. Er hatte in der Argeiapatria, in der Straße der Wechsler, Unterkunft genommen, im Hause der Ägypter, das Reisende aus dem Osten beherbergte. Von all diesen Levantinern, Juden und Asiaten unterschieden ihn seine helle Gesichtsfarbe und seine Augen wie der Himmel, der sich in den Gebirgswassern spiegelt, sein scharfer Blick, der stark und beharrlich die Dinge durchschaute. Auf seiner Stirne hatte zwischen den Augen der nimmermüde Gedanke drei Falten gefurcht, die beständig in Form eines Dreiecks zusammengezogen waren. Durch sein langes Haupthaar woben sich die ersten Silberfäden. Er ging allein, nur von seinem Diener gefolgt, durch das Gewühl der Straßen. Er blickte hochmütig und ohne zu lächeln, und von ihrer Türschwelle oder aus einem Mauerwinkel folgten ihm bewundernd die Blicke vieler Frauen, die ihn in seinem Stolz mit einem hellmähnigen libyschen Löwen verglichen und gerne seine Stimme gehört und das Streicheln seiner weißen Hände gespürt hätten. Sie meinten wohl, dieser starke Mann müßte eine tiefe Stimme und eine weiche Zärtlichkeit besitzen. Sie versuchten ihm zuzulächeln, erstarrten jedoch unter dem grünen Blitz seiner Augen, der über sie hinwegfuhr, ohne sie auch nur wahrzunehmen. Er war ein fremder Edelmann, der die Goldmünzen mit dem Bilde Justinians bei den Wechslern der Argeiapatria tauschte, um stets Kleingeld für die Bettler und Bedürftigen zu haben, die ihm in einem Marktwinkel oder vor einer Kirchentür die Hand entgegenstreckten. Die Bettler staunten über diese königliche Hand, aus der ihnen die Spende mit einer gewissen Heimlichkeit zufiel, doch entdeckten sie im Blick des Gebenden weder Milde noch Freundlichkeit. Und sie meinten, er könnte kein Christ sein, wiewohl das Almosen dafür sprach. Und sie haßten ihn im nächsten Augenblick, da sie lauernd beobachteten, daß er sich nicht mit dem heiligen Kreuz bezeichnete. Und obwohl sein Diener, jener hünenhafte, langmähnige Mann, der einem zottigen Schäferhund glich, sich andächtig bekreuzte, hatte auch er einen unfreundlichen und abweisenden Blick. Trotz ihrer Verschiedenheit waren sich Herr und Diener in gewissen Beziehungen ähnlich. Der Diener schien aus einer anderen, wilderen Zeit zu stammen, bereit, mit den bloßen Händen den Raubtieren die Kiefer auseinanderzureißen. Er schritt hinter seinem Herrn, den er nicht aus den Augen ließ, mochte es auch scheinen, als sähe er überhaupt nichts. Auf einen Wink oder Ruf war er sogleich an seiner Seite mit gesenkter Stirne, so daß ihm die Locken rechts und links über die Augen fielen. Manche Griechen, die als Händler nach Norden reisten, erkannten an seiner Tracht und an seinem Aussehen den Gebirgsbewohner jenseits der Donau. Doch es gelang ihnen nicht, ihn zum Sprechen zu bewegen. Wenn sie ihn anredeten, wendete er nicht einmal den Kopf. Sein Gebieter trug ein weißes Gewand, das mit einem schmalen Silberstreifen gegürtet, sonst aber ohne Schmuck war; an den Füßen hatte er Sandalen; die Ärmel seines Mantels waren weit; zum Schutz gegen die Sonnenglut hatte er sein Haupt mit einem Seidentuch umwunden.

So wandelte er und betrachtete jene lieblichen Orte, die schöner waren als alle andern auf Erden, den Kaisersitz der Welt, vom Halkis-Palast am Gestade der Propontis über das Forum Augusteon, wo immer noch die Reiterstatue Justinians ragte, hinaus über das Hippodrom, wo die große Begeisterung der Herren und des Volkes brandete, über alle Hügel, auf denen sich heilige Kirchen und Klöster erhoben, bis nach Hebdomon und den Blachernen. Gegen Thrakien zu erhob sich aus der Zeit Attilas die große Mauer Konstantins; auf der andern Seite hätte sich das reich mit Bauten und Standbildern geschmückte Ufer wohl im Hrisokeras spiegeln können, wenn die Wasser nicht vom Gewimmel der Segelschiffe bedeckt gewesen wären, zwischen denen die kaiserlichen Trieren gelassen dahinzogen oder prunkend vor Anker lagen.

Der Fremde, der nicht vergaß, zuerst die Tempel Gottes aufzusuchen, hatte als erstes das hochgepriesene Haus der Hagia Sophia mit den neun Türmen und den kunstreichen Bogengängen besichtigt. Einsam stand er zwischen den Betern und neigte sich vor dem Dreieck des mythischen Deltas, das die einfachen Menschen Gottesauge zu nennen pflegen. Sodann entdeckte sein scharfer Blick zwischen Fakkeln, Ampeln und reichgeschmückten Ikonen die kostbaren Säulen, die von den Kaisern der Welt aus ägyptischen Tempeln entführt und hierhergebracht worden waren. Auf diese alte Pracht stützte sich das Gewölbe der neuen Welt. Da pries er in seinem Herzen Gott den Herrn aller Zeiten.

An manchen Nachmittagen fand er gen Sonnenuntergang Zeit, um mit den Juden und Asiaten, die in derselben Herberge wohnten, in der auch er Unterkunft genommen hatte, zu plaudern oder mit den Wechslern, die wie Spinnen im Schatten ihrer Gewölbe lauerten. Was ihm diese schlauen Leute über Byzanz zuflüsterten, das gab ein ganz anderes Bild als der strahlende Anblick, der sich dem Auge bot. Im Hippodrom gleißten Gold, Brokat und Wappen; die Kaiser zogen mit furchtgebietendem Geleit durch die Gassen, umgeben von Wächtern in kostbaren Rüstungen und Waffen; Reichtum und Hoffart schillerten auf allen Wegen bis zu den Sieben Türmen, bis zur Goldenen Pforte, bis zum Valentinischen Aquädukt; das Volk huldigte lärmend; Musik erscholl aus blühenden Gärten; die Sonne mehrte den Glanz der Schätze und der Schönheiten dieser Welt, die so viele Kaiser in so vielen Jahrhunderten nach so vielen Kriegen in dieser Festung gestapelt hatten; zwischen der Türkiskuppel des Himmels und dem Spiegelglanz der Propontis war alles so gerichtet, daß man sich im Paradiese wähnte. Doch alles Menschenwerk ist Schein, und unter dem Glanz wimmelt Fäulnis.

Am siebenten Tage des Monats erspähte er für einen Augenblick die rechtgläubige Kaiserin Irene, die Streiterin der Orthodoxie im Kampfe gegen die Arianer. Von Patriziern und Ratgebern umringt, ließ sie sich von purpurgekleideten Dienern in ihrer Sänfte aus dem Heiligen Palast tragen. An der Spitze des Zuges schritten hohe Würdenträger mit den kaiserlichen Insignien: dem Schwert, dem Zepter und dem Reichsapfel. In der Nähe der Basilissa wachten die Theoren der Waräger und Aghlabiten mit Speeren und Äxten, angetan mit goldenen Panzern und Helmen. Das Volk huldigte schreiend im Staube und segnete die größte und ruhmreichste Herrscherin aller Welten und Zeiten. Am Ende des Zuges warfen kaiserliche Beamte kleine Silbermünzen unter die Menge, und die letzten kaiserlichen Reiter sprengten über balgende, zusammengeknäulte Bettler hinweg. So zog in ihrem violetten Purpur die dreimal erhabene Basilissa unter blühenden Platanen nach dem Eleutherion-Palast, wo sie, wie es hieß, ihre heimlichen Schätze bewahrte. In ihrer Nähe aber befand sich Staurakios der Verschnittene, der erste Ratgeber, in dessen hageren, bartlosen Zügen Kaesarion sogleich den Fuchs erkannte, und auch im jauchzenden Gewühl entdeckte er scheele Blicke und höhnisches Grinsen. Die Basilissa näherte sich dem vierzigsten Lebensjahr. Nach dem Tode ihres kaiserlichen Gemahls hatte sie den Sohn von den Geschäften der Regierung ferngehalten, die Zügel selbst in die Hand genommen und ihre große und vielgepriesene Tat vollbracht, indem sie die orthodoxen Kirchen aufs neue öffnete und Befehl gab, die Tünche, mit denen man die heiligen Bilder auf das niederträchtige Geheiß ihres Schwiegervaters Kopronymos verdeckt hatte, abzuwaschen. Viele schwarze Mönche umschwärmten mit flatternden Kutten wie Raben den festlichen Zug und segneten die irdische Macht, diesmal in Gestalt eines verwitweten Weibes, das mit seiner Seele und mit seinem Eifer die Schönheit zu ersetzen trachtete, die seinem Antlitz nicht gegeben war.

Wie es seine Gewohnheit war, versuchte Breb aus ihrem Äußeren das zu lesen, was niemand vor einem Manne verbergen kann, der den Schein der Dinge zu durchschauen vermag. Kraft dieser seiner Gewohnheit, die er selbst nicht zu den guten rechnete, weil sie wie ein stiller, heimlicher Hohn war, erblickte der Reisende in der Kaiserin eine grausame und hungrige Gewalt. Sie schien mit allen Klauen sich zu recken, wie eine Wölfin, wie die verkörperte Machtgier. Eine fette und gut erhaltene Wölfin, fügte er noch hinzu.

Als er von seinem Weg zurückkehrte, bot sich ihm in der Nähe der Wechselstuben, vor dem Kloster des heiligen Pantheleon, ein anderer Anblick des Lebens.

Neben der Kirche wartete ein bescheidenes Geleit, und zwei Diener klopften an der Umzäunung nach den Ordensbrüdern, die dort in kleinen, hinter Rosenbüschen versteckten Klausen eingeschlossen waren. Ihr Herr, der im Sattel eines Mietesels wartete, indes der Besitzer des Tieres die Zügel hielt, war ein ehrwürdiger alter Mönch. Trotz der Schwüle des Tages hatte er sich in dicke Gewänder gehüllt. Mager und melancholisch, glich er mit seiner langen Nase einem Ibis aus den Sümpfen des Nils. In seiner Begleitung befanden sich jüngere Mönche, die den Weg von Hrisokeras, wo das Schiff, mit dem sie gekommen, im Hafen lag, zu Fuß heraufgestiegen waren. Auf ihren Schultern trugen sie die spärliche Habe, die sie für ihr Leben in Armut benötigten.

Breb blieb stehen und betrachtete aufmerksam den Alten.

Die Klosterinsassen zögerten, die Pforte zu öffnen. Sie erkundigten sich, wer der Ankömmling sei, und wollten, noch ehe sie seinen Namen erfahren hatten, wissen, welches Anliegen er habe. Einer der jungen Mönche trat vor, um zu antworten.

«Wir sind Brüder von Christo, öffnet!» rief er.

«Wer da?»

«Der ehrwürdige Bischof Plato vom heiligen Kloster Sakkudion aus Bithynien. Ich bitte euch, habt die Güte und laßt ihn nicht warten, denn er ist müd vom Wege und kommt, um der erlauchtesten Kaiserin zu dienen.»

Mit großem Zögern begann der Riegel der hohen Pforte zu knirschen. Man hörte zwei Männer miteinander sprechen.

«Da muß wohl ein Dämon dahinterstecken», sagte der Besitzer des Esels mit einem unfreundlichen Blick auf den weißgekleideten Mann, der stehengeblieben war und die Szene beobachtete. Er riß heftig am Zügel, so daß der Esel mit einem Satz zurücksprang und auf diese Weise gleichfalls seine Meinung kundtat. Der Greis im Sattel schwankte und wäre beinahe gestürzt. Dergestalt aus seiner Trübsal aufgeschreckt, gewahrte er einen grünäugigen Fremden, der ihn auffing und stützte. Auf einen Wink dieses fremden Mannes eilte sein langmähniger hünenhafter Diener zur Pforte und stieß sie mit der Schulter auf.

«Gott und seine himmlische Mutter!» schrien die Mönche des heiligen Pantheleon, die dabei weit in den Staub geschleudert worden waren.

Ein Lächeln glitt über das kummervolle Gesicht des Bischofs Plato. Er hob die Rechte und segnete sie. Dann wandte er sich wieder zu dem Fremden, der sich wortlos zurückgezogen hatte.

«O mein Bruder», bat er ihn, «verweile, damit ich dir danken kann.»

«Ich bin selbst dankbar, Ehrwürdiger», sagte Breb, als er wieder auf ihn zutrat, «daß ich Gelegenheit hatte, diesen beiden Eseln zu beweisen, daß sie sich täuschen.»

Der Besitzer des Tieres murrte.

«Eigentlich müßte auch der Esel murren», meinte Breb, «doch er hat schneller begriffen.»

«Vergib dem Manne sein unverständiges Wort ...» sagte der Alte.

Da erkannte Kaesarion, daß Bischof Plato trotz seiner

scheinbaren Versunkenheit alles gehört und beobachtet hatte.

«Ich habe einen weiten Weg hinter mir, und meine Knochen bedürfen der Ruhe. Doch nachdem mir Gott in seiner Güte vier Stunden Schlaf geschenkt haben wird, dessen ich nicht mehr teilhatte, seitdem wir von Sakkudion aufgebrochen sind, hätte ich gerne das Vergnügen, deine Bekanntschaft zu machen, denn dein Aussehn zeigt mir, daß du ein Fremdling aus gutem Hause, und deine Tat, daß du mein Bruder bist, welchen Glaubens du auch immer sein magst.»

«Ich bin auf der Reise von Ägypten nach Dakien», antwortete Kaesarion.

«Hast du die Heiligtümer besucht?»

«Ich habe sie besucht.»

«Dann würde ich gern, bevor ich heimreise, ein freundliches Gespräch mit dir führen.»

«Mein Vater», antwortete der Mann im weißen Gewand, «morgen werde ich dem Orte, an dem du dich befindest, nahe sein.»

Der Bischof lächelte. «Morgen, mein Freund, werde ich an einem Orte weilen, zu dem nur die wenigsten Zutritt haben.»

Der Fremde lächelte gleichfalls: «Mein Vater, ich glaube, wir werden uns an einem Orte sehen, den nur allzu viele aufsuchen.»

Der Fremde zog sich mit einer Verneigung zurück, gefolgt von seinem hünenhaften Diener, und Bischof Plato von Sakkudion witterte ihm mit seiner Schnabelnase verwundert nach.

V. Kapitel

*Hier werden die Macht und die Herrlichkeit
des Byzantinischen Reiches
unter dem Zepter der hochgepriesenen Kaiserin Irene gezeigt.
Der hochgeweihte Bischof Plato
schließt Freundschaft mit Kaesarion Breb,
dem Ägypter*

Die Basilissa hatte sich nicht zu ihrem Vergnügen in den Eleutherion-Palast begeben, denn sie wurde von hohen Beamten begleitet, deren höchster Staurakios war.

In der Gegenwart solcher Eunuchen wie er und Ephtychios mußten sich die Säle des Eleutherion verdüstern und die Blumen der Gärten welken.

Die Reiher, die in den Zypressen nisteten, gaben mit ihren Schnäbeln ein Zeichen, daß die Dürregespenster wieder einmal in ihr Reich gedrungen waren.

Lärm wogte zwischen den Mauern auf, der allmählich wieder verebbte. Die Wachen waren draußen zurückgeblieben.

Von den Männern in Helm und Panzer hatte nur Alexios, ein Polemarch, der sich bei den kaiserlichen Söldnern eines guten Rufes erfreute, den Palast betreten. Es war also eine geheime Beratung, bei der Ephtychios, wie es seine Gewohnheit war, mittels auf Stäben befestigter Rädchen mit großer Gewandtheit Berechnungen anstellte. Unterdessen forderte Staurakios den Polemarchen mit umständlichen Worten und lauernden Blicken auf, der höchst erlauchten und gepriesenen Kaiserin zu erklären, ob man die Unruhe der ehemaligen Söldner des verstorbenen Kaisers, des kühnen Isauriers, nicht durch Goldstücke mit seinem geprägten Bilde beschwichtigen könne.

Wenn man ihnen auf diese Weise sein Andenken ins Gedächtnis riefe, könnten sie ihn vielleicht schneller vergessen, als sie aus vollen Bechern den Wein zu Ehren der Basilissa Irene leeren.

Denn diese Krieger waren nicht nur gewohnt, gegen die bulgarischen Barbaren und die heidnischen Ismaeliten zu kämpfen, und erachteten es als eine Schmach, daß die kaiserliche Gewalt in einer Hand lag, die nicht das Schwert zu führen vermochte, sondern sie hatten auch noch die gottlose Gewohnheit, die heiligen Ikonen zu zerstören und die ehrwürdigen Mönche zu verfolgen.

Während der Herrschaft des Kopronymos war dies zu einer ihrer Belustigungen geworden, und nun fiel es ihnen schwer, diese Gewohnheit abzulegen. Der Sturm gegen die heiligen Bilder behagte ihnen auch, weil er ihnen die Keller, Vorratskammern und Schätze der Mönche erschloß.

Nun aber hatte die Basilissa Irene alle Ikonen der allerreinsten Jungfrau sowie sämtlicher Heiligen unter ihren Schutz genommen und die frommen Mönche aufgefordert, an ihre Plätze zurückzukehren. Sie hatte ihnen geholfen, die erhabenen Bildnisse aufs neue mit Gold und Silber zu schmücken, und so wieder die Herzen des Volkes von Byzanz, besonders aber jene der Frauen, mit großer Freude erfüllt. Diese Frauen hatten zur Zeit Kaiser Konstantins VI. mit verhüllten Gesichtern und gesenkten Stirnen vor den Kirchenpforten die heiligen Ikonen beweint. Seitdem aber Gott Irene als Gebieterin auf den Thron von Byzanz gesetzt hat, bringen sie freudig ihre Blumen und scheuen sich nicht, die alten Krieger zu beschimpfen, die die Befehle des verstorbenen Kaisers vollstreckt hatten.

Man munkelte, daß einige unter den Hauptleuten jener Heere ihre Hoffnung heimlich auf Konstantin den Jungen gesetzt hätten, doch die Basilissa hatte ihren Sohn geschickt beiseite gedrängt, und sie pflegte ihn gern zu jenen Zerstreuungen zu ermuntern, die seinem Alter behagten.

Dennoch bestand Gefahr, daß die kriegerischen Triebe seines Großvaters Kopronymos und seines Vaters, des kühnen Kaisers Leo, in ihm erwachten. Angespornt von den gottlosen arianischen Bischöfen hätte er den byzantinischen Söldnern zumindest den Krieg gegen die Mönche wieder gestatten können.

Also hatte der Großwürdenträger Staurakios in weiser Überlegung sich einerseits bemüht, mehrere bei der Armee beliebte Anführer für sich zu gewinnen, andererseits aber die Heerlager aus Armenien nach Byzanz zu verlegen, während er die Truppen aus Byzanz unter falschem Kriegsgerücht und in großer Hast an die ismaelitische Grenze schickte.

Indem er einige Anführer für die Kaiserin gewann und Krieger aus der Ferne zu den Wonnen von Byzanz führte, jene aber, die in ihren Sünden verharrten, dorthin sandte, wo die Schwerter der Ismaeliten ihre Zahl verringern würden, hoffte der weise Staatsmann, die Ruhe der Basilissa und die Macht des griechischen Reiches zu erhalten zum Preise des wahren Gottes der Orthodoxie.

Ephtychios berechnete also flink die Zahl der Männer und Goldmünzen, indes die erlauchte Kaiserin Alexios, dem Polemarchen, eigenhändig das Zeichen ihrer listigen Gunst reichte: denn Staurakios wußte, in diesem Gold war der Untergang Alexios' beschlossen, sobald die Zeit reif war. Es war bekannt, daß Alexios mit dem Kaisersohne befreundet war; daher gebührte die höchste Gunst dem gefährlichsten Widersacher.

Nachdem man für die Notwendigkeit jener Tage soviel Gold berechnet und behoben hatte, als es bedurfte, befahl die Basilissa, den Abend im Eleutherion-Palast zu erwarten. Dann schleppten Sklaven stumm die Last durch die Dunkelheit zur Schatzkammer, gefolgt von dem fackelbegleiteten kaiserlichen Zug, der gleichfalls zum Heiligen Palast zurückkehrte.

Am nächsten Morgen mußte die erhabene und hochgepriesene Despina ein Gewand anlegen, das schwer war von Gold und Purpur, sowie auch das Diadem mit den Perlgehängen, die bis auf die Schultern herabhingen, um sich unter den Klängen der Musik und Preisgesänge zwischen ihren Wachen in die Kirche der heiligen und erhabenen Kaiser Konstantin und Helene zur Sonntagsmesse zu begeben. Dort saß sie vor dem Gnadenbilde der allerreinsten Jungfrau reglos auf ihrem Throne. Von Zeit zu Zeit bei gewissen Lobgesängen neigte sie sich der Hochheiligen wie einer vertrauten Freundin zu, und die Weiber hinter dem Gitter des ihnen zugewiesenen Kirchenraumes sahen Tränen in den Augen der Ikone.

Besonders um dieser Erscheinung willen drängten sich die Frauen an hohen Feiertagen im Kirchenschiff der Hagia Sophia.

Konstantin der Junge pflegte bei solchen Anlässen stets an der Seite der Mutter zu sitzen; doch plagte ihn dabei meist die Langeweile, er schien von seinen wilden Gelagen zu träumen und vergaß oft, das Zeichen des heiligen Kreuzes zu schlagen. Auf ein geflüstertes Wort der Kaiserin beeilte er sich dann, dieses Gebot des Lebens zu erfüllen, um seine matten Augen sogleich wieder den Glasfenstern und den Mosaikbildern zuzuwenden, in denen er alles andere, nur nicht die frommen Darstellungen erblickte, denn jener Dämon, der den Geist des Kaisers Kopronymos und des Kaisers Leo, des verblichenen Gatten der Herrin Irene, verwirrt hatte, pochte mit seiner Klaue auch an der Schläfe des Jünglings.

Nach der Darreichung des geweihten Brotes mußten sich die berittenen Söldner, die den kaiserlichen Zug begleiteten, sogleich am Hauptportale aufstellen, denn die Herrscherin eilte zu einer anderen Pflicht, die sie gerne unterlassen hätte. Doch das Amt eines Kaisers beschwert nicht nur die Last der Edelsteine und des Goldes. Er muß auch Steuern eintreiben, Kriege führen, und in Byzanz mußte sich die Kaiserin auch im Hippodrom in die Loge setzen, um den Wagenrennen beizuwohnen.

Breb, dem all dies bekannt war, wußte daher auch, daß der ehrwürdige Bischof Plato, wenn sein Anliegen dringend war, die Basilissa nur auf der kaiserlichen Tribüne der

Rennbahn antreffen konnte. Falls sie einen geheimen Auftrag für ihn hatte, boten dort die Vorgänge das geeignetste Versteck, um sich zu besprechen; denn sogleich nach dem Wagenrennen begibt sich die Kaiserin in den Augusteon-Palast, wo sie sich zwischen den vornehmsten und angesehensten Würdenträgern des Reiches an die große Tafel setzt und Konstantin an ihrer Rechten, Staurakios an ihrer Linken Platz nehmen läßt. Nach dem Mahle aber verlangen es die byzantinische Sitte wie auch ihre schweren Pflichten, daß die Basilissa ein wenig der wohltuenden Ruhe pflege. Dann aber haben nur noch ihre Frauen und Jungfrauen Zutritt zu ihrer erlauchten Person.

Zwei Stunden vor Mittag, das heißt um die vierte Stunde, verließ Kaesarion, begleitet von seinem Diener, die Herberge. Ein strahlendes Licht war über Byzanz und über das Propontische Meer gebreitet. So weit das Auge schaute, reihten sich blühende Gärten aneinander bis jenseits am asiatischen Ufer des Bosporus. Von allen heiligen Kirchen klangen die Glocken, um Gott mit ihrem Preisgesang zu erfreuen. Auf den steinernen Tribünen aber drängte sich das Volk in Scharen zu seiner liebsten Zerstreuung. An jenem Ort hatte sich einst Theodosios ein marmornes Denkmal errichtet, und so erhebt sich dort der gewaltige Ägypter, aus einem einzigen Porphyr gemeißelt, mit den Insignien des Lebens und des Todes. Der Macht der byzantinischen Kaiser gebührt Lob, daß sie das Apoll geweihte Kleinod mit den drei Schlangen, das die Perser vor zwölfhundert Jahren aus Delphi geraubt, dem Reiche wiedergebracht haben. Auch der Anblick dieser Erinnerung an die toten Götter war der Volksmenge gewährt; doch der Pöbel merkte es nicht, denn er erwartete mit tausend schwirrenden Köpfen unter tausendstimmigem Geschrei einzig die Freuden des Tages.

Als die gepriesene Kaiserin sich in der Loge unter dem goldenen Hoheitszeichen zeigte, schwoll der Tumult der Stimmen hoch an; die Posaunen schmetterten, und die Wachen ließen ihre Helme, Speere und Schwerter blitzen. Die strahlende Frau wiegte einen Augenblick die Edelsteine und das Diadem auf ihrem Haupte und nahm dann aufrecht in ihrem Thronsessel Platz. Dann trat an ihrer Seite für einen Augenblick auch Konstantin in seinem Brokatgewand hervor. Er war jung und schön. Einige Gruppen unter der Menge jubelten ihm zu. Breb betrachtete ihn aufmerksam und las ungezähmte Leidenschaft in den Augen unter der niederen Stirne, um seinen leicht geöffneten Mund, aus dem im schwarzen Bartflaum die Zähne glitzerten. Er war der Sohn der Wölfin. Er war leidenschaftlich wie die Basilissa, seine Mutter, aber nur in der Befriedigung seiner Sinnenlust.

Er lächelte dem Volke zu, das ihn pries, und setzte sich in einer anderen Ecke der Loge auf seinen Thron. Die Sessel von Mutter und Sohn hätten eigentlich nebeneinander stehen müssen, doch die Basilissa war nur zum Schein bei diesen Zerstreuungen. Um sie eilten geschäftige Beamte; es herrschte ein unablässiges Kommen und Gehen; sie neigten huldigend die Stirnen, erhoben verschlagene Gesichter und lauschten den Befehlen. Bald würden die Diener auch den alten Bischof aus Sakkudion mit der kummervollen Schnabelnase vor sie führen. Die Basilissa hatte von seiner Ankunft erfahren und ihm den Befehl zugeschickt, sogleich vorzusprechen.

Als die Rosse in ihren kostbaren Geschirren die leichten zweirädrigen Wagen vorwärts rissen und die Lenker die grünen Farben der Orthodoxie schwenkten, raste und toste die Menge vor Begeisterung. Die Grünen furchten die Brauen und spornten die Renner mit brennenden Peitschenhieben. Unter dem Himmel, der klar wie ein Edelstein war, wogten im Amphitheater Köpfe und Leiber wie ein Meer, und der Aufruhr schwoll zum Sturm. Da wandte sich die erlauchte Despina Staurakios zu, der tief geneigt hinter ihr stand, da ihm die Vergnügungen des Pöbels ein Greuel waren, und ein Türsteher ließ den frommen Abt von Sakkudion heimlich in die Loge eintreten.

Die Kaiserin hatte ihr Antlitz in den Schatten der Vorhänge zurückgezogen. Der ehrwürdige Bischof neigte die Stirne und richtete sich dann auf, um die Despina zu segnen.

«Erhabene Herrin», sprach er und blickte sie aufmerksam an, «ich habe mich beeilt, dem Befehl, der an mich ergangen ist, Folge zu leisten. Ich weiß, daß jede Handlung und jedes Wort Deiner Majestät nur dem Lobe Gottes und der Förderung des Glaubens dient. Man hat mir befohlen, mich unverzüglich auf den Weg zu machen; ich habe mich vom Gebet erhoben und bin gekommen. Man hat mir befohlen, ich solle mich in ihrer ersten freien Viertelstunde der Güte und dem Wohlwollen unserer Kaiserin empfehlen, und ich habe mich bemüht, bis hierher vorzudringen: doch mußten mir deine Diener den Weg durchs Gedränge bahnen, und ich mußte Blicken und Worten begegnen, die ich für immer in eine andere Welt verbannt hoffte. Sooft ich die Einsamkeit verlasse, in der ich Gott diene, weint meine Seele.»

«Verzeih mir, mein ehrwürdiger Vater», lächelte die Kaiserin, «ich mußte dich unbedingt sprechen, denn wieder hat jener Traum mich heimgesucht, von dem ich dir schon berichtet habe. Ich fürchte, daß sich Gefahr über meinem Haupte zusammenzieht und über diesem Diadem, das wir bemüht sind, im Dienste Jesu und seiner seligen Mutter, der allerreinsten Jungfrau, zu tragen. Nach deinem wohlmeinenden Rat haben wir und unser geheimer Ratgeber Staurakios beschlossen, die Verlobung zwischen unserem Sohne und Prinzessin Rotrud, der Tochter unseres teuren Bruders und Freundes Karl, des großmächtigen Kaisers des Abendlandes, zu lösen. Denn es ist heilsamer, das Gebot der Allerreinsten zu erfüllen, wie es deine Heiligkeit gedeutet hat, und unserem Sohne unter den Jungfrauen des Reiches eine Gemahlin zu wählen.»

«Erlauchte Frau, ich bin glücklich, daß mein Rat bei meiner erhabenen Gebieterin Gehör gefunden hat. Befiehl, was ich nun weiter zu tun habe.»

«Ehrwürdiger Vater, ich befehle nicht, ich bitte nur. Ich weiß, daß du die Gabe besitzest, im Wachtraum jene zu sehen, der wir alle ein Leben lang huldigen. Bitte sie in unserem Namen, sie möge sich wieder den Augen Deiner Heiligkeit offenbaren und unseren Ausgesandten den Weg weisen auf der Suche nach einer Braut für unseren vielgeliebten Sohn. Soll diese aus den Gefilden Asiens oder Europas stammen? Das möge sie uns gnädig offenbaren. Empfange unsere Gabe für die höchste Herrin, damit sie sich erbarme und unsere Bitte je schneller erfülle.»

Hastig und leidenschaftlich flüsterte die Basilissa hinter den schweren Vorhängen diese Bitte und dieses Gebot, indes das Hippodrom unter der klaren und immerwährenden Ruhe Gottes seine Drachenglieder verrenkte. Der Pöbel, die Wechsler, die Dirnen und die Diebe, ergraute Krieger und lauernde Ränkeschmiede, feiste Patrizier und rastlose Händler wie all die Diener, von den Türstehern bis zum großen Papias, der über die Festungstore und über die Freuden des Hippodroms wachte und einen hohen, mit Reiherfedern geschmückten Helm trug – sie alle lebten in diesem Augenblick nur in dem Schrei, der in einem einzigen Atemzug fluchend und preisend zugleich aus ihrer Kehle brach, während ihnen die Augen schier aus dem Kopfe traten. Konstantin selbst, der kaiserliche Sproß, schien mit allen Sinnen verstrickt und gleichsam hinabgestürzt in jenes Chaos aus Lärm und Staub. Nur die Kaiserin weilte fern und fremd in ihrer Welt der schwerwiegenden Beschlüsse.

«Denn», fuhr sie flüsternd fort, und in ihrem Lächeln schien die Schlange der Weisheit zu züngeln, «es ist notwendig für das Reich, daß an der Seite dieses Jünglings, der uns teuer ist, nicht nur die schönste und begehrenswerteste, sondern auch die frömmste Gemahlin der Orthodoxie stehe. Auf diese Weise wird das gute Beispiel und das Alter wie auch eine Gemahlin, geschmeidig an Leib und Seele, Konstantin im hochgepriesenen Glauben der Ikonen erhalten, auf daß die Welt in alle Ewigkeit nie wieder von den Freveln der Bilderstürmer heimgesucht werde.»

Die Basilissa verhielt ein wenig ihre Stimme, um ihren

Atem zu beschwichtigen. Dann fuhr sie hastig fort, den schrägen Blick auf den Trubel zu ihren Füßen und auf Konstantin gerichtet. «Und da ist noch etwas, ehrwürdiger Vater, das keinen Aufschub leidet, wenn wir den Aberglauben gänzlich abschaffen und für immer die wahre Ordnung festigen wollen. Damit nie wieder die Gefahr bestehe, die im vergangenen Jahr über den Rat unserer bischöflichen Väter hereingebrochen war, als die Söldner des tückischen Lachanodrakon wie brüllende Löwen in die heilige Apostelkirche und in die fromme Versammlung eindrangen mit dem Rufe, daß sie immer noch die Getreuen der toten Kaiser verblieben wären. Um solche Gefahr zu bannen, haben wir die Löwen in die Wüste geschickt, ihre Löwinnen samt den Jungen aber als Geiseln in Noumera eingeschlossen. Die Versammlung der orthodoxen Bischöfe muß heuer unbedingt in Ruhe vor sich gehen; deshalb sind die frommen Bischöfe des Reiches nach Nikäa geladen worden. Ehrwürdiger Vater Plato, die Basilissa bittet und beschwört dich, du mögest dich dort um eine Stunde früher einfinden, um die Rede, die dir im vergangenen Jahr das Schwert der Feinde abgeschnitten hat, neu auferstehen und noch mächtiger erklingen zu lassen zum Preise des Herrn, unseres Gottes, und seiner heiligen Ikonen. Deshalb bedarf es der Eile, und deshalb konnte ich dich nicht bis morgen warten lassen, sondern war gezwungen, dich an diesem Orte zu empfangen, der deiner frommen Seele so wenig zuträglich ist.»

Der greise Plato fühlte seine Brust schwellen vor Rührung, zugleich aber auch vor Kampfkraft für die heiligen Ikonen.

«Hoheit», sprach er, sich verneigend, «ich werde deinen kaiserlichen Wünschen willfahren, es sei mir nur gestattet, daß ich nach Sakkudion zurückkehre, um meine Vorbereitungen zu treffen. Du hast mir zwei Dinge aufgetragen, und ich muß überlegen, wie ich sie am besten ausführen kann.»

«Ehrwürdiger Vater, ich bin überzeugt, daß die weise Mutter des Herrn dich gut beraten wird.»

Der greise Plato hob die Finger seiner Rechten zum Segen. Die Basilissa erfaßte seine Hand und küßte sie. Staurakios beeilte sich, dem Beispiel seiner Gebieterin zu folgen. Im Begriff, sich zurückzuziehen, fiel Platos Blick auf Konstantins Nacken, der sich zum Volke niederneigte, dann aber richtete er ihn, ohne zu wissen weshalb, an einen Ort in der Nähe der kaiserlichen Tribüne, wo aus dem Gedränge aufrecht ein Mann in weißem Gewand ragte. Er schien ganz allein unter den vielen und gleichsam über ihnen, als stünde er in der Einsamkeit seiner eigenen Seele. Seine scharfen Augen leuchteten plötzlich auf, und der greise Plato spürte ihren Druck mitten auf der Stirn. Er hob den Arm wie zum Schutze, und der weißgekleidete Mann erhob gleichfalls den seinen wie in geheimem Einverständnis oder vielleicht zum Gruße. Da erkannte der Abt von Sakkudion den Reisenden, dem er tags zuvor an der Pforte des heiligen Klosters Pantheleon begegnet war. Dort unten, in der Nähe seines Gebieters, befand sich auch der hünenhafte Diener, der soeben mit Schultern und Armen zu arbeiten begann, um den Weg frei zu machen.

Die kaiserlichen Diener geleiteten den Bischof durch das Gedränge all der Menschengruppen und -arten an einen ruhigen Ort. Seine Begleiter, die jungen Mönche, erwarteten ihn unter einer Platane am Straßenrand. Über ihnen gurrten Wildtauben in den Zweigen. In einem nahen Mauerwinkel säugte und wusch eine Hündin eifrig ihre neun Jungen. Der Baum und die Tauben und jene Tiermutter mit ihren Jungen, sie alle standen unter Gottes Hut. Sie grübelten nicht, sie sorgten sich nicht, sie wehrten sich nicht und schmiedeten auch keine Pläne wie die Menschen.

Als der ehrwürdige Vater Plato seine Stirne und die kummer- und sorgenvolle Schnabelnase hob, erblickte er den Fremden, der ihm ruhig lächelnd entgegentrat.

«Hochweiser Vater Plato», sprach er mit einer ehrerbietigen Verneigung, «du wolltest mich noch einmal sehen; du hast mir ein Zeichen gegeben, und ich bin deinem Rufe gefolgt.»

«In der Tat, ich begehrte dich noch einmal zu sehen», erwiderte der Greis.

Und obwohl er noch soeben den Druck jener Blicke verspürt zu haben glaubte, sah er nun Augen voller Wohlwollen vor sich. Und obwohl er im Auftrag der Kaiserin dringende Geschäfte zu erledigen hatte, schien ihn mit einem Male das Licht dieses heiligen Tages mit süßer Ruhe zu erfüllen. Er lächelte also dem Fremden zu und forderte ihn auf, ihn gemächlichen Schrittes unter dem Platanendach zum Kloster des heiligen Pantheleon zu begleiten. Die jungen Mönche folgten ihnen in einem Abstand von zehn Schritten und unterhielten sich in aller Bescheidenheit, obzwar die Vögel des Himmels und das Getier der Erde sie zur Fröhlichkeit ermunterten.

Der Bischof überlegte, ob er diesem Fremden gestehen solle, daß ihn sein Blick verwirrt und er daher eigentlich nicht gewünscht hatte, ihm gerade jetzt zu begegnen. Ihn drängten wichtige Aufträge zur Eile. Er zauderte mit dem Geständnis, um den Fremden nicht zu beleidigen und zu kränken. Ja er hielt es sogar für angebracht, ihm ein paar freundliche, milde Worte zu sagen.

«Mein Vater», antwortete der Fremde, «beurteile mich nicht falsch und betrachte mich nicht als deinen Feind.»

Vater Platos Lider flatterten. Staunend erinnerte er sich aufs neue, wie sein Gefährte ihm tags zuvor vorausgesagt hatte, wo dieser ihn wiedersehen, das heißt also, wo er selbst der Kaiserin begegnen würde.

«Ich habe geirrt, lieber Bruder», stammelte er.

Der Fremde lächelte. «Möchtest du meinen Namen wissen?»

«In der Tat, so ist es», bekannte Vater Plato, «und ich bin voll Erstaunen …»

«Ich heiße Kaesarion», sagte der Reisende. «Meine Sippe lebt im Lande der Daker. Ich war in Ägypten, wo ich längere Zeit verweilte. Als ich von dort zurückkehrte, habe ich auch jene heiligen Stätten besucht, nach denen du, mein Herr, mich gefragt hast.»

Der Bischof faßte sich ein Herz und blickte ihn voll an.

«Bruder Kaesarion», fragte er, «ich denke, du bekennst dich zum wahren Christenglauben?»

«Ich bekenne», antwortete Breb, «daß der Geist Gottes Fleisch geworden ist: dies ist die Dreieinigkeit, vor der wir uns neigen müssen. Doch außer und über diesem Bilde menschlicher Vorstellungskraft steht rein und in sich beschlossen, was ewig ist, das Sein und Nichtsein umschließt. Es steht und wird über alles Irdische hinaus bestehen. Dieses Geheimnis kann man weder erklären noch ergründen.»

Der alte Bischof verhielt den Schritt und verneigte sich, da er in seinem Weggenossen einen Epopten, einen Eingeweihten der Mysterien, vermutete.

«Hochweiser Vater Plato», der Fremde lächelte abermals, «ich weiß wohl, daß ich dieses starke Gift, das ich dir geboten habe, keinem gewöhnlichen Sterblichen reichen darf: Doch deinem frommen Geiste bekommt es. Wir beide können also ruhig unsere Angelegenheiten besprechen und es den Unwissenden überlassen, um Worte zu hadern. Mein hochweiser und geliebter Vater Plato, ich bin der Ansicht, daß du nicht mit überstürzter Hast nach Nikäa, wohin dich die Basilissa entsandt hat, eilen mußt. Du wirst noch rechtzeitig im Rate erscheinen. Glaube mir, die Kaiserin hat die Redner schon im voraus besänftigt, und man wird dort dem Glauben gute Dienste erweisen, denn seine Ordnung ist der Grundstein der Weisheit aller Geschlechter, und überdies muß das Recht immer auf der Seite des Herrschers stehen.»

«O Herr», wunderte sich der Abt von Sakkudion, «wie kannst du wissen, was mir die Basilissa aufgetragen hat? Ich befand mich in der Loge, du aber im Hippodrom inmitten der Menge.»

«Wundere dich nicht, mein Vater», antwortete Breb, «wenn ich aus der Ferne auch nichts hören konnte, so vermochte ich doch zu sehen.»

«Das sind aber Dinge, die man hören muß, um sie zu wissen.»

«Weshalb?»

«Weil sie nur durch die menschliche Sprache übermittelt werden können.»

«Die menschliche Sprache, Ehrwürdiger, ist recht arm und vermag uns nur geringe Kenntnisse zu übermitteln. Desgleichen nimmt das Auge nur wenig wahr, und auch von unseren übrigen Sinnen kann man nicht behaupten, daß sie besonders scharf wären. Das Licht, das Gott in ein Samenkorn legt, ist den Sinnen unseres Fleisches weit überlegen. Mit Hilfe jenes Lichtes habe ich den Anfang deines Gespräches mit der erlauchten Basilissa gedeutet. Vor drei Jahren hat man an den Hof des großmächtigen Kaisers Karl Rhetoren entsandt, um eine seiner Prinzessinnen in der edlen und vornehmen Sprache von Byzanz zu unterweisen. Nun aber schickt Staurakios jenen Lehrern das Gebot zur Heimkehr. So raunen im Heiligen Palaste die Frauen und Jungfrauen aus der Umgebung der Kaiserin. Also beeilt man sich, innerhalb der Grenzen des Reiches eine kluge und schöne Braut aus edlem Hause für Konstantin, den erhabenen Sohn des Isaurischen Löwen, zu finden.»

Der Mönch stockte und wich nun erschrocken einen Schritt zurück.

«Wer bist du, Herr?»

«Ein Freund meines teuren Vaters, des weisen Bischofs Plato. Mein bescheidenes Wissen, o Herr, ist ohne Arg.»

Der greise Plato verneigte sich ein zweites Mal, wobei er gleichzeitig aufzublicken wagte. Da sah er in den Augen des Fremden etwas, was man bei gewöhnlichen Sterblichen nicht sehen kann. Er entdeckte in ihnen eine Ruhe und eine Kraft, die jenseits der irdischen Leidenschaften lag; etwas, das sich mit dem Himmel und dem unendlichen Glanze des blühenden Tages vereinte, während von der Rennbahn immer noch Staub mit gehässigem Lärm vermischt herüberdrang. Vergängliches Fleisch in seinen vergänglichen Leidenschaften, indes darüber hinaus alles von jener Schönheit und jenem Licht umgeben war, wie der Mensch sie sich nur in der Liebe vorzustellen vermag, die der Erlöser über die Menschheit ausgegossen hat, ohne daß jene sie beherzigt hätte. Dieses Licht und diese Liebe offenbarten sich in dem fremden Manne so sichtbar, daß Plato, der alte Mönch, alle Zweifel von sich weisen und die Freude solcher Freundschaft genießen konnte wie das Licht, das ihn umgab.

«O Herr», sagte der Fremde, «du tust wohl daran, an das zu glauben, was nur wenigen Auserwählten offenbar ist. Die Freundschaft ist wohl die seltenste Blume auf dieser Welt, und sie gedeiht nur in Gottes Gärten, die kein Welken kennen.»

Während sie so sprachen, wandelten sie auf Umwegen durch engere und stillere Gassen, um nicht gestört zu werden; und der ehrwürdige Plato freute sich wie ein Jüngling, überzeugt, daß es ihm gelungen war, das zu finden, was der unglückliche Diogenes mit brennender Ampel am hellen Tage ein Leben lang vergeblich gesucht hatte. Als sie so den Ort erreichten, wo zwischen friedlichen Mauern Sankt Pantheleon lag, mochte der Bischof sich nicht so rasch von seinem Bruder im Geiste trennen, daher bat er ihn, an der Vesper und danach am Abendmahle teilzunehmen. Mit großer Genugtuung bemerkte er, daß der hünenhafte Diener des Fremden fromm das Knie beugte und das heilige Zeichen des Kreuzes schlug, sich wieder und wieder bis zur Erde verneigte und inbrünstig die Ikonen küßte.

«Wie heißt du, Freund?» fragte er ihn.

«Konstantin», antwortete der Fremde. «Er ist der griechischen Sprache nicht kundig. Sein Großvater trug noch keinen christlichen Namen.»

«So darf ich mich also freuen, daß der neue Glaube die Donau überschritten hat.»

«Deine Freude ist gerecht, mein weiser Vater, denn dieser Mann ist gläubig wie seine Vorfahren.»

Plato blickte gütig auf den Diener, der ihn treuherzig anlächelte.

«Freue dich, Freund Konstantin», sprach er zu ihm, «du besitzest einen kaiserlichen Namen.»

«Auch wir könnten uns freuen», antwortete Breb, «wenn die Kaiser die gleiche Lauterkeit des Herzens besäßen wie dieser Mann hier.»

Da wurde der ehrwürdige Plato von Kummer ergriffen, denn er gedachte der zügellosen Tage und Nächte jenes Kaisersohnes, der doch dazu bestimmt war, dereinst selbst die Zügel des Reiches zu führen. Doch hier in der Welt von Byzanz verbreitete der Kadaver des Lasters seine schnöden Pestdünste so sehr, daß der innigste Wunsch des Abtes dahin ging, sogleich zurück nach Sakkudion zu fliehen. Orgien, Intrigen und Freudenhäuser fraßen wie Aussatz am Volke; vergeblich mühte sich die Basilissa, den wahren Glauben zu festigen, solange ihr eigener Sohn sich nicht bekehrte. Durfte der ehrwürdige Plato sich wohl erkühnen, von seinem neuen Freund guten Rat und Beistand zu erhoffen?

«O Herr», erwiderte Breb, «wenn unser Leib schon längst Staub und Asche ist, werden unsere guten Worte und Werke immer noch hundertfach Früchte tragen. Daher will ich dir meinen Beistand leihen, was immer du von mir verlangst.»

VI. Kapitel

Es handelt von Gott und Menschen,
von Erde, Himmel und Meer; von Kaisergeschlechtern,
besonders aber von einem Kameltreiber,
der, ohne es zu ahnen,
die erste Kunde über den heiligen Philaret bringt

Während sie auf einem kleinen levantinischen Schiff nach dem Strand von Bithynien reisten, erklärte der Abt Plato seinem Freund Kaesarion einige Dinge, die das Kaiserreich betrafen. 780 – vor sieben Jahren also –, als der Isaurierkaiser Leo die Seele in dem Abgrund seiner Missetaten ausgehaucht hatte, war als Anwärter auf den Thron ein zehnjähriger Knabe zurückgeblieben – jener schöne Jüngling namens Konstantin, den die beiden beobachtet hatten, als er mit gierigen Augen das Fieber der Rennbahn genoß. Damals hatte Gott in seiner Güte die Gnade seiner Kraft und Weisheit einem schwachen Weib verliehen, das unter der Herrschaft des Kopronymos Konstantin und seines Sohnes Leo im Frauengemach die Zerstörung der heiligen Ikonen beweint hatte. Sie hatte ein verängstigtes Schattendasein geführt: Doch in der entscheidenden Stunde hatte sie den Auftrag vernommen, den der Allerhöchste an sie gerichtet, mit der einen Hand das Kreuz, mit der anderen aber das Schwert zu ergreifen. Da es sich einem schwachen Weibe aber nicht geziemt, das kriegerische Werkzeug zu führen, hatte die erlauchte Despina erkannt, daß jenes Schwert wohl ihr überaus scharfer Verstand sein müsse. Mit dem Zeichen des Friedens hatte sie also die Völker getröstet und ihnen die von den bilderstürmenden Dämonen gelästerten und verstoßenen Ikonen wiedergegeben; mit ihrem scharfen und listigen Verstand aber hatte sie die Feinde angegriffen, gerichtet, zerstreut und überwunden. Sie hatte die Strategen der Ikonoklasten der Wut ihrer eigenen Krieger ausgeliefert, einige der Würdenträger bestochen, um sie aus ihren alten Bündnissen zu reißen, um dann die früheren Verbündeten gegen jene aufzuwiegeln, so daß sie sich schließlich untereinander zerfleischten. Die Brüder des verstorbenen Kaisers Leo, die fünf Cäsaren Nikephoros, Antimos, Christophoros, Eudokimos und Niketas bannte sie hinter geheiligte Klostermauern und zwang ihnen das Mönchsgelübde ab. Die Scholaren und Aghlabiten, die verstockte Bilderstürmer waren, entfernte sie aus Byzanz, indem sie sie nach Asien schickte. Ihre Kinder und Weiber siedelte sie in Noumera an. Einige schmachten hier im Kerker, den übrigen werden bald auf den Schlachtfeldern Geier und Raben die Augen aushacken. Die heiligen Ikonen aber ließ sie unter großem Pomp und Ehrengeleit an ihre alten Plätze zurückbringen. Jene, die man ihres goldenen und silbernen Zierates beraubt hatte, schmückte sie aufs neue. Sie ließ die Mosaikbilder von der Tünche befreien, und die Heiligen traten aus der Dunkelheit ihrer Verbannung und segneten das Reich. Fromme Wogen brachten die Gebeine der Märtyrer und Märtyrerinnen, die man wie Unrat in die Propontis geworfen hatte, wieder ans Gestade; die Gläubigen erkannten sie und führten sie im Geleit in die Klöster zurück, wo auf gnadenreichen Altären ihre Silberschreine aufgestellt waren. Ganz besonders tröstete die rechtgläubige und wohltätige Despina die Mönche, deren Klöster sie wieder eröffnete und überreich beschenkte. Die barbarischen Polemarchen der Ikonoklasten hatten diese armen Mönche nicht nur mit Ruten gepeitscht und ihnen die Bärte abgeschnitten, sondern ihnen noch andere Schmach angetan, da sie sie mit frommen Nonnen zusammengeführt und sie unter Androhung des Todes gezwungen hatten, sich mit jenen zu paaren. Diese Demütigungen waren nun vergessen; Würmer und Aussatz fraßen die besiegten Verfolger; die Frommen aber sangen in den Festungen des Glaubens Lobeshymnen auf den himmlischen Herrn und die irdische Kaiserin.

Die kluge Despina hatte es verstanden, sich bei diesem Werk den Beistand gewandter und eifriger Beamten zu sichern. Vor allem Staurakios, die rechte Hand Ihrer Majestät, war ein Mann, frei von weltlichen Leidenschaften, unermüdlich im Geiste und unbezwingbar in der Standhaftigkeit seiner Entschlüsse. Nach Ansicht dieser hohen Ratgeber sind die Gesetze Gottes von einer Beschaffenheit, die der irdischen Herrschaft aber von einer andern. Der Herr und Kaiser stellt seine Gesetze auf, um die Ordnung auf der Welt unter den Menschen zu erhalten. Er unterwirft den Menschen dem wahren Gottesglauben, auf daß er des Heiles teilhaftig werde; damit dieser sich aber des Guten auch in den Dingen dieser Welt befleißige, darf sich der Kaiser des Schwertes, des Goldes, des Giftes oder der List bedienen. Glücklich der Herrscher, der all dies zu handhaben vermag! So hatte also die Kaiserin in dem getreuen Staurakios, bei dessen Wahl sie sich vom ehrwürdigen Vater Plato hatte beraten lassen, eine Stütze gefunden. Sooft die erlauchte Despina in ihren Überlegungen zauderte oder zwischen Zweifeln wie zwischen Skylla und Charybdis stand, versäumte sie nicht, eilig Kunde nach Sakkudion zu senden und den ehrwürdigen Bischof um Beistand anzurufen.

Es war niemandem mehr ein Geheimnis, daß Vater Plato der göttlichen Gnade teilhaftig war und die Gabe besaß, sich in fromme Betrachtungen und Gebete zu versenken, wonach vor seinen offenen Augen die heilige Gottesmutter von Sakkudion erschien, die ihm auf alle Fragen Zeichen und Antwort gab. Wie solches möglich ist, vermag der menschliche Verstand nicht zu fassen. Selbst der ehrwürdige Bischof Plato begriff es nicht. Zwar behaupteten einige Mönche von Sakkudion, daß sich in solchen Stunden die leuchtende Ikone der Jungfrau in der heiligen Klosterkirche gleichsam unter Schatten verschleiere und erlösche, doch werden zweifellos nur arme Geschöpfe, denen das

Verständnis geistiger Dinge abgeht, dergleichen sehen oder glauben. Die dreimal selige Jungfrau hatte sich also dem wachen, brennenden Geiste Vater Platos gezeigt, und die Kaiserin erfuhr auf diesem Wege die Lösung mancher Zweifel. Die Despina, die so beraten seit sieben Jahren Byzanz regierte, gewann immer mehr die Überzeugung, daß sie Gottes unumstößlichen Willen erfülle. Schmäher und Feinde der Kaiserin streuten unter dem Volke und unter den Soldaten Gerüchte aus, daß Ihre Majestät die Süße der Macht wie Honig schlürfe und sich so sehr daran gewöhnt habe, daß sie ihrer nicht mehr entbehren könne. Doch das war nicht wahr. Die Erhabene selbst überlegte, wie sie am besten verfahren könnte, sobald Konstantin das Reifealter erlangt habe. Um diese neue Tat wohl zu verrichten, hatte die Kaiserin abermals Rat erbeten, und der ehrwürdige Plato, der die Gnade der himmlischen Herrin angerufen hatte, antwortete der irdischen Herrin, man solle den kaiserlichen Jüngling durch eine Vermählung in weiser reiner Liebe binden. Denn seine Jugend und unerfahrenen Freunde, unter denen sich auch der Polemarch Alexios befand, verführten ihn zu den Zügellosigkeiten der Sinne. Daher mußte Konstantin, der künftige Kaiser, recht bald zu Vernunft gebracht werden.

«Indem ich dir all dies anvertraue, o mein geliebter Freund», fuhr der ehrwürdige Bischof fort, «komme ich zugleich auch um Rat und Beistand zu dir. Die Offenbarung deiner Kenntnisse hat mich in Staunen versetzt. Hilf mir, ich bitte dich, diese gute Tat zu vollbringen. Nachdem wir unsere Schiffsreise beendet haben, werden wir uns im Frieden von Sakkudion einige Tage ausruhen. Danach muß ich nach Nikäa reisen, wohin mich meine Pflicht ruft.»

«Mit Freuden rechne ich mich zu den Dienern Deiner Heiligkeit, mein Freund und Vater», erwiderte der Fremde, «indes du in der bischöflichen Versammlung deine Sache verfechten wirst, werde ich ausziehen, die Braut zu suchen.»

«Das weißt du also auch schon?» lächelte der Bischof.

«Ich werde es bald wissen, Vater, denn du wirst mir sagen, wo ich sie finden muß.»

Der ehrwürdige Plato strich sich den Flachsbart und seufzte. Für einen Augenblick schloß er die Augen, und sein altes Ibisgesicht nahm einen bekümmerten Ausdruck an, denn er hatte sich noch nicht an die flinken Gedankensprünge seines Freundes gewöhnt, der sich eher als Herr denn als Diener erwies.

«In der Tat», antwortete er milde und öffnete die Augen, «in Paphlagonien lebt nahe der Küste des Pontus Euxinus in der Ortschaft Amnias einer meiner alten Freunde, der mit allen Taten seines Lebens getreulich dem Herrn dient. Er nennt sich Philaret und lebt einträchtig mit seiner Gemahlin, einer frommen Frau, die ihm Söhne und Töchter geschenkt hat. Und auch jene Söhne und Töchter sind fruchtbar gewesen. Nun will ich dir von seiner eifrigsten Beschäftigung, der Mildtätigkeit, berichten, denn ich bin überzeugt, daß sie dich erfreuen und erstaunen wird. Den reichen Besitz, den ihm seine Gemahlin Theosva als Mitgift in die Ehe brachte, hat er zusammen mit seinem elterlichen Erbe unter die Armen der Welt verteilt, um sich in der zukünftigen Schätze zu sammeln. Da ich erfahren habe, daß er nunmehr verarmt ist, habe ich ihm zweimal je zehn Maultiere mit Kornscheffeln beladen gesandt. Heute schicke ich einen Boten mit noch besserer Gabe zu ihm. Denn, wenn du eine seiner Enkeltöchter als jene Braut erkennst, welche die allerreinste Jungfrau bezeichnet und bestimmt hat, dann werden sich, sobald er des Kaisers Vater ist, seine milden Gaben wieder mehren. Auf diese Weise verknüpfen und mehren sich die guten Taten.»

«So werde ich denn nach Amnias reisen», lächelte Breb, und der ehrwürdige Bischof umfaßte seine Schultern und drückte ihn ans Herz.

Während er ihm noch andere Dinge erklärte, gewöhnte der Greis sich allmählich daran, nicht mehr vor den raschen Antworten des Fremden zu erschrecken. Und da er in ihnen nur Sanftmut und Güte gefunden hatte, begann er nunmehr, sich an ihnen zu ergötzen. Für seine zwischen Klostermauern verdorrte Seele waren sie wie die Blumen an jenen Ufern, zwischen denen ihr Schifflein dahinglitt. Über ihnen und ringsum lächelte selig der Frühling, und verirrte Düfte suchten einander auf dem milden Meer. Von den hohen Mauern und Erkern der Prinzeninsel fielen blaue und weiße Blütenkaskaden herab, und man konnte mit freiem Auge den Rosenreichtum erkennen, aus dem die Einheimischen das wohlriechende Öl gewinnen. An diesem friedlichen Ort leben zwischen Klostermauern viele irdische Edelleute, kaiserliche Söhne und Brüder, Schwestern und Gemahlinnen, die zum frommen Klosterleben verurteilt wurden. Manche unter ihnen, die sich in der schwarzen Tracht wie unter dem Bahrtuch und im Grabe fühlen, leben noch mit der Sehnsucht nach dem üppigen Leben von Byzanz. Nach einem gottgewollten Gesetz hat sie das Kaisertum vor den irdischen Gefahren und Ränkespielen errettet und hierher verbannt. Um den Ungestümsten unter ihnen den vollkommenen Frieden in dieser und der künftigen Welt zu sichern, schneidet man ihnen die Zunge heraus und blendet ihre Augen. So stehen hier oft Henker und Cäsar nebeneinander, im gleichen Gewand der Buße und in der gleichen Nacht der Blindheit lehnen sie den Rücken an die Klostermauer, atmen den Blumenduft, lauschen dem Murmeln der Wellen und harren ihres Endes, das nicht anders sein wird als das ihrer Richter.

Auf dem Deck sangen einige griechische Matrosen mit nackten Armen und bloßer Brust und freuten sich mehr noch über den Frühlingsglanz des wohlwollenden Windgottes, der die Segel am Maste mit günstigem Hauche blähte und ihnen so eine wohlige Trägheit gestattete. Der Kapitän, ein Mann von untersetztem Wuchs und breitem Rücken, geschmückt mit einem struppigen Graubart, hatte jenem Gott wie auch der allerreinsten Jungfrau zu Ehren einen Becher süßen Weines geleert, wobei er einen Tropfen in das klare Meer geträufelt hatte. Da er nun den hochwürdigen Bischof und den Fremden im weißen Gewand in ein so langes Gespräch versenkt sah, näherte er sich ihnen von Zeit zu Zeit und umschlich sie mit dem Wunsche, etwas zu erlauschen und zu verstehen. Als er schließlich sah, daß seine angesehenen Fahrgäste verstummt waren, wandte er sich den jungen Mönchen zu. Doch diese wußten nur wenig zu berichten, hatten sie doch eben erst begonnen, sich im gottesfürchtigen Leben zu üben. Da ihn jedoch ein alter Kummer plagte, den ihm seit Jahren keiner der Frommen und Weisen, die er von einem Gestade zum anderen geschifft, hatte lindern können, wagte er es, sich an den neuen Reisenden zu wenden, den er noch nie gesehen hatte.

«Ich bitte den heiligen Bischof von Sakkudion», sprach er mit einer Verneigung, «er möge mir gütigst gestatten, an diesen Fremden eine Frage zu richten, da ich in ihm einen Deuter der Geheimnisse vermute.»

Der Bischof segnete ihn lächelnd. «Sprich, Kir Diogenios, und erzähl deine Geschichte. Wahrhaftig, auch ich habe sie schon einige Male gehört, ohne dich jedoch beraten zu können, da ich sie für einen Scherz halte, den ich mit unserem Wandel in Sakkudion nicht vereinbaren kann. Doch heute, da alle Inseln der Propontis in Blüte stehen, ziemt es sich, daß auch wir uns erheitern.»

«Wovon ist die Rede?» fragte Breb.

«O Herr, habe die Gnade und höre meine Geschichte», antwortete der Kapitän. «Die Stadt, in der ich wohne, heißt Panagias. Unsere Nachbarstadt, die bedeutend kleiner und armseliger ist, nennt sich Kephallos. Es ist bei uns von alters her Sitte, daß wir Panagier uns im Frühling, wenn wir zum ersten Mal festlich ans Meeresufer ziehen, ein Rätsel ausdenken, die Kephaller aber ein anderes. Wenn wir zuerst die Lösung fanden, so bezahlten die aus Kephallos das Faß Wein, welches wir gemeinsam beim Lämmerbraten leerten; errieten sie es zuerst, bezahlten wir, die Panagier, den Wein. So haben sich unsere Vorfahren ein Leben lang vergnügt, und auch wir haben uns etliche Jahre belustigt, da wir sehr geschickt im Rätselraten waren. Aber siehe, da kam vor elf Jahren ein schlauer Sophist nach Kephallos, der unsere Nachbarn gelehrt hat, uns ein Rätsel aufzugeben, das wir nicht mehr zu lösen vermögen; deshalb müssen wir nun seit elf Jahren jeden Frühling den nichtswürdigen Kephallern ein Faß Wein als Steuer zahlen. Wir haben die Heiligen angerufen, wir haben Opfer dargebracht; wir haben alle rechtgläubigen Väter sämtlicher Klöster von Bithynien und Byzanz um Rat gefragt: doch haben wir bis heute die Lösung nicht erfahren können, so daß wir in der Schuld jener aus Kephallos geblieben sind. Darf ich wohl hoffen, o Herr, daß du so gütig bist, dir dieses vermaledeite Rätsel anzuhören?»

«Ich höre, Kir Diogenios; und wenn es ein Rätsel ist, so muß es wohl auch eine Lösung haben.»

«Vielen Dank, so will ich gleich beginnen. Mag sein, daß uns auch diesmal keine Erlösung aus unserem Kummer und unserer Demütigung beschieden ist; doch wird es sich auf diese Art wenigstens noch einmal erweisen, daß wir nicht die Letzten unter den Sterblichen sind, und wenn sie dann grinsend unseren Wein saufen, bleibt uns wenigstens der Trost, daß es eben Rätsel gibt, die selbst die Weisen dieser Erde nicht zu lösen vermögen. Nun also, hochweiser Philosoph, vernimm, was für eine verzwickte Frage uns unsere niederträchtigen Nachbarn gestellt haben:

Es gäbe, so sagen sie, eine Kamelkarawane dreier Kaufleute namens Zosimos, Danielos und Theophanos, die zwischen Theopompolis und Prusias Handel treiben. Zur Karawane gehören ferner drei einfache Knechte, die in der heiligen Taufe den gleichen Namen wie die Kaufleute erhalten haben: der erste ist Lastträger, der zweite Karawanenführer, der dritte Kameltreiber. Diese drei heißen also gleichfalls: Zosimos, Danielos und Theophanos.

Nun höre, Herr: Der Lastträger wohnt in einem Dorf, das gerade in der Mitte des Weges zwischen Theopompolis und Prusias gelegen ist.

Der Lastträger und der Kaufmann, der in Prusias wohnt, tragen den gleichen Namen.

In Theopompolis wohnt der Kaufmann namens Theophanos.

Der Kaufmann, der dem Lastträger zunächst wohnt, hat ein Einkommen, das just neunmal so groß ist als das des armen Lastträgers.

Zosimos, der Kaufmann, verdient bei seinen Geschäften 2222 Goldstücke.

Der Karawanenführer hat ein Auge weniger als Danielos.

Man stellt uns die Frage, welches der Name des Kameltreibers sei.»

«Kir Diogenios», erwiderte Breb lachend, «so verwickelt die Worte auch klingen, vermögen sie dennoch nicht, den gesuchten Namen zu verbergen. Der Kameltreiber hört auf den Namen Danielos, und ich will dir gleich die rhetorische Ordnung erklären, damit auch du ihn entdecken kannst.»

«O mein Wohltäter!» rief der Kapitän. «Die Bürger von Panagias werden dich allzeit segnen, daß du sie von der Schmach befreit hast. Ich bin ungemein begierig zu erfahren, wo sich die Schlange versteckt.»

«Das will ich dir gleich sagen, Kapitän Diogenios», sagte wohlwollend der Fremde, «doch wünsche ich sehr, daß du das, was ich dir gerne schenke, den Bürgern von Panagios nicht für Geld verkaufest.»

Bei diesen Worten wurde der Kapitän von Furcht gepackt, denn wirklich hatte er insgeheim die Absicht gefaßt, die Lösung des Rätsels seinen Brüdern für Geld zu verkaufen. Er warf sich daher dem Bischof zu Füßen und bekannte seine Schuld. Breb aber schenkte ihm die Lösung der Aufgabe zum Erstaunen aller anwesenden Matrosen und Mönche.

«Da habt ihr also euer Spiel», sagte er. «Wenn der Lastträger den gleichen Namen führt wie der Kaufmann aus Prusias, und wenn der Kaufmann Theophanos in Theopompolis wohnt, so heißt der Lastträger nicht Theophanos. Stimmt es?»

«Es stimmt!» bestätigte Kapitän Diogenios.

«Weiter. Wenn der Lastträger auf halbem Wege zwischen Theopompolis und Prusias wohnt, so ist der Kaufmann, der im gleichen Dorfe wohnt und neunmal soviel verdient wie jener, nicht Zosimos, denn die Summe von 2222 Goldstücken läßt sich nicht restlos durch neun teilen. Also wohnt der Kaufmann Zosimos in Prusias. Da der Lastträger ebenso heißt wie der Kaufmann, führt er den Namen Zosimos. Stimmt das?»

«Sehr richtig!» freute sich der Kapitän.

«Nun merk auf, Mann, und gib weiter acht: Da Zosimos der Name des Lastträgers ist, der Karawanenführer aber nicht Danielos heißt, ist Theophanos der Karawanenführer, und wir haben außerdem erfahren, daß er einäugig ist. So bleibt der Name des Kameltreibers: Danielos.»

«Bei Gott! Nichts einfacher als das!» rief der Kapitän.

Und sogleich setzten sich Kir Diogenios und seine Matrosen mit gekreuzten Beinen auf dem Deck nieder und versuchten nun ebenfalls, mit Hilfe von Stäbchen und Kieseln der logischen Beweisführung des Fremden zu folgen; denn nachdem ihnen die Wahrheit für einen Augenblick sehr offensichtlich gewesen, hatte sie sich sogleich wie jede verborgene Wahrheit wieder verdunkelt und ihren Blicken entzogen, als ob sie niemals offenbar gewesen wäre.

«Wie gering ist doch der Verstand der Sterblichen ...» Kaesarion lächelte seinem Freund, dem Bischof, zu, «und mit diesem Verstand erkühnen sie sich, eine andere, noch viel tiefer verborgene Wahrheit zu ergründen. Deshalb wird Gott den gewöhnlichen Menschen bis ans Ende der Zeiten ein Geheimnis bleiben. Es ist richtig, daß die Menschen glauben sollen, ohne zu prüfen.»

Der geweihte Plato nickte seufzend, und das Rätsel des Kir Diogenios entschwebte nach der nahen Blumeninsel wie jene Schwalbe, die für einen Augenblick an ihm vorübergeschwirrt war.

So glitten sie gemächlich und leichten Herzens über den Spiegel der Propontis, während günstiger Wind die Segel ihres Schiffleins bauschte. Als sie das bithynische Ufer erreichten, stand Kir Diogenios noch immer auf dem sonnenumspielten Deck, kraulte sich mit der Linken den Bart, während er mit scheelem Blick über die aristotelische Ordnung des Rätsels grübelte, nach der die Finger seiner Rechten von Zeit zu Zeit unwillkürlich zuckten.

Vater Plato segnete die Diener von Sakkudion; sodann bestiegen der Ehrwürdige und Kaesarion Breb ihre Esel, während ihnen die Diener und die jüngeren Mönche zu Fuß folgten auf dem Weg, der unter Platanen zum Ufer hinaufführte und stufenförmig zwischen Wäldern bergauf stieg, so wie ihn seit tausend und abertausend Jahren die Hufe der Tiere und die Schritte der Menschen festgestampft hatten. Aus den Zypressen tönte das Klappern der Reiher; Jungadler flogen aus dem Geäst der heiligen Akazien auf und schwebten der Sonne entgegen; Thymianduft drang aus den einsamen Tälern zu ihnen und aus den Wäldern das Röhren der Rehböcke. Hier und dort sprangen Quellen aus den Felsen hervor.

Breb saß ab und lächelte seinem Diener Konstantin zu, dem er einige Worte in einer unbekannten Sprache sagte. Gemeinsam betrachteten sie Himmel und Erde, und ihr Ohr lauschte den geheimnisvollen Stimmen, die aus fernen Tiefen aufklangen. Unterdessen hatte der Zug den Rastplatz am Grat erreicht, und die beiden folgten ihm unter dem Schattendach des Waldes.

So überquerten sie die kleineren Berge, über die der mächtige Gipfel des Olympos ragte, und stiegen am dritten Tage zu den Wiesen von Sakkudion nieder. Wie eine Festung aus grauem Fels erhob sich die majestätische Kirche zwischen den weißen Klausen. Die Küster läuteten gerade zum Abendgebet. Vater Plato warf sein Reisegewand ab und befahl seinen Jüngern, ihm aus der Klause die hohe Schleierkappe und den Rosenkranz zu bringen, damit er gleich an der heiligen Vesper teilnehmen könne. Kaesarion, der Fremde, bat einen der Brüder, ihm mit dem Finger die Richtung zu weisen, wo die gesegnete Quelle des Klosters sprudelte. Nur von diesem Zeichen geführt, begab er sich, gefolgt von seinem hünenhaften Diener, dorthin, wo er unter Felsen das Wasser fand, das gurgelnd aus den Tiefen emporschäumte.

«Konstantin», sprach er, «benetze deine Augen mit diesem Weihwasser, und geh auch du hin, um deine Andacht zu verrichten.»

Nachdem der Diener sich zurückgezogen hatte, um vor Gott niederzuknien, verweilte der Fremde längere Zeit neben der Quelle, Zauberwerk treibend, wie die jüngeren Mönche berichteten. Danach betrat auch er das Gotteshaus und nahm an der Seite seines bischöflichen Freundes im Kirchenstuhl Platz.

Seiner Müdigkeit nicht achtend, gedachte Bischof Plato abends in seiner Zelle aufs neue seiner Sorgen und überlegte, welches Geschick Gottes Güte dem Kaiserreich von Byzanz zugedacht haben mochte.

«Denn unser Kaiserreich», meinte der Hochwürdige, «ist unter allen Imperien das größte und ruhmreichste, doch hat es wie alles Menschenwerk Schwächen und Mängel. Wohl gehen die Kaiser und Kaiserinnen in Gold und Purpur einher, und die Würdenträger und Diener neigen zu ihren Füßen die Stirnen, da sie zu Staub werden vor dem Angesicht solcher Majestät. Und dennoch sind die Gebieter des Heiligen Palastes auf ihren Thronen und unter ihren Diademen aus Edelgestein bedroht von den Strategen aus Asien und Thrakien, und die meisten sterben unter den Schwertern der gedungenen Leibwächter. Diese Fremden, Barbaren aus dem Norden und Süden, gehorchen den Trugbildern und den Trieben des Augenblicks; nicht das ewige Byzanz beherrscht ihr Herz, sondern nur das Byzanz eines einzigen Tages, da sie, nachdem sie durch Blut gewatet sind, Goldstücke gewinnen und Wein trinken können. Seit Jahrhunderten liegt dieses Kaiserreich wie ein kostbares Juwel vor den Augen der Räuber, die es aus allen vier Himmelsrichtungen belauern. Vergebens haben heldenhafte Kaiser sie besiegt und vertrieben, witternd kommen sie immer wieder an ihren Platz zurück. Viele unterwerfen sich und begehren, für das Reich zu kämpfen. So ist es allmählich dahin gekommen, daß sie das Schwert führen, während die Griechen auf ihren Schätzen faulenzen und träumen. Nun steht der Feind mit gezücktem Schwert im Lande, er stellt sich freundlich und unterwürfig, doch er murrt und schlägt zu, sooft er sich seines Schicksals erinnert. O mein Freund, die Gefahr und der Tod sitzen täglich an der kaiserlichen Tafel.»

«Das bedeutet», lächelte Breb, «daß weise Männer an einen Kaiser mit mächtiger Hand denken.»

«So ist es», bestätigte der Bischof, «zwar sind die Angelegenheiten des Glaubens nach Gebühr geregelt, denn die erlauchteste Basilissa ist eine eifrige Streiterin der Orthodoxie; doch das Reich hat noch andere Einrichtungen, deren wichtigste die Heeresordnung ist. Seit achthundert Jahren träumen die griechischen und fremden Krieger davon, den Aufstieg eines neuen Alexanders zu erleben. Einem solchen Manne würden sie sich vollkommen unterwerfen; solch einen Helden erhoffen sie, sooft ein Kaisersohn geboren wird.»

Abermals lächelte Kaesarion Breb: «Du hast recht, mein ehrwürdiger Freund und Vater», sagte er, «die Basilissa Irene hat Konstantin, den Sproß des Kaisers Leo, unter dem Sternbild des Schützen geboren. So wie der Müller die Wasser zum Menschenwohl ins Mühlgerinne lenkt, können auch die wilden Triebe der Herrscher in Macht gewandelt werden. So ist nun einmal das unglückselige Wesen der Sterblichen.»

«O Herr», murmelte der Bischof, «ich merke, daß dir nichts verborgen bleibt. Es gibt viele alte Söldner, die dem Arm des jungen Konstantin vertrauen, da sie sich der Kriegstüchtigkeit des Kaisers Konstantin Kopronymos erinnern. Bliebe ein solcher Arm dem Dienste der Orthodoxie erhalten, würde die Macht des Reiches sich mehren. Zwar blieben freilich noch andere Wunden offen, doch für diese ließe sich schon ein Mittel finden. Da hieße es in erster Linie den Dämon der Mißgunst aus Byzanz vertreiben, der mit gallgrünen Augen lauert. Sobald die hohen Beamten von diesem Dämon befreit sind, kämen seine Brüder an die Reihe. Denn es gibt auch noch einen Dämon der Geldgier und einen andern des Unrechts und der Willkür und wieder einen andern des Sinnenlasters. Dieses Reich ist das schönste und reichste von allen, denn es besitzt Schätze des Bodens, stille Meere, die Saatfelder Thrakiens und die Gärten Asiens; doch der kaiserliche Beamte kennt weder Gerechtigkeit noch Erbarmen; er raubt dem Armen den letzten Bissen und kriecht vor dem Reichen, damit auch der sich in seiner Nichtswürdigkeit geschmeichelt fühle; er läßt sich vom Kaufmann bestechen und unterdrückt den Armen und die Witwe. Auch diese Dämonen müssen vertrieben werden.»

«So ist es», nickte der Fremde, «zu den Gebeten der frommen Mönche müssen sich Schwert und Streitkolben gesellen. Wohl denn, ehrwürdiger Vater, ich werde morgen zur Reise rüsten, um mich auf den Weg nach Paphlagonien zu begeben. Ich werde dort deinen Auftrag erfüllen. Was die Mächte dieser Welt und ihre Dämonen anbelangt, werden andere nach dem Rechten sehen.»

In der ersten Morgenstunde des darauffolgenden Tages vernahm Bischof Plato die frohe Kunde, daß vor seiner Schwelle ein Mann warte mit einem Schreiben, das Kaufleute geradewegs aus Amnias übers Meer gebracht hatten.

«Sei gesegnet, Mann», redete er ihn an, «ich bin überzeugt, daß du mir gute Botschaft bringst.»

Der Mann, alt, aber noch flink, trug weite Beinkleider, eine blaue Kappe und in der Hand eine Peitsche mit seidenen Schnüren.

«Ich küsse deine Hand, ehrwürdiger Vater», antwortete er, «walte Gott in seiner Güte, daß du aus dem Schreiben, das ich dir überbringe, gute Dinge erfährst. Doch weiß ich weder woher noch von wem es kommt. Einer unserer Gebieter hat es dem Karawanenführer gegeben, der Karawanenführer aber hat es mir anvertraut, damit ich es dir überbringe, denn, da ihm seine Frau das vierzehnte Kind gebiert, war er genötigt, bis zu unserer Rückkehr daheim im Dorfe zu bleiben.»

«Aus Amnias, sagtest du?»

«So sagte ich, doch weiß ich nicht, wo dieses Land liegt.»

«Es kommt von meinem Freunde Philaret.»

«Gott schenke ihm Glück.»

«Er ist ein mildtätiger Mann wie kein zweiter im ganzen Reiche. Empfange deshalb ihm zu Ehren ein Lamm aus der Herde des heiligen Klosters und vier Ellen roter Seide. Das Lamm magst du gemeinsam mit deinem Genossen verzehren, seinem Weibe aber, das ihm das vierzehnte Kind geschenkt hat, übergib das Seidentuch.»

«Gott der Herr lasse dich, ehrwürdiger Vater, im Himmel zu seiner Rechten sitzen.»

Diener eilten, um die Gaben zu holen. Unterdessen wandte der Alte mit der Kappe und der Peitsche in der Hand den Kopf und erblickte in der Vorhalle unter den blühenden Geißblattranken einen fremden Mann, der nicht schwarz gekleidet war.

«Kameltreiber», sprach ihn jener an, «sag es Theophanos, dem Einäugigen, daß sein Sohn unter einem günstigen und glücklichen Stern geboren wurde ...»

Der Kameltreiber maß Kaesarion mißtrauisch. «Wer bist du, Herr, und woher kennst du mich?»

«Danielos, ich habe dich auf einem Schiff kennengelernt. Sei so gut und gib deinem Gesellen Theophanos auch diese Silbermünze, damit ihm der verdienstlose Tag vergütet sei. Obwohl er nur ein Auge besitzt, sieht er Gottes rechten Weg besser als viele andere.»

«Ich danke dir im Namen Theophanos', ehrenwerter Herr. Doch woher kennst du ihn?»

«Von dem gleichen Schiffe.»

«Von welchem Schiff?»

«O Danielos, es ist ein Schiff, das Erde heißt und der Ewigkeit zusteuert.»

«Zieh in Frieden, Mann», mischte sich nun der Bischof mit einiger Scheu ins Gespräch, «gib jedem, was ihm gebührt; wo nicht, so fürchte. Dieser Fremde weilt zum ersten Male in unserer Gegend.»

Der Kameltreiber entfernte sich und schlug in einem Mauerwinkel das Kreuz. Einen Augenblick zauderte er überlegend, ob es nicht ratsam wäre, umzukehren und den Fremden nach einer Arznei, nach einem Spruch oder vielleicht einem Zauber, den man in verschlossenen Muscheln trägt, für sein altes krankes Weib zu fragen; doch er wagte es nicht und ging seines Weges. Schließlich kehrte er dennoch um und berichtete dem Bruder Pförtner von dem Wunder, das er in dieser Morgenfrühe erlebt hatte.

«Mein viellieber Vater Plato im heiligen Kloster zu Sakkudion», las der Bischof, nachdem er das Schreiben entrollt hatte, «wisse, daß Gott sich mir immer noch gnädig zeigt und daß ich von Deiner Heiligkeit jene Botschaft erwarte, von der Du mir geschrieben hast. Ich weiß nicht, wer mir abermals mit Getreidescheffeln beladene Maultiere geschickt hat, und ich dachte mir, es werden sich wohl gute Menschen, denen ich seinerzeit geholfen, meiner erinnert haben, und so sagte ich ihnen in meinem Herzen Dank und Lob. Diese Gottesgabe, deren Kunde sich alsbald in Amnias verbreitete, habe ich mit vielen, die mich darum gebeten, geteilt, Theosva aber hat mich nach Weiberart darum getadelt; doch hat sie sich nachher reuevoll entschuldigt, und sie läßt Dich auch jetzt bitten, Du mögest sie segnen und Dich daran erinnern, daß ihre Seele sich nach dem ewigen Frieden sehnt. Ich aber mühe mich, dieses Leben zu verschönern, und so habe ich, was mir oder meinem Weibe gehörte, verschenkt und hier alles hingegeben, um mir an einem andern Orte höhere Güter zu erwerben.»

Eine süße Freude erfüllte den frommen Bischof, da er solche Worte las, und er pries seinen Freund in Amnias, den heiligen Philaret, glücklich, daß er demütig wie Hiob imstande war, sein Fleisch zu bezwingen. «Denn», erklärte er Breb, «er hat alles bis auf sein letztes Gewand, sein letztes Rind und den letzten Bienenstock verschenkt; und seine Kinder und Kindeskinder bewundern und verehren ihn wie einen Heiligen. Der schönste Palast aus Amnias ist zwar geschmückt mit Elfenbein, Ebenholz und Marmor, doch findet man darin nichts, um den Hunger zu stillen, er beherbergt einen Armen. Dies ist eines der Wunder, deren die Völker des Reiches ganz besonders bedürfen, damit sich ihr Lebenswandel verbessere und sich dem Geiste zuwende.»

«Ich bin glücklich», sagte der Fremde, «daß ich den heiligen Philaret und seine fromme Gemahlin Theosva aufsuchen werde. Wir wollen gemeinsam die Gaben auswählen, die mein Diener tragen wird, und auch die kaiserlichen Pantöffelchen nicht vergessen, deren Maß die Überlieferung des Augusteons bestimmte.»

VII. Kapitel

Vor seiner Ankunft beim frommen Philaret lernt Kaesarion Breb auch andere tüchtige Leute aus Paphlagonien und Amnias kennen

Jener, dem die Einheimischen von Sakkudion und längs der Küste von Panagias bis Theopompolis insgeheim dämonische Kräfte zuschrieben, reiste nun nach dem im Thema Paphlagoniens gelegenen Amnias.

Was der Kapitän des Schiffes, Kir Diogenios, der Kameltreiber und sein Weib, das ihm das vierzehnte Kind geboren hatte, sowie all ihre Nachbarn von nah und fern über ihn zu berichten wußten, gereichte dem Fremden keineswegs zur Unehre; denn der geplagte Mensch fühlt sich nur allzu oft versucht, sich dem Herrn der Finsternis zu verbünden, geneigt, diesen als eine nachsichtigere Gottheit zu betrachten, die er öffentlich schmäht, insgeheim aber anruft, um mit ihrer Hilfe Schätze dieser Welt oder den Sieg über seine Feinde zu erringen. So kam es, daß das Lob jenem Verbündeten des Dämons auf den Sohlen und im Geraune der frommen Mönche und ehrbaren Bürger wispernd nachschlich.

Die einen wie die andern überlegten nur, wie auch sie ihn kennenlernen und sich erkühnen könnten, mit ihm ein nützliches Abkommen zu treffen.

Ihre Überlegungen und Wünsche aber zerrannen wie Träume, indes der Fremde andere Gestade sah und anderen Menschen begegnete.

Begleitet von seinem Diener Konstantin reiste er auf beschwerlichen Wegen dem fernen Schimmer des Pontus Euxinus zu. Undeutlich gewahrten sie jenes Meer wie das nebelhafte Lächeln des Nordens, und von Zeit zu Zeit drang eine salzige Brise in die Nase des Reisenden.

Breb ritt einen recht braven Esel, der mit blauen Perlen und silbernen Glöckchen geschmückt war. Auch Konstantin saß auf einem Maultier; weitere Maultiere folgten ihnen, mit Getreidescheffeln beladen. Eines andern Wegweisers als des Leuchtens vom fernen Pontus und des nahen Amnias bedurften sie nicht.

Sie rasteten im Schatten einer Zypresse, denn die Morgensonne machte ihre Kraft spürbar, dann begannen die silbernen Glöckchen und Glocken aufs neue zu klingen.

Sie strebten einem Wildfeigenhaine zu, der auf der rechten Seite des Weges einen Abhang emporkletterte. Jenseits des Waldes ruhte in der Tiefe des Tales ein Teich, in dem sich vereinzelte Weiden spiegelten. Man hörte die Lerche die blauen Stufen des Schweigens emporsteigen; Mücken webten im Paradies des Lichtes Liebesgespinst. All dies gewahrten die klaren Augen des Fremden, doch sein Antlitz unter dem weißen Turban blieb ungerührt; diese trügerische Schönheit der Welt war nur das Leben, das aus der Ewigkeit durch unabsehbare Zeiten einem geheimnisvollen Ziele zuströmte.

Zwei Reiher kamen vom Teiche geflogen. Als sie den Waldessaum erreicht hatten, scheuten sie zurück und stoben hastig hoch. Im Lianengewirr des schweigenden Haines verstummten jäh die Nachtigallen.

Breb gab seinem Diener einen Befehl. Dieser brachte die vier mit den Schwänzen aneinandergebundenen Maultiere zum Stehen und glitt aus dem Sattel. Auch der Fremde stellte den Fuß auf den Boden, eben in dem Augenblick, als aus dem Dickicht zwei bärtige Männer mit gesträubtem Haar stürzten, die mit drohendem Grinsen krumme Schwerter zogen. Diese finsteren Zöllner waren gewohnt, friedlichen Kaufleuten zu begegnen, die bei ihrem Anblick sogleich ihre Habseligkeiten von sich warfen, die Lasttiere im Stich ließen und mit erhobenen Armen nach Amnias oder in die Felder flüchteten. Doch diesmal war das Blinken ihrer Waffen vergeblich. Schneller, als sie es einem so mächtigen Manne zugetraut hätten, warf sich ihnen der Diener mit geschwungenem Beil entgegen und stieß dem einen das Eisen aus der Hand. Der andere wich zur Seite, doch der Riese umging ihn von der Schlucht her. Jener, der sein Schwert verloren hatte, tastete rückwärts am Leibgürtel unter der Hüfte nach seinem Dolch. Breb packte dessen andere Hand, drehte sie mit leichtem Griff und zwang ihn vor sich in die Knie. Der Räuber ergab sich mit gesenkter Stirne.

«Komm auch du hierher», befahl er dem andern.

Der zweite Räuber rollte die Augen wild von einer Seite zur andern, einen Fluchtweg suchend. Doch über seinem schwachen Schwert hatte sich bereits eine grausige Waffe erhoben, die ihn mit einem Sprung erreichen konnte. Sie schwebte über ihm wie der Adler der Todesgefahr. Da warf er das Eisen und die Verstocktheit ab, führte die Linke an die Stirne und hastete keuchend herbei, um sich zu unterwerfen.

«Wer seid ihr, und was wollt ihr?» fragte der Fremde, wobei er sie scharf ins Auge faßte.

«Herr, wir sind arme Leute und gute Christen», jammerte der erste, «schone unser Leben.»

«Ihr habt mir nicht gesagt, was ihr wolltet.»

«Nichts wollten wir, edler Herr, wir meinten nur, es kämen Kaufleute des Weges, und sind hervorgetreten, um uns einen Bissen Brot zu verschaffen.»

«In Paphlagonien ist es also Sitte, mit dem Schwert in der Hand um Almosen zu bitten?»

«Die Menschen sind heutzutage böse und hartherzig, Herr. Im alten Kaiserreich ist es besser gewesen. Als die Christen keine Ikonen besaßen, richteten sie ihre Augen höher, um dann auf die Armen niederzublicken. Jetzt aber beschenken sie nur die Heiligen und die Mönche, die Armen aber leiden große Not.»

Der Fremde lächelte, und sie wagten es, unter dem Gestrüpp ihrer Mähne die Augen zu verdrehen, daß nur noch das Weiße sichtbar war. Ihre zerschlissenen und zusammengestoppelten Gewänder zeigten Spuren kaiserlicher Herkunft ...

«Elende Söldner», schleuderte ihnen Breb zu ihrem Entsetzen das Wort entgegen, «elende Söldner, sagt, wann habt ihr eure Genossen und Vorgesetzten verlassen?»

Sie schwiegen und duckten die Köpfe in den Staub.

«Ihr seid von der armenischen Grenze geflohen.»

«So ist es», murmelten sie.

Breb trat einen Schritt vor ihnen zurück.

«Habt ihr Blut vergossen?»

Sie schüttelten zögernd die Köpfe.

«Vieledler Herr», bekannte jener erste, den Breb bezwungen hatte, «wir haben hie und da gerastet, um uns ein paar Bissen und etwas Geld zu verschaffen. In einigen Dörfern haben wir die Häuser reicher Bauern überfallen, eben jene Häuser, aus denen man uns, als wir tagsüber bettelten, vertrieben hatte.»

«Gibt es noch viele von eurer Art?»

«Ja. In der vergangenen Nacht sind wir im Hause des angesehensten Mannes von Amnias eingebrochen. Wir haben alles durchgestöbert und nur leere und dürftige Zimmer gefunden. Wir haben Gold gesucht und keines gefunden. Wir haben Nahrung gesucht und keine gefunden. Es ist uns wie ein Wunder vorgekommen.»

«So habt ihr das Haus Philarets, des edelsten aller Mildherzigen, überfallen.»

«Wahrhaftig, ich glaube, so lautete sein Name.»

«Ihr habt ihn am Tage aufgesucht, und er hat euch fortgeschickt?»

«Nein, er hatte etwas Brot bei sich, das reichte er meinem Gesellen. Mir gab er die Kappe, die er auf dem Haupte trug, und den Rat, sie zu verkaufen. Doch als ich um die nächste Ecke bog, hat ein altes Weib sie zurückgefordert. Nachts sind wir wiedergekommen, um ihn auszurauben, doch haben wir zur Schande des Hausherrn nichts in seinem Palast gefunden.»

«O ihr unglückseligen Menschen», sagte der Fremde, «laßt ab von diesem Handwerk, das ebenso gefährlich wie jenes des Krieges ist; kehrt schleunigst auf ehrlichem Wege nach Byzanz zurück und bittet die erlauchte Basilissa um eine Gnade, die größer ist als alle andern, denn eure Weiber und Kinder schmachten als Geiseln in den Gefängnissen von Noumera.»

«So ist es, Herr, das ist auch in Armenien ruchbar geworden, und deshalb sind wir geflohen, deshalb sind auch andere abgefallen. Doch bangen wir, daß an dem Orte, den du, o Herr, uns nanntest, keine Gnade zu finden ist und wir unsere Schwerter schleifen müssen, um uns loszukaufen. Hab Erbarmen, und gib uns frei, wir wollen diesen Fehler nicht noch einmal begehen, dich als einen Gebieter über Geister und Geheimnisse achten und dir aus dem Wege gehen. Hab Erbarmen, und laß uns zu unseren Weibern und Kindern eilen, die in Gefangenschaft schmachten. Dich, o Herr, der du alles weißt, wagen wir zu bitten, du mögest uns sagen, ob wir unsere Lieben noch am Leben finden werden und ob es wahr ist, daß sich über der Welt ein wahrer Basileios erheben wird.»

Doch der Fremde wußte besser, welche Antwort sie am inbrünstigsten erwarteten. Er hob den Arm und ließ sie ziehen.

Im Nu waren sie im Waldesdickicht verschwunden, kaum daß man die zerrissene Sohle des einen und das wilde Auge des anderen noch sah.

Zwischen den Lianen begann die Nachtigall ein neues Lied. Reglos verharrte eine rubinäugige Eidechse in einer Strahlengarbe.

«Gehen wir, Konstantin», befahl der Gebieter, «und sei nicht verdrießlich, weil ich sie habe laufenlassen. In Amnias werden wir einen Schurken finden, der schlimmer ist als diese.»

Die Maultiere schüttelten ihre Glöckchen; Breb und sein Diener schwangen sich in den Sattel. Nachdem sie das Tal verlassen hatten, erblickten sie eine große Ortschaft mit schiefergedeckten großen Steinbauten. Staubiges Olivenlaub ragte über die Mauereinfassungen.

Dorthin lenkten sie ihre Schritte und fanden am Eingang eine von Weinlaub umrankte Schenke. Drinnen sah man schattige Kammern. Neben dem steinernen, schnörkelgeschmückten Tor war der Herd aus einer marmornen Schale errichtet: Überreste einstiger Paläste oder Tempel. Über einem Rost, darunter die Glut gehäuft war, drehte sich der hölzerne Spieß mit dem Hammelbraten auf seinem Gestell. Angetan mit einer weißen Schürze bewachte ihn der Koch und segnete ihn immer wieder mit einem Fettsprengel. Der köstliche Duft dieses Leckerbissens verbreitete sich in der ganzen Umgebung und wallte auch dem fremden Ankömmling entgegen, doch ohne daß jener seinen Esel zur Eile getrieben hätte.

Den Wanst mit einer Verneigung zurückziehend, trat ihnen der Herr der Schenke und des Bratens mit dunstumwölktem Haupte entgegen. Er lächelte, verneigte sich ein zweites Mal und ergriff den bestickten Zaum des Esels. Das Tier schüttelte seine Schellen, bockte und riß sich los.

Der Diener sprang flink aus dem Sattel und führte die beladenen Maulesel in den Schutz des Schattens. Dann kehrte er zu seinem Gebieter zurück, um auch dessen Reittier in Empfang zu nehmen.

«Der Friede sei mit dir, Kir Agathoklos»; sprach der Fremde, nachdem er abgesessen war, auf den Wirt zuschreitend.

«Ich grüße dich, edler Herr, und danke dir», antwortete Agathoklos. «Siehe, jetzt erst erkenne ich zu meiner großen Freude, daß du schon in unserer Gegend gewesen bist, da dir auch meine Schenke bekannt ist; doch muß ich zu meiner Schande gestehen, daß ich den werten Namen Deiner Herrlichkeit nicht mehr zu nennen vermag.»

«Ich bin noch nie in Amnias gewesen», lächelte der Fremde, «aber ich kenne dich.»

Kir Agathoklos schwieg verwirrt, wenn auch ehrerbietig,

da die goldene Kette, Gürtel und Gewand ihm nicht entgangen waren.

«Niemals?» hob er die Brauen. «Ist das vielleicht ein Scherz?»

«In diesem Leben niemals.»

«Vielleicht hab ich in einem früheren ein anderes Handwerk betrieben. Wie aber hättest du erfahren können, daß man bei mir den besten Hammelbraten in ganz Paphlagonien findet?»

«Das hat mir dieser köstliche Duft verraten. Ich denke, du hast dich auch in einem andern Leben mit dem Fleische beschäftigt. Vielleicht hast du in der Nähe der Löwen, dieser großen Schlächter, gelauert – und warst ein feister Schakal.»

«Mein Herr beliebt zu scherzen», freute sich der Wirt, «ich möchte seinen Namen erfahren, damit ich ihn auf einem weißen Stein aufzeichne.»

«Nicht doch, um diesen Braten anzuschneiden, bedarf es nicht meines Namens. Zieh dein Messer aus dem Gürtel und wähle das saftigste Stück für diesen meinen Diener. Er hat seine Maultiere im Stall untergebracht, die Lasten abgeladen, sich am Brunnen gewaschen und kommt nun zu dir, damit du ihm gibst, was ihm gebührt. Sättige ihn gut und ausgiebig. Vergiß auch meiner nicht: bring mir ein Ei und eine Kanne Milch, achte auch darauf, daß das Brot nicht von vorgestern ist. Doch während wir uns laben, laß deinen Knecht auch unsere Tiere versorgen, besonders aber den Esel, der mich getragen hat. Sonst hebt er ein Geschrei an, daß er das ganze Dorf erschrecken könnte. Ich glaube, es gibt auf der ganzen Welt keine Stimme, die so furchtbar wäre wie die Santabarenos'.»

«Heißt er so?» erkundigte sich der Wirt.

«Ja, und damit du es weißt, er ist oft weiser als ein Mensch.»

«Das wundert mich nicht», prahlte Kir Agathoklos, wobei er dennoch vor Verwunderung schier erstickte.

Nachdem er Konstantin, den Diener, gesättigt und auch

für dessen Gebieter im Schatten des Weinlaubs auf einem Tisch aus Zypressenholz alles herbeigeschafft hatte, was jener befohlen, blieb Kir Agathoklos auch weiterhin beobachtend in dessen Nähe. Aus einer der Kammern im Hintergrund lugten zeitweise auch Frauenköpfe hervor. Sie warfen verstohlene Blicke und spitzten die Ohren.

«Befiehlt mein Herr vielleicht auch ein Krüglein süßen Weins?» dienerte Kir Agathoklos mit weicher, öliger Stimme.

«Du sollst mir, Kir Agathoklos, etwas Besseres bringen», lächelte der Gast. «Wasser findet man zwar auch in deinem Wein, ich aber begehre es rein. Stell dich nicht beleidigt und rauf dir nicht den Bart, denn damit erzürnst du Gott. Höre, noch etwas möchte ich. Ich möchte, daß du mir wahre Worte über die Leute aus eurem Orte berichtest.»

«Gewiß will ich dir Bericht erstatten, Herr, ich bin auch dafür zuständig. Aber was könnte ich einem so vornehmen Manne über unser Dorf erzählen, über die unbedeutenden Menschen, die hier hausen? Wir führen ein bescheidenes Leben, indes Deine Herrlichkeit gewiß aus Byzanz kommt. Hier gibt es nur arme Hirten und Bauern. Sie alle verehren die heiligen Ikonen und achten sie, wie es die neuen kaiserlichen Gebote befehlen. Aber vielleicht möchte mein Herr wissen, ob es in unserer Gegend auch Leute gibt, die sich von Gott kein gemaltes oder gemeißeltes Bild machen.»

Der Gast hörte ihm unbewegt und gelassen zu.

«Es wird wohl auch solche geben», fuhr der Wirt mit einem scheelen Blicke fort, «doch nun ist die Zeit der Mönche gekommen, die sie mit großem Eifer verfolgen. Auf welcher Seite die Wahrheit liegt, würde auch ich gerne erfahren, der ich mich für den Unwissendsten unter allen kaiserlichen Untertanen halte.»

Der Fremde behielt seine Meinung auch weiterhin für sich. «Freund Agathoklos», sagte er, «sollte es wirklich so sein, daß man in dieser Gegend außer dir keinen berühmten Mann finden kann?»

«Deine Frage, erlauchter Herr, läßt mich vermuten, daß du die Maulesel mit ihrer Bürde unserem heiligen Mann, dem frommen Philaret, gebracht hast, der am andern Ende des Dorfes wohnt. Bisher sind zweimal ähnliche Gaben für ihn eingetroffen. Besonders im vergangenen Jahr, da Gott Not über unsere Gegend verhängt hatte, konnte er alle seine Lieben sättigen.»

«Du täuschst dich nicht, mein Freund; mein Geschenk ist für den ehrbaren Philaret bestimmt.»

«So werden sich alle seine Lieben freuen, wenn auch nicht lange. Morgen früh werden ihn die Bettler wie Fliegen umschwirren. Das vorige Mal hat man ihm überaus schönen roten Weizen aus Thrakien gebracht.»

«Er ist dir wohlbekannt, Kir Agathoklos. Der Weizen hat Tauschwert, und viele, die der fromme Philaret beschenkt hat, haben in deiner Schenke Einkehr gehalten. Nicht wahr?»

«Ich kann nicht widersprechen», schmunzelte der Wirt, «so war es.»

«Auch wurden letztes Mal die Gaben von Klosterknechten überbracht, die hier gleichfalls Rast gehalten haben, weil ihnen dein süßer Wein mundete.»

Darauf gab Agathoklos keine Antwort. Vielmehr hielt er es für geboten, sich wohlgefällig der erbaulichsten Taten des frommen Amniers zu erinnern.

«Was die unermüdliche Mildtätigkeit unseres Herrn Philaret betrifft», meinte er, «so ist die Kunde darüber bis in die Nachbargebiete gedrungen, und es sollte mich nicht wundern, wenn man darüber auch am Kaiserthron vernommen hätte. Seit vierzig Jahren wohnt der fromme Philaret in unserer Gegend, und als er seinerzeit sein Leben hier mit seiner Gemahlin begonnen hatte, war er des Reichtums wegen, den er von seinen Eltern geerbt und von den Eltern seiner Gemahlin als Mitgift erhalten hatte, der angesehenste Mann. Der Palast steht auch heute noch zwischen den Gärten, die zum Teil verwildert sind, zum Teil nicht mehr ihm gehören. Einst war der Palast erfüllt vom geschäftigen Treiben der Diener. Zahlreiche Gäste besuchten seine üppigen Gastmähler. Im Stall standen schöne Rosse; Rinderherden grasten auf den Weiden. Alle Leute in Amnias freuten sich damals, einen solchen Edelmann in ihrer Mitte zu haben. Später wurde ihnen eine andere Freude zuteil. Denn nachdem unser Herr Philaret von Gott Erkenntnis und Glückseligkeit empfangen hatte, weihte er sein Leben der Mildtätigkeit. In seinem Eifer, himmlische Schätze zu sammeln, verschmähte er die irdischen Güter und verteilte sie an die Armen dieser Welt. Niemand ging unbeschenkt von seiner Schwelle. Da mehrten sich die Armen und zogen wie Heerscharen nach Amnias, er aber besiegte sie alle und gab ihnen alles, was er besaß. So erlangte seine Seele in wenigen Jahren einen wohlgefälligen Zustand, und er sah mit Genugtuung, daß er kaum mehr das Nötigste besaß. Ein Acker ist ihm geblieben, den seine Söhne behalten und bestellen, um den täglichen Hunger zu stillen; auch besaß er noch ein Pferd, eine Kuh und einen Knecht; dennoch ist er glücklich, wenn er noch jemanden beschenken kann, und grämt sich, weil er sieht, daß die Zahl der Bettler dieser Welt nicht abgenommen hat.»

Der Fremde lauschte schweigend, und der Wirt fuhr fort, sich mit listigen Worten seines Dorfgenossen zu rühmen.

«Ein Mann aus Terrapontos», berichtete er weiter, «der auch teilhaben wollte an Almosen und Gaben, ergriff seinen Stab und zog vor das Tor des Herrn Philaret. Nicht wissend, daß es dort an allem mangelte, verneigte er sich und bat, man möge ihm eine Kuh schenken, die ihm eine Zucht guter Rinder und Glück bringen würde. Der Greis aber besaß nur noch eine Kuh mit ihrem Kalb. Da band er die Kuh los und schenkte sie dem Manne, segnete ihn und wünschte ihm gutes Gedeihen. Indes der Mann aus Terrapontos seines Gewinnes froh zum Tor hinauszog, trat die Herrin Theosva, die Gemahlin Kir Philarets, aus dem Frauengemach, und als sie das Fehlen der Kuh entdeckte und hörte, wie das Kalb aus dem Stalle nach seiner Mutter rief, hob sie zürnend die Arme und erkühnte sich, ihren Gebieter zu tadeln, weil er die kleinen Kinder des Hauses ohne Milch, ihre Nahrung, gelassen habe. Auch sei das Kalb ohne Mutter geblieben, so daß es sich kränken und zugrunde gehen müsse. ‹Ruf den Mann zurück!› forderte sie. Kir Philaret aber rief den Mann aus Terrapontos zurück und erklärte ihm, daß sie unrecht gehandelt hätten, als sie das Kalb von seiner Mutter trennten, und er schenkte ihm das Kalb dazu und segnete abermals die Herde, die aus seiner Gabe hervorgehen würde.»

«Diese Tat ist edler, als der gemeine Sterbliche sich vorzustellen vermag», sprach Breb.

Der Wirt erdreistete sich zu lachen.

«Verzeih, o Herr, wenn ich dir sage, daß er Geschenke dieser Art noch viele unzählige Male gemacht hat. Auf den Weiden, die nicht mehr ihm gehören, grasen die Früchte seiner Gaben. In diesem Dorf, aber auch in andern Dörfern brüllen Kühe mit ihren Kälbern und kehren abends mit prallen Eutern in ihre Ställe zurück; aber niemand kommt auf den Gedanken, dem Geber eine Jungkuh zu schenken oder ihn mit einem Becher Milch zu bewirten.»

«So ist nun einmal die Ordnung der Dinge, Kir Agathoklos.»

«So will Gott ihn prüfen wie den Dulder Hiob; doch leiden dabei auch die Unschuldigen. Er hat Enkeltöchter und Enkelsöhne, Kinder seiner Kinder, würdig in den Reigen der Engel einzutreten. Es hätte sich wohl geziemt, daß auch sie etwas von dem einstigen Reichtum kennengelernt hätten; doch selbst ihre Milchspenderin ist fortgezogen nach Terrapontos.»

«Vergiß nicht, Kir Agathoklos, daß für sie roter thrakischer Weizen eingetroffen ist.»

«Ich vergaß es nicht. Mit diesem werden sich die Bettler von Amnias sättigen.»

«Allerdings, und durch sie wirst auch du deinen Anteil erhalten, ohne einen Augenblick daran zu denken, auch nur ein Körnlein an die Gabenquelle zurückzutragen. Dabei vergißt du aber, daß über allem Guten und Bösen der Eine steht, der gerechten Lohn erteilt. Denn der Lohn ist in unserer Tat beschlossen wie der fruchtbringende Samen in der Blüte.»

«Das glaube und bekenne ich», beeilte sich der Wirt zu versichern, wiewohl er in seinem Herzen listig lächelte.

Konstantin, der Knecht, kam herbei, und der Wirt machte ihm Platz, spitzte dabei aber lauschend die Ohren. In einer unbekannten Sprache fragte der Diener etwas und verlangte eine Erklärung.

«Freund Agathoklos», sagte der Fremde, «ich bitte dich, komm, damit ich dir bezahle, was dir für die Sättigung von Mensch und Tier zusteht. Befiehl deinem Knecht, er möge auch meinen Esel aus dem Stalle holen. Ist dort auch alles wohl besorgt worden? Hat man auch genug Hafer gestreut?»

«Reichlich, Herr.»

Vom Stallknecht geführt, kam Santabarenos schellenklingend und hufeklappernd herangetrabt. Als er in der Nähe des Weinlaubdaches in die Sonne trat, scheute er plötzlich zurück, hob das Maul und schluchzte sein grausiges Gebrüll heraus.

«Was fehlt dir, Santabarenos?» fragte der Gast.

Der Esel sperrte abermals das Maul auf und verharrte dann zitternd, bis sein Gebieter ihm den Hals tätschelte und das Ohr neigte, um zu hören, was er ihm zuraunte.

«Agathoklos», sagte der Fremde, sich zum Wirte wendend, «unser Handel stimmt nicht; wie mir mein Esel berichtet, hat er nur zwei Maß Hafer erhalten, ich aber habe für drei bezahlt.»

«Kyrie Eleison!» entsetzte sich der Wirt und schlug die Hände zusammen. «Sollte es möglich sein? Gibt es Tiere, die sprechen können?»

Santabarenos bleckte ihn grinsend an. Der Stallknecht drehte sich um, machte das Kreuz und ging dann, ohne den Befehl abzuwarten, das dritte Maß Körner zu holen.

VIII. Kapitel

Hier lernt Kaesarion Breb
die Freuden des frommen Philaret und der Herrin Theosva
wie auch eine eigene Freude kennen

Von Konstantin gelenkt, zogen die Maultiere brav hintereinander in den am andern Ende des Dorfes gelegenen Hof des frommen Philaret ein.

Die Kinder, die in der Nachmittagssonne spielten, brachen in ein Freudengeschrei aus; einige eilten ins Haus, um die Nachricht zu verkünden, die andern umringten die Lasttiere.

Die Fenster der Stirnseite des großen steinernen Hauses waren verschlossen, doch in den dahinterliegenden Gemächern und in den anliegenden kleineren Gebäuden machte sich ein emsiges Treiben bemerkbar.

Die Köpfe, die hastig auftauchten und sich gleich darauf wieder verbargen, die Befehle, mit denen man die Kinder aus dem Weg scheuchte, damit ihre lumpigen Kleider nicht die Bewohner des Hauses beschämten, die ärmlichen und geflickten Wäschestücke, die zwischen Obstbäumen an einer Leine hingen, der Dunghaufen, der verwahrloste Garten, all dies ließ mit Leichtigkeit erkennen, daß hier einmal ein Überfluß geherrscht haben mochte, von dem aber nichts mehr geblieben war.

In einem Winkel des Gartens, in dem ein paar spärliche Blumen wuchsen, machten sich sorgfältig gepflegte und umhegte Gemüsepflanzen breit. Das besonders bedeutete für ein Haus, das einmal ein Palast gewesen, ein Zeichen der Armut.

Eine alte Magd, die mit den Fingern und mit der Hacke die Erde in den Beeten lockerte, hob ihr schwarzes schweißbedecktes Gesicht in die schräge Sonne und schirmte mit der krummfingrigen Hand die Augen, um besser sehen zu können; dann streckte sie den Arm aus und segnete die Maultiere. Gott selber war ihre Bürde.

«Mann», rief sie, «ich komme gleich und helf dir beim Abladen!»

Der Diener betrachtete sie gleichmütig.

Hinter den Mauleseln drängte sich barfüßig und barhäuptig ein Knabe hervor, von Agathoklos als Bote geschickt, um die Ankunft des Fremden zu melden.

Indem er nur mit halbem Schritt in eine der Hütten eintrat, richtete er seinen Auftrag aus, zog sich dann lustig und zerzaust zurück und streckte den andern Kindern die Zunge heraus, die hinter anderen Türen hervorguckten, aber nicht mehr hinausstieben durften, da sie durch Verbote im Haus festgehalten wurden.

Mit kleinen Schritten, das Gesicht vor der Sonne verhüllend, kehrte eine junge Frau für einen Augenblick im großen Hause ein.

«Großvater», rief sie, «du erhältst Besuch aus Byzanz!»

Als der Fremde aus Santabarenos' Sattel stieg, waren die Fensterläden an der Vorderfront des Hauses zurückgeschoben. Die Türen standen offen. In ein langes sittsames Gewand gehüllt, trat, seinen Stab in der Rechten, zwischen den Marmorpfeilern der Herr des Hauses hervor, um ihn zu empfangen.

Es war ein weißbärtiger Greis mit hoher Stirne und ehrwürdigem Aussehen. Seine schwarzen Augen blickten lebhaft und heiter.

Er hob die Linke zum Gruße. «Gepriesen sei Gott, der Herr, der einen edlen Gast in mein Haus führt!»

«Gott sei gepriesen in alle Ewigkeit», antwortete Breb und verneigte sich.

Er trat noch zwei Schritte vor und blieb dann stehen.

«Höchst ehrwürdiger und frommer Herr Philaret», sprach er, «ich habe dir diese Gabe mitgebracht, die für Deine Heiligkeit nur von geringem Wert sein kann. Damit du sie wohl empfängst, beeile ich mich hinzuzufügen, daß sie von einer wirklichen Freude begleitet wird, nämlich von einem Brief, den dir ein alter Freund geschrieben hat.»

Der alte Mann hob einen Augenblick das Haupt zum Himmel, wohl wissend, wem der erste Dank gebührte. Dann wandte er es seinem Gaste zu.

«Mein Herr, dürfte ich wohl den Namen dieses Freundes schon jetzt erfahren?»

«Gewiß doch. Ich bringe ein Schreiben vom frommen und hochgeweihten Bischof Plato.»

«Ich wartete schon darauf», sagte der Greis, «deine Botschaft, Herr, beglückt meine Seele. Ich bitte dich, erweise mir die Freundlichkeit und tritt unter mein Dach, um dich von den Beschwernissen des Weges auszuruhen. Deines Namens bedarf es nicht. Gott will, daß er sich von selbst kundgibt. Du bist ein Rechtschaffener.»

«So vernimm, mein Herr, daß ich ein Fremder bin und mich Kaesarion nenne.»

«Du bist mein Bruder, und ich bitte dich, mir zu gestatten, daß ich dich umarme.»

Den Arm um die Schulter seines Gastes gelegt, geleitete er ihn ins Haus. Breb erblickte Gemächer, die, der kostbaren Teppiche und Seidenstoffe entkleidet, keinen andern Schmuck mehr kannten als Sauberkeit und Ordnung. An der Ostseite befanden sich Ikonen, der Fremde grüßte sie und zog sodann das Schreiben aus Sakkudion hervor und überreichte es.

Der alte Philaret entrollte und las es, wobei er die Schrift in einiger Entfernung von seinen Augen hielt.

«Später werde ich es meinem Herzen nähern ...» lächelte er dem Gaste zu.

Er versenkte sich in seine Lektüre, wandte jedoch bald die Blicke nach dem Fremden, um ihn besser betrachten und begreifen zu können, wie ihn die Worte, mit denen er ihm da beschrieben wurde, hießen: «Vertraue diesem weisen Ägypter», schrieb der greise Plato. Wieder kehrte der ratlose Blick des alten Mannes zu dem Fremden zurück.

Die Ägypter sind nicht grünäugig und hellhäutig. Sie sind dunkler als die Leute in Paphlagonien und Bithynien.

Der Fremde lächelte. «Ehrenwerter Gebieter», sagte er, «ich stamme aus dem Lande, das man Dakien nennt.»

«So bist du also kein Ägypter.»

«In Ägypten wurde ich zum zweiten Mal geboren.»

Der greise Philaret senkte die Stirne. Er war über diese Antwort nicht verwundert, da er wohl erkannte, daß jener von einer Geburt im Geiste sprach – er hatte aber, ohne zu fragen, Antwort auf seine Ungewißheit empfangen. «Er ist ein Mann, der mit Leichtigkeit in den Herzen und in den Gedanken der Menschen liest», fuhr das Schreiben fort.

Der Greis seufzte zufrieden und setzte sich neben seinen Gast.

«Mein Haus steht dir offen, Herr», sagte er wohlwollend, «mein Tisch ist für dich gedeckt ...»

Bei diesen letzten Worten geriet er in Verlegenheit; seine Stirne rötete sich, denn er wußte, daß im Nebengemach Theosva, seine Gemahlin, lauschte, und er mußte sich plötzlich beklommenen Herzens fragen, ob er auf jenem einst so üppig gedeckten Tisch wohl ein noch so bescheidenes Abendessen seinem Gast bieten könne. Brebs feines Gehör hatte in der Nähe unterdrücktes Seufzen vernommen.

«Hochverehrter Kir Philaret», sprach er, «vergessen wir einstweilen die Bedürfnisse des Leibes. Mich verlangt mehr nach einer andern Speise und nach einer andern Nahrung: nach jener, die die Seele erfreut. Auch möchte ich die Gefährtin deiner Tage, die Herrin Theosva kennenlernen. Und wenn ihr es mir gestatten wolltet, so möchte ich auch eure Kinder, die Gott euch geschenkt hat, sehen und ihre Söhne und Töchter.»

Der Greis erhob sich mit einem gütigen Lächeln und öffnete eine niedere Seitentüre.

«Meine vielgeliebte Theosva», sagte er, «unser Gast möchte dich kennenlernen. Er hat uns ein Schreiben des hochgeweihten Plato überbracht.»

Aufrecht trat die Greisin ein, hoch und schön, mit noch schwarzen Brauenbogen, und verneigte sich vor dem Gaste. Das Kleid und das Tuch, das ihr weißes Haar verhüllte, waren dunkel.

Seitdem ein neuer Glaube in die Welt gekommen ist, sann Breb, altern auch die Göttinnen.

Frau Theosvas Haltung und Gang ließen ihn mit Leichtigkeit erkennen, daß er hier in diesem Winkel der Armut wohl finden werde, was zu suchen er ausgezogen war. Frau Theosvas Hand war klein, vermutlich war ihr Fuß ebenso beschaffen. Dies rührte ihn wie die Erinnerung eines ehemals strahlenden Frühlings.

Ohne es sich anmerken zu lassen, prüfte sie ihn genau, und zur Verwunderung des frommen Philaret lächelte ihr strenges Antlitz dem Fremden zu.

«Mein Gemahl und Gebieter hat noch nicht erfahren, was uns zugestoßen ist. Als ich vorhin das Nebengemach betrat, gewahrte ich, daß unser letzter Teppich, den ich gern vor die Füße unseres Gastes gebreitet hätte, verschwunden ist. Ich vermute, daß ihn jene Räuber weggeschleppt haben, die uns vergangene Nacht besuchten.»

«Ich bin recht beschämt», scherzte der Greis, «daß sie nicht einmal soviel vorgefunden haben. Sie mußten mit leeren Händen abziehen.»

«So hat ihn ein andrer gestohlen.»

«Niemand hat ihn gestohlen, Frau.»

«Ich verstehe», murmelte die Herrin des Hauses.

«Gräme dich nicht, meine Gebieterin», tröstete sie der Alte gutmütig, «sondern komm und lies den Brief unseres bischöflichen Freundes und freue dich seines Segens. Das ist mehr wert. Der Teppich war alt und dazu bestimmt, eine Not zu bedecken.»

«Der Brief des hochgeweihten Plato erfreut mich sehr», erwiderte Theosva, nachdem sie schweigend das Schreiben gelesen hatte, «doch hätte ich gern auch den Teppich, den ich mit eigenen Händen gewebt, an seinem Platze gefunden. Zürne nicht, wenn ich diesen fremden Mann zum

Richter aufrufe. Denn dazu bewegt mich auch das Schreiben Seiner Heiligkeit. Den Teppich sollte Maria, unsere Enkeltochter, empfangen an dem Tage, da sie vor ihren Bräutigam hintreten würde. Gewiß ist ein listiger Bettelmann an unserer Tür vorbeigekommen, der nur darauf gewartet hat, dich allein anzutreffen, um dich in Gottes Namen um eine Gabe zu bitten ...»

«So war es», gestand der Greis vergnügt.

«Und genauso hast du dich vor einer Woche entkleidet und dein Gewand einem andern zum Fenster hinausgeworfen. Doch vielleicht war es derselbe. Er sammelt Ware, um ein Geschäft aufzumachen. Du hast die Kuh verschenkt, du hast das Pferd verschenkt, und jetzt freust du dich, daß du den Weizen, den wir zum Geschenk erhalten haben, verteilen kannst.»

«Wahrhaftig, Theosva, ich freue mich. Aber damit ich dich nicht wieder erzürne, wollen wir ehrlich teilen. Ihr werdet empfangen, was euch zusteht, ich aber will mit meinem Anteil tun, was mein Gott mich heißt. Das Heer der Armen und Schwachen, Theosva, ist das Salz der Erde; sie werden von den Mächtigen dieser Welt geknechtet, und dennoch könnten alle Meere, Berge und Flüsse ihnen nicht soviel geben, wie ihnen gebührt. Wir, die wir im Wohlstand aufgewachsen sind, können uns nur auf diese Weise einen reichen Lohn in der ewigen Herrlichkeit erwerben.»

«Wie du siehst, Herrin», lächelte der Fremde, «ist Kir Philaret ein klügerer Kaufmann als andere ...»

Die Frau seufzte.

«Mein Freund», antwortete der Greis milde, «bitten wir Gott, daß er uns nichtswürdigen Geschöpfen mehr Liebe als Verstand verleihe.»

«Auf diese Weise», seufzte Frau Theosva, «sind unsere Kindeskinder des täglichen Brotes verlustig geworden.»

Der alte Mann erhob sich.

«O Theosva», sprach er und legte die Rechte um ihre Schulter, «freue dich, daß Gott der Herr sie uns gegeben hat. Er ist es, der für sie sorgen wird.»

Frau Theosva senkte ergeben die Stirne, und er drückte seine welken Lippen auf ihre Schwermut. Dann wandte er sich mit gütigem Lächeln dem Gaste zu.

Der Sonnenuntergang leuchtete zum Fenster herein. Santabarenos ließ seine Silberschellen klingeln, die Maultiere läuteten ihre Glöckchen: Konstantin führte sie in den Stall, gefolgt von einer Kinderschar, die endlich der Enge der Stuben entronnen war.

Draußen auf der Gasse hatten sich Männer und Weiber aus dem Dorf versammelt, spähten neugierig nach dem Haus und steckten flüsternd die Nasen zusammen. Zwischen ihnen drängte sich ein altes Männchen vor, das seinen intarsiengeschmückten Stab recht zierlich aufsetzte, sooft es mit gerecktem Hals und geblähter Brust hochmütig vorwärts schnellte. Es war der Vertreter der Obrigkeit, der ehrenwerte Amtmann von Amnias, der ob seines geringen Körperwuchses wie auch seines vornehmen Auftretens berühmt war. Die Amnier gaben ihm den Weg frei, und er schien von Stufe zu Stufe über sie hinauszuwachsen, da er hinging, um von dem Fremden Vollmacht und Siegel zu fordern.

Die Leute warteten, bis sie Kir Kritolaos aufs neue mit gleicher Würde hervortreten sahen. «Es ist ein hochgelehrter Mann», gab er über den Fremden Auskunft, «der ein kaiserliches Pergament besitzt ...»

Über diese Kunde staunten und freuten sich die Anwesenden. Ihre Bärte über Kir Kritolaos neigend, berieten die Männer und trafen gemeinsam einen klugen Beschluß, wonach man sich trennte und ein jeder nach Hause ging, der eine in Eile, der andere in zögernder Überlegung. Das Ergebnis dieser männlichen Besprechung war, daß sich mehrere Frauen mit verdeckten Körben zur Hinterpforte von Kir Philarets Anwesen schlichen und begehrten, heimlich mit der Herrin Theosva zu sprechen.

Der fromme Philaret war keineswegs erstaunt und stellte auch in seinem Herzen keine Frage, als er sich mit seinem Gast am Tische niederließ und dort ein üppiges Abendmahl vorfand. Der Fremde erkannte, daß der Greis auf diese Weise täglich mit Gott verkehrte und an allem teilhatte wie die Blumen, die Vögel und das geringste Getier der Erde, die den Herrn besser kennen als wir.

Während er die Gaben des Allerhalters kostete, sprach der alte Mann Worte der Liebe, da er plötzlich seiner rechtgläubigen Eltern Georgis und Anna gedachte, die im Galaterland den Schlaf der Gerechten schliefen. Freudig erinnerte er sich wieder, wie er ihnen einst in der Stunde des Wiedersehens berichten wollte, daß es ihm gelungen wäre, alle Güter, die sie ihm hinterlassen, rechtzeitig zu verteilen. Denn da wir nackt in diese Welt gekommen sind, geziemt es sich, daß wir sie ebenso verlassen. Das einzige Geschäft des Menschen auf dieser Welt ist die Mildtätigkeit. Und wie er stets gegeben hatte, befahl er auch seinen Kindern und Kindeskindern, täglich und stündlich freigebig zu sein.

«Nachdem sie für sich gesammelt haben werden, können sie auch andere beschenken», willigte die Herrin Theosva lächelnd ein.

Er segnete sie mit einem Lächeln, an ihren alten Starrsinn gewohnt, selbst aber unermüdlich im göttlichen Dienste, den er sich erwählt hatte.

Später, nach frommen und freundlichen Gesprächen, geleitete die Herrin des Hauses den Fremden zu dem Gemach, in dem sie ihm das Lager bereitet hatte, und brachte ihm eine brennende Ampel. Aufrecht und traurig stand sie im Türrahmen und gestattete sich, den hochgeschätzten Gast zu bitten, daß er ihr Nachricht von der Gottesmutter des heiligen Klosters Sakkudion gebe. Seit vielen Jahren wartete sie, daß die Allerreinste ihr in diesem Leben voller Kränkung und Sorgen eine Stütze sende. Sie habe den hochgeweihten Plato schon oft ersucht, er möge in seinen Gebeten auch ihrer gedenken, und sie hoffe, daß die Hochgebenedeite sie nicht vergessen werde.

«Jedes Opfer wird belohnt», antwortete ihr der Fremde mit freundlicher Stimme.

«Hast du, verehrter Herr, etwa darüber mit dem hochgeweihten Plato gesprochen?»

«Wir haben darüber gesprochen, Herrin.»

«Und hat der ehrwürdige Bischof meine Bitte der Allbarmherzigen zu Füßen gelegt?»

«Herrin», erwiderte Breb, «die Weisheit, die jenseits von Tod und Leben steht, hat darüber schon längst entschieden.»

«O teurer Gast unseres Hauses, wie könnte auch ich diese Ratschlüsse erfahren? Wo sind sie aufgezeichnet, und wann werden sie sich erfüllen? Denn siehe, die Tage unseres Lebens fließen schon dem Ende zu. Ich habe keine andere Freude gekannt als die Liebe zu meinem Gemahl und zu meinen Kindern. Doch diese Liebe hat mir viel Kummer bereitet.»

«Alles ist längst beschlossen», wiederholte der Fremde, sich von seinem Platze erhebend. Langsam trat er auf die Greisin zu, die jedoch seine Nähe nicht zu fürchten schien.

Kaesarion erhob die Rechte und berührte mit der Hand ihre Stirne. Sogleich erblickte die Greisin wie in einem Spiegel ihre eigene strahlende Jugendschönheit wieder, mit der sie einst unter dem ewigen Himmel gestanden.

Da sie sich aufstöhnend abwandte, sah sie sich leibhaftig: Ein sechzehnjähriges Mädchen stand lächelnd auf der Schwelle. Dieses Lächeln galt mehr seinem eigenen jungen Leben als der greisen Theosva. Es warf dem Fremden einen scheuen Blick zu und neigte einen Augenblick die schimmernde Stirne. Sein Haar war schwarz und schwer, die großen Augen umschatteten lange Wimpern. Zart waren die Wangen und voll die Hüften gerundet.

Eine Offenbarung der ewigen Schönheit, seufzte Kaesarion in der Tiefe seines Herzens.

Wieder streckte er den Arm aus und wies auf Frau Theosvas Enkeltochter.

«Wer ist dieses Mädchen, Herrin?»

«Maria, das Kind meiner verwitweten Tochter Hypatia.»

«Sei gütig, Herrin, und bitte sie, sie möge diesen Schuh probieren.»

Aus seinem Gepäck, das in ein Nashornleder gewickelt am Kopfende des Bettes lag, hatte Kaesarion einen kleinen Schuh aus rotem Saffian hervorgezogen, auf dem ein mit silbernem Faden gestickter Reiher seinen Federschopf entfächerte.

Die alte Frau trat vor und streckte die Hand danach aus.

Keinen Blick, kein Wort des Tadels fand sie für die Keckheit der Enkeltochter, die, aus dem Frauengemach entschlüpft, hierhergekommen war, um dem Fremden ihr neugieriges Näschen zu zeigen. Sie hatte in den Worten des Fremden das Schwingen einer goldenen Saite gehört, deren Klang nur sie vernehmen konnte. Die Beschlüsse der Allerreinsten würden sich also erfüllen. Etwas nimmt seinen Anbeginn, flüsterte sie lautlos in ihrem Innersten, indes sie den Schuh in ihrer ausgestreckten Hand empfing.

Er war klein und leicht. Nur ihr Fuß, so wie er einst gewesen, hätte hineingepaßt. Sie reichte ihn der Enkeltochter. Diese warf den Pantoffel aus derbem Leder ab und ließ ihr Füßchen in den feinen Schuh gleiten, wobei ihre Zehen spielten, als empfänden sie eine besondere Freude dabei. Lächelnd beschaute sie den Reiher, mal von der einen, mal von der andern Seite. Sie hob den Blick und heftete ihn auf den Fremden und fuhr fort zu lächeln, bis auch jene kalten Augen, die sie zuerst erschreckt hatten, zu leuchten begannen.

Oft ist die List eines Mädchens gefährlicher und verderblicher als die einer Kurtisane, sann der Ägypter, und sein sterbliches Herz demütigte ihn, getroffen von einem Augenblick, der einzig und unvergänglich blieb in alle Ewigkeit.

«Mädchen», sprach er sanft, «behalte diesen Schuh, bis du auch den anderen empfangen wirst.»

IX. Kapitel

Hier ereignen sich die Dinge
so wie in der märchenalten Zeit
aus Mutters Erzählungen

Bis zu den Barbaren jenseits des Berges Em und bis zu den Völkern der Karpaten war die unerhörte Kunde gedrungen, daß Byzanz eine Gemahlin suche für den Sohn der Basilissa Irene, der bald selbst Basileios sein würde.

In den Sennhütten auf den Bergen, in den Hürden zwischen den Teichen, während der Rast am Feldrain oder abends am Feuer sprachen Menschen mit struppigen Mähnen, stinkend nach Schweiß und Staub, nur noch von den unermeßlichen Schätzen in den herrlichen Palästen, die sich zwischen den Meeren erheben.

Dort liegt das Paradies der Welt und der Mittelpunkt der Erde; dort gibt es Gärten mit goldenen Äpfeln, dort singt der Wundervogel vor perlenverhangenen Fenstern.

Edelleute, in kostbare Pelze gekleidet, mit Bibermützen auf dem Haupte und roten Stiefeln an den Füßen, ziehen von Stadt zu Stadt und fragen überall nach der allerschönsten Maid:

Hat niemand sie gesehen, hat niemand von ihr gehört, von ihr, die nach den Weissagungen der Propheten und den Träumen der Einsiedler ausersehen ist, die Herrin der Erde zu werden?

Wer keine Antwort weiß, kriegt ein Kupferstück, wer aber Bescheid sagt, erhält eine goldene Münze und ein seidenes Gewand.

So wächst der wandernde, suchende Zug, bis man die arme Hütte gefunden hat, in der drei feenschöne Schwestern miteinander plaudern.

Warum die junge Kaiserin in einer Hütte gefunden werden müsse, hätte keiner sagen können.

Wenigstens soviel Trost gebührte den Völkern in ihrem Trachten und Träumen. Denn seit unendlichen Zeiten mühten sie sich, aus dem Dunkel ans Licht zu gelangen, den Zauber zu brechen, die Götzen zu vernichten, die Schatzkammern zu sprengen und die Schätze zu befreien. Immer wieder von den byzantinischen Heeren zurückgeschlagen, leckten sie ihre Wunden und stachelten ihren Grimm. So lauerten die einen voller Staunen und Furcht an der Grenze, indes die andern in ihren Hütten sich mit Märchen trösteten und vom Anbruch einer Zeit träumten, da die von Kaiser Konstantin und von Attila befestigten Mauern bersten und sich das Goldene Tor vor ihnen auftun würde.

Um den Ratschluß der erlauchten Basilissa auszuführen, zogen in jenem Jahre des Heils viele hohe Beamte durch das Reich, um unter den schönsten Jungfrauen jene auszuwählen, die würdig waren, in den Heiligen Palast geführt zu werden.

Wie es schon immer gewesen, mußten die Träume der Völker auch weiter im Bereich der Märchen bleiben. Die vornehmen Patrizier hielten nur in reichen Häusern Einkehr und Rast. Nach ihrem schlanken Wuchs, ihrem Alter und ob der Schuh auch passe, fragte man nur jene Jungfrauen, die im Überfluß aufgewachsen waren und deren Eltern ihre Reichtümer auf langen Schriftrollen verzeichnet hatten.

Als es daher lautbar wurde, daß sich zwischen den Auserwählten auch ein Mägdlein befände, das nicht aus Reichtum und Überfluß kam, segneten die Völker frohlockend dieses Wunder, das der Hoffnung und dem Märchen neue Kraft verlieh.

Unter denen, die zur Auswahl würdig befunden worden, konnte nur eine Konstantins kaiserliche Gemahlin werden.

Noch freuten sich zwanzig junge Herzen und träumten von Stirnreif und Purpur, doch bald würden neunzehn sich grämen. Aus solchen Höhen herabgestürzt, taugten sie höchstens noch für Tod und Kloster.

Es war leicht zu erkennen, daß den meisten die Niederlage bevorstand, und dennoch wollten sie nichts anderes sehen als den goldenen Reichsapfel, in dem sie sich selbst im Purpur spiegelten.

Als Staurakios, der hohe Staatsmann und Großwürdenträger des Reiches, befahl, daß man sie im Hieria-Palaste am asiatischen Ufer des Bosporus versammle, und ein Geleit nach dem andern durch die Tore in die Festung einzog, betrachteten die künftigen Kaiserinnen einander mit staunender Verachtung.

Maria aus Amnias kam in Begleitung der greisen Theosva. Nach ihrer Abreise hatten sich auch der fromme Philaret und alle Hausgenossen auf den Weg gemacht, um ihnen zu folgen.

Der hochgeweihte Plato hatte für zehn Tage die bischöfliche Versammlung von Nikäa verlassen und war gekommen, um der kaiserlichen Hochzeit beizuwohnen. Die Herrin Theosva verhielt daher zwischen den Marmorsäulen und führte die Enkeltochter vor den Weißbärtigen, damit er sie segne. Erfreut begrüßte Frau Theosva auch den Fremden, der ebenfalls zugegen war, und auch das Mädchen eilte ihm mit geneigter Stirne entgegen. Doch Kaesarion berührte sie nicht. Da hob sie die Augen und lächelte ihn an.

«O Herr, kennst du mich noch?» fragte sie. «Ich hoffe, daß ich dich nicht gekränkt habe.»

«Bewahre Ruhe und Schönheit», sprach der Ägypter zu ihr, «morgen wird sich dein Schicksal erfüllen.»

«Geziemt es sich wohl, daß ich solchen Ruhm erstrebe?» seufzte sie mit jäh verdunkelten Blicken. «Sag mir, ob ich mich freuen muß, da es nicht Freude ist, was mein Herz erfüllt.»

Kaesarion schwieg. Da trat sie noch näher auf ihn zu.

«O mein Freund», erkühnte sie sich noch einmal zu fragen, «warum antwortest du mir nicht?»

Kaesarion betrachtete sie lange, so als erblickte er sie zum ersten Mal oder als wüßte er vielleicht, daß es ihm nur noch kurze Zeit vergönnt war, sie zu sehen.

«Die Kaiserwürde und die Ruhe wohnen in zwei verschiedenen Bereichen», murmelte er.

Um sie mit diesen trüben Worten nicht zu kränken, lächelte der Fremde. Da wurde Maria heiter und vergaß sie gleich wieder.

Bischof Plato segnete sie noch einmal und riet ihr, sich nicht hoffärtig zu zeigen; die greise Theosva aber verhüllte ihr Gesicht wieder mit dem Schleier und führte sie mit sich zu den Gemächern, die man ihnen zugewiesen hatte.

Die Kaiserin hatte den Jungfrauen, die aus allen Teilen des Reiches, aus Asien und Europa hierhergekommen waren, einen prunkvollen Empfang bereitet. Scholaren und Gardetruppen wachten vor den Mauern und Pforten. In den Gemächern versahen Eunuchen den Dienst. Drei Erzäbte lasen in die Kapelle den Gottesdienst. Als der Tag zur Neige ging, erfüllte Saiten- und Flötenklang die große Vorhalle. Da geschah es, daß die jungen Mädchen, ehe sie sich zur heiligen Abendandacht und zur Ruhe begaben, einander zum ersten Mal allein unter dem Mosaikwappen des Gästesaals begegneten. Sie waren allesamt schön, schwarzäugig und weißhäutig und einige recht keck und spitzzüngig. Der Mahnung ihrer Großmutter wie auch des hochgeweihten Plato eingedenk, verhielt sich Maria aus Amnias sittsam und bescheiden auf ihrem Platze. Obwohl sie noch ein Kind und eben erst im Begriff war, die Welt kennenzulernen wie ein Schmetterling auf seinem ersten Frühlingsflug, spiegelten ihre Augen Gedanken und Bilder, die mit dem bewegten Treiben ringsum nichts gemein hatten.

Da sie sich aber umringt und von neugierigen Blicken betrachtet, geprüft und abgeschätzt fühlte, erhob sie sich von ihrem Sitze und besah sich nun ihrerseits die Gefährtinnen. Sie waren in kostbare Gewänder gekleidet und trugen alle gleich ihr mit silbernen Reihern geschmückte Purpurschuhe.

«O meine jungfräulichen Schwestern», sprach sie freundlich, «darf ich wohl um euer Gehör bitten, ich möchte nämlich, daß wir ein Abkommen treffen.»

«Worüber sprichst du? Was für ein Abkommen?» riefen mehrere Mädchen. «Sprich!»

«Meine Freundinnen», setzte Maria ihre Rede fort, «ich habe überlegt, daß von uns zwanzig Jungfrauen, die wir uns hier versammelt haben, neunzehn zu ihren Eltern heimkehren müssen, da ja der christliche Kaiser nicht nach den Gesetzen der heidnischen Ismaeliter lebt und nicht dem Beispiel Haruns, des Kalifen von Bagdad, folgen wird. Laßt uns daher ein Abkommen treffen, daß diejenige unter uns, die nach Gottes und seiner unbefleckten Mutter Ratschluß für den Purpur erkoren wird, nicht ihre Gefährtinnen vergesse. Sie möge sich ihrer erinnern und ihnen helfen, damit sie die Kränkung leichter tragen. Die weniger Bemittelten könnten mit reicher Mitgift beschenkt werden; für andere ließe sich, falls sie es wünschten, unter den Würdenträgern des Hofes ein Gemahl finden.»

Eines der Mädchen trat vor und betrachtete die Amnierin mit hochmütigem Blick: «Wer bist du eigentlich, daß du es wagst, so zu sprechen?»

«Eine Jungfrau, die man gleich dir dem kaiserlichen Beschluß zufolge hierhergeführt hat.»

«Für eine, die wohl weiß, daß sie nicht erwählt wird, aber dennoch trachtet, einen Nutzen zu ziehen, ziemte es sich besser zu schweigen», fuhr die Jungfrau, die sich ihr entgegengestellt hatte, fort, «wisse du, die du vom Dorfe kommst und zwischen Armen und Habenichtsen aufgewachsen bist, daß hier Patriziertöchter versammelt sind. Nur eine von ihnen, die in der Nähe des Kaiserthrones leben und mit den höfischen Sitten vertraut sind, ist würdig, zur Braut des Basileios erkoren zu werden. Und ich gestehe diesen meinen Gefährtinnen, daß ich auf niemandes Fürsprache angewiesen bin. Da ich die Tochter des Feldherrn Gerontios bin und meine Schönheit gepriesen, meine Klugheit aber allgemein bekannt ist, weiß ich, daß man mich nicht übergehen darf. Nachdem also ich die Auserwählte unter euch bin, können die armen Mädchen aus Amnias ihre Hoffnung auf Aussteuer vor dem Tore des Hieria-Palastes begraben.»

Diese Demütigung füllte Marias Augen mit Tränen. Doch es bedurfte der harten Worte, die des Feldherrn Gerontios' Tochter gesprochen, auf daß sich die Weissagungen erfüllten und in den Märchen der Völker diesseits und jenseits der Reichsgrenzen die Wunderblume erblühe, die Gott ihnen zum Zeichen gegeben hatte.

Die Türsteher riefen und stießen mit den Stäben auf den Mosaikboden zu ihren Füßen, Eunuchen mit geschulterten Schwertern marschierten herein und nahmen zu beiden Seiten der Türe Aufstellung. In schweren Brokat gekleidet, erschien Staurakios, die spitze Nase und den wachsamen Blick auf die weibliche Jugend gerichtet. Die Mädchen erstarrten auf ihren Plätzen und lächelten alle zugleich dem trügerischen Glücke zu. Das Glück aber saß im Stabe Staurakios', den er ab und zu bedachtsam auf den Mosaikboden setzte, in seinem Ring, dessen großer Demantstein wie die Sonne funkelte, in seinem Auge, das streng blickte, da es eine Ware schätzen sollte, die schwer zu schätzen war. Er kam, umringt und gefolgt von Patriziern und Bischöfen. Zwischen feuchten Wimpern erspähte Maria plötzlich ihren Freund, den Ägypter, und fuhr zusammenzuckend von ihrem Sitze hoch. Da stockten Staurakios und die Bojaren und Bischöfe, da sie über ihrem Haupt den himmlischen Schein der Abendsonne gewahrten.

Der Großwürdenträger wandte und neigte sich zum hochgeweihten Plato, bis ihre Nasen zusammentrafen, und bat ihn flüsternd um Bescheid.

«Es stimmt», antwortete ihm der Bischof leise, «als ich heute vormittag in der Säulenhalle des Palastes beim Einzug der Gäste ihre Ankunft erwartete, habe ich sie sogleich erkannt.»

Staurakios näherte sich der Jungfrau bis auf drei Schritte, dann blieb er stehen und prüfte sie aufmerksam. Da trat der Ägypter hervor, und Maria streckte ihm hilfesuchend die Hand entgegen. So führte Kaesarion sie vor den hohen kaiserlichen Beamten, und sie senkte die Stirn voll Verlegenheit unter den vielen Blicken, die auf sie gerichtet waren.

«Ist das die Enkelin des alten Philaret?» erkundigte sich Staurakios abermals, die Nase nach dem Bischof von Sakkudion wendend.

«Sie ist das Kind einer verwitweten Tochter des frommen Amniers», erwiderte Bischof Plato.

«Gott segne euch in diesem kaiserlichen Hause, ihr holden Lenze», hob der Großwürdenträger nun die Stimme und wandte sich den übrigen Mädchen zu, die ringsum warteten. Sie freuten und verneigten sich; dann drängten sie näher, jede bestrebt, ihren Stolz zu zeigen, die Schönste der Schönen zu sein. Denn eine jede hielt sich für die Schönste unter ihnen. Staurakios prüfte eine nach der andern mit kühlem Blick, wie man eine kostbare Ware bewertet. Er sagte ihnen ein paar verbindliche Worte und scheute sich nicht, ein paar Verse zu zitieren. Sie aber umringten ihn vergnügt, so daß die Enkeltochter des Philaret schließlich von keinem beachtet ganz zurückblieb, an der Seite ihres fremden Freundes.

«Nachdem der Kaiser sich eine Braut erkoren, kehren wir vielleicht wieder nach Amnias zurück», sagte sie ohne Bedauern, «ich weiß nicht, ob du uns noch einmal besuchen wirst, denn so bald wieder wird man wohl keine kaiserlichen Schuhe in die Welt schicken. Großmutter wird sich wieder grämen wie früher, aber Großvater wird mir die Stirne streicheln und nicht zürnen. Der ehrwürdige Plato meint aber, daß wir wahrscheinlich doch in Byzanz und unter dem Schutz und der Gnade der erlauchten Basilissa bleiben werden.»

«Dein Großvater befindet sich, begleitet von der ganzen Sippe, auf dem Weg hierher», sagte Kaesarion.

Sie erschrak. «Wir bleiben also hier?»

«So will es die Gottesmutter von Sakkudion!» lächelte Breb.

Staurakios wandte sich um und suchte sie mit den Blikken. Er stieß seinen Stab dreimal auf den Mosaikboden und stand an ihrer Seite.

«Sag uns, o Jungfrau», sprach der kaiserliche Beamte, «ich bitte dich, was wünschest du unserem jungen Kaiser?»

«Ich wünsche ihm ein gerechtes und mildes Herz, mein Herr.»

«Und was wünschest du dir von ihm?»

«Ich wünsche mir einen Beutel voller Silberlinge für meinen Großvater, damit er die Armen trösten kann.»

Staurakios lachte vergnügt und segnete sie mit dem heiligen Kreuzzeichen. So erfüllte sich Gottes Wille, den die Eingeweihten aus gewissen Zeichen zu deuten wußten, und man erkor am nächsten Morgen im kaiserlichen Rat die Enkeltochter des frommen Greises aus Amnias zur Gemahlin des Basileios Konstantin.

Kaiserliche Barken mit Teppichen und Purpur behangen brachten die Jungfrauen vom Hieria- in den Augusteon-Palast. Im Herzen der Gärten schritten sie eine nach der andern zwischen Eunuchen und Stummen unter dem Schatten der Platanen und Zypressen Stufe um Stufe zu einer blumenuberrankten Saulenterrasse empor. Dort stand die Kaiserin mit ihrem Sohn, vom Schleier eines Wasserfalles verborgen, am offenen Fenster, und sie betrachtete prüfend Gestalt, Gesicht und Gang. Mit einer tiefen Verneigung machte Staurakios die erhabene Basilissa darauf aufmerksam, daß nun jene nahe, deren Antlitz die Gottesmutter dem hochgeweihten Plato im Traum gezeigt hatte. Sie war also ein Geschenk des Himmels. Sie war geschmeidige Harmonie. Ein wandelndes Lied. Die Augen verhießen Tiefen der Seligkeit. Auch Konstantin erkannte, daß dies die Auserwählte sein müsse, und er begehrte sie sogleich wie ein Spielzeug.

Die Kaiserin, seine Mutter, betrachtete ihn eine Weile von der Seite und schenkte sie ihm, die nötigen Befehle erteilend.

Als es in den Gärten von Halkis bis Daphne und im

Augusteon offenbar wurde, welchen Beschluß die Kaiserin gefaßt hatte, eilten Wächter in goldenen Waffen und Würdenträger herbei und umringten die Braut. Zwei Trompeter ließen ihre Instrumente erschallen, und vier Herolde riefen den Namen der Auserkorenen nach den vier Himmelsrichtungen.

Die Enkeltochter des alten Philaret und der Herrin Theosva fühlte ihr Herz zuerst winzig klein zusammenschrumpfen; doch im nächsten Augenblick schwoll es zur Sonne, als nämlich ihr Blick auf die gesenkte Stirne und den vom Schluchzen erschütterten Nacken der Tochter des Feldherrn Gerontios fiel. Sie trat auf das Mädchen zu und bat es, ihm die Wange streichelnd, um Vergebung: «Ich bitte dich, verzeih mir, daß ich Kaiserin werde.»

Mit einem schönen und listigen Lächeln begab sie sich, von Eunuchen begleitet, in die Gemächer des Gynäkeions.

Nachdem sich die mit Elfenbein und Silber geschmückten Türen, die sie von ihrer bisherigen Welt trennten, hinter ihnen geschlossen hatten, betraten Frau Theosva und das Mädchen kostbare, eigens vorbereitete Räume. Auf den Gängen blickten ihnen säbelbewehrte Eunuchen verwundert nach. Mild blickten die Ikonen unter den Ampeln. Reglose Adler und Pfauen bebilderten die Mosaikfliesen. Von den offenen Fenstern sah man jenseits der hohen Zypressenalleen tiefe Wasser blinken. Als sie sich auf den Altan über den Gärten hinauswagten, war von dem Getümmel, das sie vor zwei Stunden umgeben hatte, nichts mehr zu sehen. Von den Schatten der Bogengänge bis zu den Mauerzinnen, auf denen die Wachen in Rüstung und Waffen standen, reihten sich die Gespenster der Einsamkeit. Auch die lebendigen Pfauen, die sich in Gartenwinkeln auf steinerne Treppen geschwungen hatten, verharrten wie Wächter des abendlichen Schweigens. Nach einer Weile unterschieden die Frauen auch das Rauschen der blühenden Sträucher und der Wasser, die in den Brunnenbecken rieselten. Es war ihnen zumute, als ob selbst von den Sternen Stille niederströmte. Die Zeit schien zu stocken. Gegen ihren eigenen Schatten an die Mauer gestützt, kehrte Maria in ihr Gemach zurück und sah, daß die Sanduhr dennoch fortfuhr, die Stunden zu verzeichnen. Hier also war die irdische Wohnung der Glücklichen unter den Menschen, der Auserwählten des Herrn.

«Großmutter», fragte das Mädchen, «wo sind unsere Lieben? Wir sind hier ganz allein.»

«Der Alte mag jetzt wohl am Festungstore angelangt sein», erwiderte die Herrin Theosva, «und wartet, daß man ihn einläßt. Er wird von allen unseres Hauses, dreißig Seelen, begleitet. Die kaiserlichen Knechte prüfen und fragen, bis ihr Vorgesetzter kommt, der weiß Bescheid, er grüßt den alten Mann und bittet ihn achtungsvoll, die Festung zu betreten. Nun freuen sie sich alle, daß sie Einlaß in die Kaiserstadt gefunden haben. Nachdem sie Herberge genommen haben, plaudern sie bis zu später Stunde und warten auf unsere Heimkehr. Erst morgen früh werden sie die große Kunde erfahren.»

«Vielleicht gestattet man ihnen, uns hier zu besuchen.»

«Das weiß ich nicht, Herzenskind. Du bist jetzt die Braut des Kaisers.»

Das Mädchen lehnte ihre Wange an Frau Theosvas Schulter. Sie schien glücklich und bange zugleich.

Um die dritte Nachtstunde marschierten Wachen durch den unteren Säulengang. Gen Mitternacht schrien plötzlich die Pfauen in der Nähe voller Angst. Maria hob das Haupt aus den Kissen und sah die alte Frau sich vor den Ikonen betend bis zum Boden neigen. Plötzlich gespensterte im Flackern eines Blitzes das Meer im Fensterrahmen und stürzte gleich darauf in die nächtliche Finsternis zurück. Ein Schauer ging durch die Gärten, als wären die Phantome jener Paläste, Cäsaren ohne Zungen oder ohne Haupt oder mit verstümmelten Händen und Füßen oder mit vom Gift verrenkten Leibern, zurückgekehrt an den Ort ihrer zügellosen Wonnen und der Todesqualen. Die Herrin Theosva trat an das Bett des Mädchens, berührte ihre Stirne und fand sie fiebernd; da zeichnete sie sie mit dem heiligen

Kreuze und wandte sich aufs neue schutzheischend der allerreinsten Gottesmutter zu. Denn die Geschichten, die man sich über diese herrlichen Paläste erzählt, in denen es auch Maria bestimmt ist zu leben, gleichen dem heiligen Frieden oder den Tigersprüngen des Sturmes.

«Dein Wille geschehe ...», seufzte Theosva und empfahl der Jungfrau ihre Seele.

X. Kapitel

Glanz und Ruhe
wohnen in verschiedenen Bereichen

Gemäß dem Wunsche der allerweisesten Despina verbanden sich zu jener Zeit im Reiche zwei edle Taten. Die Völker priesen sie frohlockend, und die Glocken aller Klöster und Kirchen verkündeten die Botschaft in allen Provinzen, die zu Byzanz gehörten.

Nachdem sie in der Festung Nikäa nach vielen und langen Tagen weiser Besprechungen den rechten Ratschluß der Orthodoxie gefaßt hatten, waren die Bischöfe aufgebrochen, um in der kaiserlichen Stadt das letzte Konzil zu halten, zu dem auch die christgläubige Basilissa, die Glorie des Purpurs und die Freude des Lichtes, geladen war. Am Gestade des Goldenen Hornes wurden sie von den kaiserlichen Trieren verlassen und von den höchsten Beamten höflich empfangen. Als sie einander begrüßt hatten, ließen die Wachen ihre Waffen blitzen und stellten sich zu beiden Seiten des Weges auf, die Stummen aber unterfaßten stützend die heiligen Väter und geleiteten sie zu den Sänften. Der Zug erreichte die große Pforte der Blachernen, und Ihre Heiligkeiten stiegen in der gleichen Reihenfolge zwischen den Dienern die Marmortreppen empor. Und nachdem sie sich in ihren Sesseln niedergelassen hatten, erhoben sie sich aufs neue, die Linke auf den Stab gestützt, während sie mit der Rechten den Bart glätteten, denn Irene, die Kaiserin der Welt, die Verteidigerin der Ikonen, war gekommen, um auf ihrem Thron Platz zu nehmen. Sie setzten sich wieder. Sieben junge Priester weihten das Wasser, die Diakone sangen und schwangen die duftenden Weihrauchfässer. Sodann erhoben sich nacheinander die

Alten, die einen, um die neue Ordnung des Kaiserreiches zu preisen, die andern, um den fluchwürdigen Arius zu verdammen.

Wie es sich leicht und unwiderlegbar beweisen läßt, ist Arius vom Urbeginn der Zeiten der Name des Dämons. Er hat früher den Namen aller Götzen getragen. Er hat auch Astaroth und Beelzebub geheißen. Man wird seinen Namen noch auf achtzehn verschiedene Arten nennen. Doch in diesem Jahrhundert hieß er Arius. Man hatte ihn aufs Haupt geschlagen und ihn in jenen Pfuhl versenkt, in den er gehörte. Und sollte er noch einmal aus der Finsternis emportauchen, so werden sich andere Kaiser finden, ihn zu vernichten. Heute aber gebührte alles Lob der triumphierenden Gerechtigkeit, die vor dem Angesicht der Welt in Byzanz thront. Ihr sollen die Völker huldigen und danken. Alle Staubgeborenen, vom Würdenträger bis zum Sklaven, müssen sich vor ihrer Majestät neigen.

Die Psalmisten stimmten Preisgesänge an, und die Diener am Altare besprengten die Versammlung mit Weihwasser, um den Saal zu reinigen, denn schon der Name des Ketzers genügte, um die Luft zu verpesten. Der Bischof der Bischöfe aber, der heilige Patriarch Tarasios, erhob sich, um die Kirchensatzungen zu verlesen und Gott dem Herrn für die Gnade zu danken, daß er der erzpriesterlichen Versammlung geholfen hatte, die Pfeiler des Glaubens für Zeit und Ewigkeit zu festigen.

Sodann sprach der greise Bischof Plato und bat mit milden und gewandten Worten die Mächte um Frieden nach dem Sturm.

«Erlauchteste Gebieterin», sprach Seine Heiligkeit unter anderem, «dieses Jahr wird bald seinen Lauf vollenden, schon steht die Zeit im Zeichen der Waage. Da nun auf Erden wieder das Recht regiert, die Erde Früchte trägt und die Weisen Rat geben, so wollen wir das Böse mit der Vergangenheit begraben und in Zukunft nach Frieden trachten, damit das Reich weiterhin standhaft am Rande der Barbarenwelt stehe.»

«O höchst weise Väter», ergriff sodann der kluge Staurakios das Wort, «freut euch, denn ihr habt vor dem Angesicht des Herrn ein gutes Werk vollbracht. Ihr habt diesem Reiche neue Kraft verliehen, denn Ordnung und Kraft sind eins. Die erste Ordnung gebührt dem Glauben. Doch nach der Ordnung des Geistes müssen wir nun nach der irdischen Ordnung trachten. Es ist Gottes Wille, daß die Kaiser herrschen, die Beamten walten, die Völker aber gehorchen sollen. Der Soldat darf seinen Eid nicht vergessen, der Knecht seinen Stand nicht ändern. Denn ohne die Weisheit der Mächtigen, ohne die Kraft der Söldner und ohne die Arbeit der Knechte kann kein Kaiserreich bestehen.»

Bei diesen Worten neigte die Kaiserin zustimmend das Haupt, daß die Perlgehänge und die Edelsteine ihres Stirnreifes glitzerten und blitzten wie die Augen aller irdischen Rätsel. Auch die Knechte fühlten sich von ihrem Stande weniger bedrückt. Unter den Zuschauern aber saß der fremde Ägypter und lächelte gleichfalls, überzeugt, daß die Herrscher zu allen Zeiten, wenn auch mit anderen Worten und Formen, sich auf gleiche Weise für ihre Rechte einsetzen.

Er hätte gerne deutlicher zwischen den Worten des frommen Plato gelesen, um zu erkennen, ob nicht vielmehr das im Kommen sei, was Seine Heiligkeit weit wegzubannen wünschte. Denn nach dem September, dem Monat der Waage, folgt der Oktober, der Monat des Skorpions. Dem Skorpion aber folgt der Schütze. Es würde also noch zwei Tierkreise oder noch zwei Jahre währen, bis der Same der Unrast, der den Dingen innewohnt, Früchte trägt. Seht nur, Konstantin, der junge Isaurier, ist der frommen Versammlung ferngeblieben. Alexios Moseles aber, sein heimlicher Freund, ist zugegen. Als Alexios nach der Rede des Großwürdenträgers und Staatsmannes Staurakios seine Blicke durch die Runde schweifen läßt, wandten auch die anderen Polemarchen, die in Rüstung und Waffen gekommen waren, ihm die Augen zu. Als sich nun die gepriesene Kaiserin von ihrem Throne erhebt, um die heilige Versammlung von Magnaura aufzuheben, bahnt Alexios sich den Weg, um schneller hinaus und an den Ort zu gelangen, wo man ihn bereits erwartet.

Die zweite gute Tat, die alle Byzantiner erfreute und deren Kunde über die Grenzen des Reiches hinausdrang, war die Hochzeit Konstantins des Jungen mit Maria, der wunderschönen Amnierin. Ein solches Fest zählte zu den prächtigsten des Augusteon-Palastes. Am dazu bestimmten Sonntage versammelten sich also alle Beamten, Patrizier und Polemarchen mit ihren Gemahlinnen im großen Saale des Trikliniums, und auf den Gängen hatten die Wachen in langen Reihen Aufstellung genommen. Die Stummen und die Verschnittenen erschienen mit furchterregenden Gesichtern in Gewändern aus Gold und Seide. Die Türsteher riefen, und die Trompeten verkündeten der Menge auf den Straßen, daß die Basilissa und ihr Sohn eingetreten waren und auf ihren goldenen Thronsesseln, die im Hintergrund des Saales unter den Wappenbildern von Byzanz aufgestellt waren, Platz genommen hatten. Alle Anwesenden verneigten sich, senkten die Köpfe und berührten mit den Händen die steinernen Fliesen.

Gleich darauf führten die Stummen und die Verschnittenen die von Schleiern verhüllte Braut vor. Ihr folgten Jungfrauen und Patrizierinnen mit hohen Hüten, von denen die zartgewebten Seidenschleier bis auf die Schleppe herabrieselten. Man geleitete die Braut bis an die Stufen des Thrones und bedeutete ihr, dort stehenzubleiben. Die Kaiserin stieg hinab, nahm aus der Hand der Diener den Clavus entgegen, den sie um die Schultern der Braut legte und mit Spangen befestigte. Ebenso legte sie ihr den goldgesponnenen Hochzeitsschmuck an. Endlich hob sie das Diadem mit den Edelstein- und Perlgehängen vom Purpurkissen und setzte es ihr aufs Haupt.

«Sei dieses heiligen Schmuckes würdig», sprach die Basilissa.

Sie küßte sie nicht und sprach auch kein weiteres Wort.

Stumm neigten sich alle anwesenden Hofleute. Nun stellte sich das Geleit auf, um in die Kapelle zu ziehen.

Von Dienern geleitet, trat die edle Braut auf die Säulenterrasse über den Höfen und Gärten hinaus, um sich dem Heere und dem Volke zu zeigen. Bei ihrem Anblick erhob sich Tumult mit Freudengeschrei und Saitenklang; sie aber grüßte, wie das Zeremoniell es erheischte, mit zwei Wachsfackeln in den Händen, so wie es einst die Basilissa Irene und andere Kaiserinnen zu anderen Zeiten getan. Nachdem sie mit gemessenen Schritten in die Kapelle zurückgekehrt war, huldigten ihr der Reihe nach die Patrizier und die Beamten und all die edlen Frauen unter ihren Hüten und Schleiern. Und alle wurden von den Stummen, die jene stützend unterfaßten, vor sie geführt. Sodann vollzogen der Patriarch Tarasios, Bischof Plato, Bischof Anastasios und noch sechs weitere Bischöfe das heilige Sakrament der Trauung. Durch ihren Schleier vermochte die Braut den Bräutigam nur undeutlich zu erkennen. Er war hochgewachsen und schön, mit einem schimmernden Gewande bekleidet, geschmückt mit Purpur und Stirnreif, seine Stimme aber hatte sie noch nicht vernommen. Er blickte sie eindringlich an; auch hatte er ihr die Hand beim Ringwechsel allzu heftig gedrückt. Mitten in Marmorglanz und Goldesgleißen war sie sich selbst wie entfremdet und entrissen, wie ein Opfer aus fernen düsteren Märchen. Es gelang ihr nicht, sich auch nur einen Augenblick vorzustellen, daß im Hochzeitsbett aus dieser schillernden Drachenhaut ein Jüngling mit freundlicher Stimme und zärtlichen Blicken schlüpfen könne. Die freundlichen Augen richteten sich aus einem andern Teil der Kapelle auf sie; dort standen die Schwestern, ihre Mutter Hypatia, ihre Großmutter, die Herrin Theosva, und der greise Vater Philaret. Jene eindringliche Stimme aber schwieg. Sie gehörte dem Fremden, dem sie in Amnias zum ersten Male begegnet war und der sie von ferne inmitten der Menschenmenge mit mildem Lächeln betrachtete.

Die Kunde von der Schönheit und Sanftmut der lieblichen Maria aus Amnias verbreitete sich in der ganzen Stadt und später von Dorf zu Dorf, von einer Provinz zur andern. Dem frommen Philaret aber und all den Seinen gaben die Beamten unweit des Valentinischen Aquädukts kaiserliche Häuser zur Wohnung, die Kaiserin hatte ihnen Sklaven zu ihren Diensten geschickt und auch Verpflegung sowie eine bestimmte Geldsumme aus der Schatzkammer für jede Woche zugewiesen.

Kaesarion Breb hatte den frommen Plato mehrmals in seiner Zelle in Sankt Pantheleon besucht; doch dann riefen dringende Geschäfte den Bischof nach Sakkudion, dieser hinterließ jedoch Botschaft, daß er nicht lange säumen wolle. Der Fremde verblieb weiter im Hause der Ägypter und in Byzanz. Er durchwandelte jene lieblichen und bezaubernden Orte, betrachtete die Standbilder, die Paläste und die heiligen Gotteshäuser, er las die vergänglichen Inschriften und freute sich besonders des milden Lichtes, das Wasser und Gärten mit den Zeichen der Unendlichkeit weihte. Überall verstreuten die Blüten ihren süßen Duft. Es waltete in jener Stadt, die die Welt beherrschte, ein so behagliches Klima, daß die Menschen sich daran gewöhnt hatten, das Geschenk der Stunde mit Füßen zu treten und zu entweihen. In entlegenen Gassen faulten Kadaver und Kehrichthaufen, in verfallenen Hütten schwärte der Aussatz; die Knechte des großen Papias trieben mit ihren Spießen die armen Leute ins Gefängnis; fromme Mönche machten Jagd auf Ketzer, die sie aus purer Güte mit ihren Stäben aufs Haupt schlugen, daß sie am Straßenrand in den Staub stürzten; sie taten dies für den wahren Glauben und im Namen Jesu, des Herrn der Barmherzigkeit; Scharen von Händelsüchtigen, alle mit gleichem schwarzem Gewande bekleidet, alle das gleiche Kreuzeszeichen schlagend, drängten sich vor dem Tore des Patriarchensitzes und haderten mit gräßlichem Kriegslärm um den Zulauf der Gläubigen oder um Worte. Prunkvoll zogen die Mächtigen der Welt und stolz die Söldner vorüber; Schiffe, aus Asien und von den Inseln kommend, gingen im Hafen vor Anker, aus

Thrakien kamen in langen Reihen Getreidekarren gezogen und rollten durch die Festungstore; Lastträger keuchten unter ihrer Bürde, an der die Hungrigen und Bedürftigen keinen Anteil hatten; Maulesel führten auf ihren Rücken Obst und Fleisch zu den Palästen, die Straßenkreuzungen und die Kirchenstufen aber waren von Armen und Bettlern belagert, die mit ausgestreckter Hand jammernd das Mitleid dieser Welt anriefen.

Vor einem dieser Bettler, der seine Glatze im Sonnenlicht glänzen ließ, hielt Kaesarion eines Tages und glitt vom Rücken Santabarenos'. Dies begab sich in der Nähe des heiligen Klosters am Oktogon, zwischen den Palästen, wo die Sklaven in Seide gekleidet einhergingen. Der hagere graue Bettler forderte seinen Zoll und versprach denen, die ihn erhören wollten, einen Platz in der ewigen Seligkeit auf der anderen Welt. Um den Hals hatte er sich einen Sack gehängt, in dem er die Gaben, die seinen Hunger stillen sollten, sammelte, während er die Geldstücke flink in eine Tasche an der rechten Hüfte gleiten ließ. Der Mann war blind.

Nachdem Breb eine Weile vor ihm gestanden war, hob der Bettler die Lider.

«Der Friede sei mit dir», sagte der Fremde.

«Friede in alle Ewigkeit, gelobt sei unser Herr Jesus Christus», antwortete ihm der Bettler.

Breb steckte ihm eine Silbermünze zu. Der Mann verneigte sich, betastete die Gabe, küßte sie und verbarg sie dann in seiner Seitentasche. Sodann machte er das heilige Zeichen und segnete den mitleidigen Fremden.

«Soweit ich es zu erkennen vermag», sprach der Fremde, «hast du dir in der Nähe der Reichen dieser Welt einen guten Platz ausgesucht.»

«Ach, Herr», erwiderte der Blinde, wobei er aufmerksam lauschte, «Gott hält strenge Ordnung. Diese Patrizier, die sich Schätze des irdischen Lebens erworben haben und in solchen Palästen wohnen, sind viel blinder als ich, denn sie können die Not der Armen nicht sehen; sie ziehen hochmütig vorüber, ohne mir etwas zu geben. Eher erhalte ich von ihren Sklaven und Dienern ein Almosen. Manchmal sieht mich auch ein edler Fremder wie du, mein Herr.»

«Dennoch sehe ich, daß du deinen Platz nicht wechselst. Ich habe dich schon in der vergangenen Woche am Oktogon bemerkt.»

«Der Herrgott sorgt auch hier für meinen elenden Leib», erwiderte demütig der Bettler, «auch hier erfreue ich mich der Gaben, vor allem aber freut es mich, den Stolzen dieser Welt zu sagen, daß ich dereinst im Jenseits im Lichte des ewigen Reiches unseres Herrn Jesus sitzen, ihrer spotten und sie im Höllenpfuhle lassen werde. Und mögen sie auch schreien: ‹Pamphilos, verlaß uns nicht!›, ich werde nur den Kopf schütteln, weil sie mir in diesem Leben nichts gegeben haben.»

«Du hast recht», lächelte Kaesarion, «sei so freundlich und nimm auch diese Münze noch. Bitte für mich und sei blind für die andern.»

«Was soll ich für Deine Herrlichkeit sehen, o mein Gebieter?» flüsterte der Bettler listig, während er sich vorsichtig umwandte.

«Du sollst zum Beispiel achtgeben, wer in dem großen Hause neben dem heiligen Kloster wohnt.»

«Das weiß ich, Herr. Da wohnt seit nicht allzu langer Zeit der Polemarch Alexios.»

«Sehr richtig. Nimm dieses Goldstück für deine Antwort.»

«Dank dir, o Herr, und möge Gott dir noch einen zweiten guten Gedanken geben. Dieser Polemarch erfreut sich einer hohen Gunst. Und jener hohe Gönner pflegt ihn hier oft heimlich zu besuchen.»

«Guter Mann», fiel ihm Kaesarion ins Wort, «wir müssen nachsichtig sein mit den Freuden der Jugend.»

«Gewiß, Herr, die Jugend ist uns gegeben, damit wir uns ihrer erfreuen. Und ich bin, was das anbelangt, sehr verständnisvoll, weil ich meiner eigenen gedenke. Ja, sie feiern hier bei Gastmählern und mit Weibern; wer aber Ohren und Augen hat, kann noch andere Dinge hören und sehen.»

«Ich kann mir nicht vorstellen, was man sonst noch hören und sehen könnte.»

«Weiß ich? Hören höre ich nichts, weil ich draußen stehe, sehen sehe ich nichts, weil ich blind bin. Aber es gibt andere, die hören und sehen und darüber sprechen. Wäre Deiner Herrlichkeit solches Wissen vielleicht von Nutzen?»

«Welchen Nutzen sollte es mir bringen, Freund? Ich bin weder ein großer Würdenträger noch ein kleiner Beamter.»

«Ich verstehe, Herr. Du bist ein Sohn aus edlem Hause, dem es beliebt, sich mit Bettlern zu unterhalten. Mögen die Lippen auch noch so verschlossen sein, Deine Herrlichkeit besitzt den Schlüssel, der ihre Schlösser öffnet. Befiehl, o Herr, und dein Sklave wird sprechen.»

«Was könntest du mir wohl sagen?» lächelte Kaesarion. «Etwa, daß zu einigen dieser Versammlungen auch heimlich Gesandte aus Armenien und Thrakien kamen?»

Der Blinde wunderte sich. «Sie sind noch nicht eingetroffen. Man erwartet sie.»

«Santabarenos», flüsterte der Fremde seinem Esel zu, «wisse, daß Seine Herrlichkeit der Großwürdenträger und Staatsmann Staurakios weiß, welche Maßnahmen er zu treffen hat. Es sind die Augen der Blinden und die Ohren der Tauben, die für ihn sehen und hören.»

Durch Diener aus dem Hause der Ägypter hatte Breb auch von anderen Orten erfahren, an denen sich die Freunde Alexios Moseles' trafen. Auch waren ihm die Namen einiger Kurtisanen bekannt, welche die Freunde zu diesen Gelagen mitbrachten.

«O mein weiser Santabarenos», fuhr er fort, «solange diese Zusammenkünfte mit Wein und Weibern abgehalten werden, hast du keine Ursache zu schreien. Aber siehst du, man erwartet Nachricht von Agathoklos und Lachanodrakon, und bald wird sich der Himmel über diesem Reiche verfinstern.»

Der Esel schüttelte seine Schellen und wirbelte mit den Hufen den Gassenstaub auf. Er schien gutgelaunt zu sein und freute sich des Lichtes. Sie zogen den oberen Weg dahin, an dessen rechter Seite sich enge Gassen drängten und Stufen zum Hrisokeras-Gestade führten. Aus diesen Gassen und von jenen Treppen eilten ihnen lärmend barhäuptige und barfüßige Kinder entgegen, die sie schon von früher kannten. Der Esel schüttelte den Kopf und beschleunigte seine Schritte. Während sie ihm das Geleit gaben, betrachtete der Fremde freundlich diese kleinen Menschlein und warf ihnen eine Münze zu, um so auch dieser Zunft den Zoll zu entrichten. Er ritt weiter und stieß nicht selten in einem Winkel des Platzes auf eine Gänse- oder Entenschar, auch Schafe und Fohlen liefen hier frei umher. In diesem Teil der Festung standen armselige Hütten, zwischen Trümmern und Brandruinen. Doch bald folgten wieder gepflegte Gärten, und aus der Ferne sah man im Schatten der großen Mauer die Blachernen. Über diesen neuerrichteten Palästen des Reiches aber flogen Reiher und Kaiseradler, die aus Kalkedonien über den Bosporus gekommen waren, um hier in den Gärten einen Nistplatz für ihre zweite Brut zu suchen.

Die Häuser, die der fromme Philaret aus Amnias bewohnte, befanden sich jenseits des Aquäduktes. Von hier oben besehen, boten, vom Goldglanz des Tages verklärt, die Elendshütten wie die herrschaftlichen Paläste den gleichen bezaubernden Anblick; die Geräusche drangen durch die Entfernung gedämpft in dieses Eiland der Stille, als träufelten sie vom Himmel nieder. Hier hatte der Greis endlich mehr Ruhe gefunden, denn die Schar der Kinder und Kindeskinder mit ihren Freuden und Sorgen um ihn wurde kleiner. Dem Wunsch der erlauchten Kaiserin gemäß hatte der Großpatrizier Konstanikios sich mit Ivantia, der Schwester Marias, vermählt. Amarynthia, die zweite Schwester, hatte Arguseos, der Gouverneur der Lombardei, verlangt und heimgeführt. Johannes, den Sohn des Alten, hatte die Kaiserin sogleich mit kostbaren Gewändern beschenkt und ihm an ihrem Hofe die Würde eines Schwertträgers verliehen. Andere Söhne und Töchter hatte die Kaiserin unter ihre gnädige Obhut genommen, und sie hatten alle entweder einen Gemahl oder ein Amt gefunden. So will es nun einmal die Ordnung der Dinge, wer in hohen Gunsten steht, mehrt Reichtum und Ansehen; zu dem, was er schon besitzt, wird ihm immer noch mehr gegeben. Nicht minder wahr ist es freilich, daß all dies, sobald die Gunst abnimmt, wieder verschwindet; doch der alte Mann hatte für all diese Torheit nur ein Lächeln übrig, denn dort, wo Gott beschließt, zählt die Klugheit der Weisen weniger als die des Santabarenos.

Der Greis freute sich, als er den Hufschlag und die Stimme des Esels vernahm. Er stieg die drei Stufen der Terrasse nieder und ging lächelnd seinem Gast entgegen, den er aufforderte, vor der Glut des Tages im Schatten Zuflucht zu suchen.

«Ich habe es schon am frühen Morgen geahnt», sprach er, «daß mir der Herr heut eine Gnade erweisen wird. So ziemt es sich denn, daß ich ihm für die Freude danke, die er mir sendet.»

«Ich wurde gerufen», sagte Breb und verneigte sich vor dem frommen Philaret.

«Zweifellos. Die Stimme des Allmächtigen dringt ohne Laut in unser Herz.»

Der Fremde schwieg, er hatte im Schatten der Terrasse Frau Theosva bemerkt, die aufrecht in ihrem schwarzen Gewande dem Gaste, den sie erwartet hatte, mit traurigen Augen entgegenblickte. Der Ruf, der ihn im Hause der Ägypter erreicht hatte, war also nicht von dem Greis an ihn ergangen.

Brebs Stirne umschattete sich. Jener Ruf kam auch nicht von der alten Frau. Der Schmerz lag anderswo, er widerspiegelte sich in ihren müden Augen, die sich im Leben nur selten vor Freude erhellt hatten. Die Greisin zog sich in die inneren Gemächer zurück. Kaesarion betrat die Terrasse, wo er sich an der Seite des alten Mannes auf dem Ruhelager niederließ, lauschte geduldig seinen Worten, des Augenblicks gewärtig, da eine böse Kunde sein Herz verwunden würde.

Gegen die achte Stunde wuchs die Schwüle des Tages mehr und mehr. Über den schwarzen Säulen der unbewegten Zypressen umkreisten die Reiher und Kaiseradler, die vom kalkedonischen Gestade gekommen waren, die Gärten. Zweimal erscholl der Schrei der Königsadler aus den Höhen. Im Norden zogen sich Wolken zusammen. Auf den Steinfliesen des Hofes stampften die Hufe des Esels. Breb sah Santabarenos, der, vor einem Fliegenschwarme flüchtend, unter einem Jasminbusch Schutz suchte. Dort bleckte er grinsend die Zähne und hob das Maul schnuppernd gen Norden. Ein Schauer lief durch die Blätter des Gartens.

«Hochverehrter Freund», fragte der Fremde, «sag mir, ich bitte dich, ob diese Vögel schon seit mehreren Tagen über deinem Hause kreisen?»

«Welche Vögel?» wunderte sich der alte Philaret. «Wahrhaftig, nun sehe ich sie ebenfalls, aber gewiß zum ersten Male.»

«So hast du sie gestern nicht wahrgenommen?»

«Nein, doch hätte ich auch keine Zeit gehabt; ich empfing nämlich den Besuch gottgesandter Gäste. Viele Bedürftige aus Hebdomon sind gestern hier gewesen.»

«Gestern haben sich diese Vögel nicht gezeigt», mischte sich nun auch die Herrin Theosva ins Gespräch, die aus dem Schatten der Gemächer auf die Schwelle zurückgekehrt war.

Der Alte wandte ihr nur kurz, doch ohne sich von seinem anderwärts beschäftigten Gedanken zu lösen, die Augen zu.

«Das bedeutet», sprach Breb wie zu sich selbst, aber doch so, daß Frau Theosva ihn verstehen konnte, «das bedeutet, daß unter den Bäumen, in denen sie nisten, am jenseitigen Gestade unruhige Menschen eingetroffen sind.»

«Das müssen, wenn ich meine Enkeltochter recht verstanden habe», ergriff wieder die greise Frau das Wort, «wohl die Vertrauensleute und Söldner des Alexios Moseles sein.»

«Gottes Friede mit dir, Weib», sprach unwillig der Alte, «geh, such deine Nadel und richte meine Kappe, ich brauche sie.»

«Deine Bettler können noch ein wenig warten», lächelte Frau Theosva sanft.

«O Weib», richtete der Fromme das Wort an sie, «wenn die Armen dieser Erde hier einen Augenblick warten, so werden die Reichen in der andern Welt eine Ewigkeit warten müssen. Was führt dich hierher, Freund», wandte er sich dem Gaste zu, «was ist dein Begehr?»

«Kir Philaret», erwiderte Breb und schritt auf die Terrassentreppe zu, «gestatte, daß ich deinen Dienern den Befehl erteile, sie mögen Santabarenos die Stalltür öffnen, denn er verläßt seinen Schattenplatz.

«Ach, Herr», klagte Frau Theosva, «der Esel wird sich seinen Unterschlupf selbst suchen müssen, was er, wie ich sehe, bereits tut, da er ein kluges Tier ist. Unsere Diener und Sklaven sind nämlich vollauf mit Schlafen und Schmausen beschäftigt. Sie sind die eigentlichen Herrschaften dieses Hauses.»

«Gottes Friede mit dir, Weib», gebot nun ein zweites Mal und mit mehr Nachdruck der Fromme, «wahrhaftig, der Esel hat seine Unterkunft auch allein gefunden. Das freut mich. Ich möchte nur wissen, weshalb unser Gast sich sorgt, und auch, warum Santabarenos sich in seinem Unterschlupf freut?»

«Kir Philaret», erklärte der Fremde, «es kommt Sturm vom Norden her.»

Der Greis sah sich verwundert um. Noch badete die Sonne die Stadt in gleißendes Licht. Darüber wölbte sich heiter der Himmel. Kir Philaret wiegte sein Haupt, da er den Bettlern vor den Kirchentüren und an den Straßenkreuzungen einen günstigen Nachmittag wünschte. Doch just in diesem Augenblick traf in seinem Garten ein Bote ein, der aus thrakischen Bergklüften kam. Ein leichter

Wind säuselte im Laub der Obstbäume. Über den Höhen, aus denen dieser junge Läufer gekommen war, schnaubten Drachen schwarze Nebelfetzen empor.

Bald hatte sich der Himmel in jener Richtung verhüllt. Der erste Luftstoß brach ins Geäst, ein Wirbelwind ließ kurz die Flügel flattern und warf Feigen- und Mandelzweige auf die Schwelle. Der Alte besah sie erstaunt und berührte sie mit der Spitze seines Pantoffels. Dann hob er die hohe Stirne ins Licht, um von Gott dennoch Frieden für seine Schützlinge zu erbitten; doch als er sich Breb zukehrte, erlosch auch das Sonnenlicht.

Kir Philaret beugte sich vor dem Willen dessen, der über uns steht, senkte das Haupt und nahm auch diese Prüfung hin. Ja, einen Augenblick lächelte er sogar dem Esel zu, der zwei kurze Schreckensschreie ausgestoßen hatte, um die Knechte aus ihrem Schlaf zu wecken.

«Schließt Fenster und Türen!» rief die Herrin Theosva den Dienerinnen in den Gemächern zu. «Und stellt die Wasserkübel unter die Traufen.»

Der Himmel begann zu grollen. In der Ferne hörte man den Regen läuten. Unter Donnergetöse fuhr das Schwert eines Blitzes über die Stadt. Das Wasser ergoß sich wie ein Schwall unter dem Tosen der Donnerschlacht. Der Mönch, der vor dem Tore stehengeblieben war, lief in den Hof, indes er seine Kappe wie seine Kutte, deren Saum mit Schlammquasten geschmückt war, gegen die Windsbraut verteidigte.

Kir Philaret grüßte ihn und bedeutete ihm mit den Armen, eilends zu ihm auf die Terrasse zu kommen.

«Herr, du mein Herrgott!» ließ der fromme Mönch seinem Herzen Lauf, während er sich das Wasser aus Gewand und Bart schüttelte. «Jesus Christus, verzeih uns unsere Sünden. Laß nicht die Sintflut über uns kommen. Straf uns nicht mit Hagel. Schütze die Gärten und Felder. O allerreinste Mutter, sei auch du unsere Fürsprecherin.»

Während er sich so eifrig bekreuzigte, ließ der Mönch wachsam die Augen schweifen, die er scheinbar jedesmal aus dem Bartgelock hervorholte, um sie wieder darin zu versenken. Er verneigte sich tief vor dem Herrn des Hauses. Der Alte wollte nicht wissen, wer er sei und woher er käme. Gott hatte ihn gesandt. So war er hochwillkommen.

«Ich danke euch, daß ihr euch eines Armen, der sich Gervasios nennt, erbarmt und ihn aufnehmt», fuhr der Mönch demütig fort, «mein Dienst ist zu allen Stunden das Gebet. Die Menschen arbeiten, treiben Handel oder führen Krieg; die Pflicht der Mönche aber ist es, für sie alle zu beten. Daher will ich nun für dieses Haus und diesen Ort beten, für seine Besitzer und seine Gäste, damit sie von Blitz, Wasser und Sturm verschont bleiben. Herr und Gott, hab Erbarmen mit uns Sündern. Wie bekreuzigen uns und stellen uns in deinen Schutz. Wir verehren die heiligen Ikonen und lobpreisen dich. O Herr, wir kennen deine Macht. Warum schickst du uns solche Prüfung? Warum erschreckst du uns mit Blitz und Sturm? Wir wissen, daß du der Höchste und Gewaltigste bist, zerstör nicht das Werk deiner Hände, denn wir sind schwach und sündig und fürchten deinen Zorn.»

Unbekümmert um diese jammernden Anrufungen währte das Sturmesbrausen grollend fort.

«Was missest du deine Kräfte an uns, o Herr?» nahm der Mönch aufs äußerste erschöpft sein Flehen wieder auf, wobei er über sein bärtiges Gesicht und den von Speiseresten und Fettflecken besudelten Mantel ununterbrochen das Kreuz schlug.

Plötzlich faßte ihn Breb aufmerksam ins Auge.

Der fromme Philaret, ebenfalls durchdrungen von der furchtbaren Stimme der himmlischen Macht, stand reglos in gottergebenem Schweigen. Frau Theosva hatte sich in ein anliegendes Gemach zurückgezogen und vor den heiligen Ikonen eine geweihte Fackel angezündet. Auch sie murmelte leise Gebete. Beim Eintreten des Fremden wandte sie ihm jenen verstörten Blick zu, den Kaesarion schon bei seiner Ankunft wahrgenommen hatte.

«Was geht hier vor, Herrin?» fragte er mit beherrschter Stimme und mit einer trügerischen Gelassenheit.

«O Freund unseres Hauses», stöhnte die Greisin und streckte ihm die gerungenen Hände entgegen, «seit heute morgen nagt ein Gift an meinem Herzen, das mir die wenigen Tage kürzt.»

«Hast du, o Herrin, die junge Basilissa besucht?»

«Ja.»

«Hat sie zu dir von ihrem Gemahl gesprochen?»

«Ja. Und sie hat geweint, hat mich umarmt und hat abermals geweint. Denn sie hat mir auch schon früher geklagt.»

«Hat sie dir vielleicht erzählt, daß er sie allein läßt und seine Nächte insgeheim außerhalb des Augusteons verbringt?»

«Nein.»

«Daß er sie peinigt und von ihr Dinge fordert, die er bei den Hetären der Stadt gelernt hat?»

«Ach nein, Herr. Sie hat nicht gewagt, mir dergleichen zu erzählen; aber ich habe sie angstverstört gefunden. Dieses arme Kind hatte, als wir zum ersten Mal unter kaiserlichem Dach übernachteten, eine Verkündigung, daß sie zum Opfer ausersehen sei. Daher gehorcht sie der Macht, die alles hier auf Erden ordnet, und unterwirft sich so, wie auch wir uns jetzt unter dem Sturme beugen; vor den Augen der Welt lächelt sie, doch sobald sie ihr Haupt an meine Brust legen kann, fließen ihre Tränen.»

«Hat sie dir vielleicht anvertraut, daß ihr Gemahl sie in den frühen Morgenstunden weintrunken aufsucht?»

Die Greisin schlug die trauernden Augen nieder. «Das hat sie mir berichtet.»

«Pflegt er im Schlafe zu sprechen?»

«Ja.»

«Auf diese Weise hat sie also erfahren, daß am jenseitigen Gestade des Bosporus Söldner eingetroffen sind?»

«Ja, Herr. Doch von wo weißt du es?»

«Die Vögel des Himmels haben es mir gemeldet; die Reiher flüchten aus den Gärten am andern Ufer des Bosporus.»

«Weh mir Armen! Jetzt erst verstehe ich die Worte Deiner Herrlichkeit. In Kalkedonien sind Krieger eingetroffen.»

«Und mit Hilfe dieser Krieger», setzte Kaesarion seine Fragen fort, «will Konstantin zuschlagen und sich der Mauern des Augusteons bemächtigen?»

«Dies scheint in der Tat bevorzustehen, obwohl die Reden ihres Gemahls verworren sind. Unsere Enkeltochter ist ein unwissendes Kind, das sich vor Unruhen und Blutvergießen fürchtet. Dennoch scheint ihre Angst noch eine andere Ursache zu haben, die sie mir jedoch nicht anvertrauen will. So bin auch ich voller Ängste und bitte dich, du mögest uns einen Rat geben.»

Breb verharrte schweigend, und die alte Frau wandte sich wieder den geweihten Wachsfackeln und den heiligen Ikonen zu.

Ein Schatten verdunkelte den Eingang.

«Herr und Gebieter», flüsterte der Mönch, der unerwartet aufgetaucht war und lauernd von der Schwelle spähte, «erbarme dich meiner. Ich bin der ärmste und elendste aller Mönche. Ich flehe morgens und abends und um Mitternacht zu Gott um Erlösung. Vor allem bete ich für unseren jungen Kaiser, daß der Herr ihm eine harte Faust verleihe, damit er seine Feinde aufs Haupt schlage; doch meiner Ampel mangelt das Öl und meinem Leib die Speise.»

«Frommer Mann», antwortete der Fremde, «Kir Philaret hat dir alles gegeben, was er bei sich hatte.»

«Er hat mir nur sehr wenig gegeben, lieber Bruder, denn die verwünschten Bettler sind mir zuvorgekommen und haben ihn ausgeplündert.»

«Immerhin wohne ich, wie du, frommer Mann, wohl weißt, im Hause der Ägypter und bin keineswegs dein Bruder.»

«Im Hause der Ägypter?»

«Ja. Warum wunderst du dich so? Wir sind uns auch dort schon begegnet, wie mir scheint.»

«Ich wundere mich nicht, Herr. Ich kann leicht beweisen,

daß nur der, welcher den Glauben geschändet hat und in den Irrtum des Arius verfallen, verflucht und verdammt ist. Viel eher zähle ich einen Anhänger Mohammeds zu meinen Brüdern als einen Ikonoklasten.»

«Ich weiß, ich weiß», sprach der Ägypter gelassen und trat auf den Mönch zu, «der gesamte Lohn für deine Frömmigkeit wird dir erst in der andern Welt ausgezahlt werden, so daß du gezwungen bist, hier einen Vorschuß zu suchen. Aber du könntest dich jemandem nähern, der die Schätze dieser Welt verwaltet. Der weise Großwürdenträger Staurakios weiß Leute, die für ihn sehen und hören, zufriedenzustellen.»

Der fromme Gervasios starrte ihn an und wich einen Schritt zurück.

«Wundere dich nicht, frommer Bruder, fürchte dich nicht und verteidig dich nicht. Ich habe gelernt, die Gedanken der Menschen von ihren Gesichtern zu lesen. Ich will dir das, was du von mir verlangst, geben, wie ich es vor dir auch andern gegeben habe. Nimm und wisse, daß du mir dafür auf der andern Welt nichts schuldest.»

«Ich werfe mich voll Demut zu Füßen Deiner Herrlichkeit», beteuerte der Mönch, «und danke dir für das Goldstück, doch schwöre ich bei allen Heiligen und Märtyrern sowie bei der Seele meiner Eltern, die eingegangen sind in die ewige Heimat, daß ich der eifrigste Diener unseres Kaisers Konstantin bin.»

«Das weiß ich wohl, frommer Gervasios. Und ich wünsche dir, du mögest in der nächsten Nähe dieses jungen Pfeilers, Konstantins, des Sohnes Kaiser Leos, stehen und dich seiner Gunst erfreuen.»

«Wie, Herr, du bist nicht sein Freund? Nun, dann will ich es auch nicht sein.»

«Aber gewiß, aber gewiß, frommer Gervasios, bin ich sein Freund, doch hat sich zwischen meiner Schwäche und seiner Macht ein schwarzer Abgrund aufgetan. Ich steh auf einer, er auf der andern Seite, und wir werden bis ans Ende aller Zeiten nicht zusammenkommen.»

«Himmlischer Vater, was muß ich hören!» jammerte der Mönch.

«Gute Nachricht für Ohren, die noch nichts gehört haben ...» seufzte Kaesarion.

Die Sonne kehrte zurück, und der Sturmwind am Himmel besänftigte sich, nicht aber in der Brust des Fremden. Die Münze in die frommen Klauen werfend, ging Breb hinaus, um sich vom Hausherrn zu verabschieden. Danach suchte er seinen Esel, um nach der Stadtmitte zurückzukehren, wo die neuen Paläste standen und die hohen Beamten sich anschickten, aus ihrem Nachmittagsschlaf zu erwachen, und durch Händeklatschen den Sklaven bedeuteten, kühles Wasser und Süßigkeiten zu bringen.

XI. Kapitel

Der Schimmer des byzantinischen Purpurs bedeckt nicht gerade die wohlriechendsten Dinge

Um die Mittagszeit, als sich die Straßen lärmend füllten, so daß einer, der einsam in seiner Seele war, sich wie in einer Menschenwüste fühlen mochte, ging Breb von der Argeiapatria hinüber nach Sankt Pantheleon, wo er den hochgeweihten Plato antraf, der soeben aus Sakkudion angekommen war. Kaum hatten sie einander im Schatten der Klause erblickt, da umarmten sich die beiden. Der Greis ergriff Kaesarions Hand und bat ihn um Auskunft, tiefbesorgt ob der Gerüchte, die man sich an allen Gestaden zuraunte.

«Ich verstehe», lächelte Breb, «jedes dieser Gerüchte, das aus dem Heiligen Palast kommt, gleicht einem bösen Sturmwind, der Gefahr und Verderb ankündigt.»

«So ist es.» Der Bischof zwang sich zu einem Lächeln. «Ein solcher Windstoß ist auch in unseren Frieden von Sakkudion gedrungen. Was geht hier vor?»

«Mein Vater», sprach Breb, und sein Blick verdunkelte sich, «als wir beide in Kir Diogenios' Schiff über die Propontis fuhren und Deine Heiligkeit mir voll Verdruß von den fauligen Ställen dieses Reiches sprach, an denen ein Herkules seine Kraft beweisen müßte, war ich weit davon entfernt, die Wahrheit zu ahnen. Seither ist nun eine Zeit verstrichen. Der Himmel nimmt den Duft der Blumen entgegen, denn nur diese sind unschuldig hierzulande. Die Erde aber trinkt sich satt an menschlichem Morast. Durch diesen Morast wate ich bei jedem Schritt. Es wäre besser gewesen, wenn man nicht dieses Urteil über mich verhängt hätte.»

Der geweihte Bischof erschrak vor der Stimme seines Freundes.

«Bist du hierher gesandt worden?» wunderte er sich.

«Ich kam auf Befehl meines Herrn.»

Der Alte verharrte schweigend, und seine Ibisaugen weiteten sich verständnislos.

«O mein Freund und Vater», ergriff der Fremde wieder das Wort, «dir ist die Ordnung jenes Lebens bekannt, dem auch Deine Herrlichkeit sich einst genähert hat. All das, was meine Lehrer mir in Ägypten anvertraut haben, liegt mit zwölf Siegeln verschlossen unter dem bleiernen Deckel des Schweigens; doch ist es mir erlaubt zu bekennen, daß mein Gebieter, von dem ich die ersten Glaubensunterweisungen empfangen habe und der in Dakien das Gesetz hütet, mich entsandt hat, den Thron dieses großen Weltreiches zu prüfen. Die Kunde von dem neuen Glauben, dem die byzantinischen Kaiser dienen, ist bis zu ihm gedrungen, und er begehrt, durch mich die Wahrheit kennenzulernen.»

«Könnte jemand das Licht der Sonne leugnen?» wandte sich Bischof Plato an seinen Gast.

«Nein. Alles, was Gott gefällt, ist gut. Alles, was den Glauben betrifft, ist heilig. Ich neige mich vor dem Lichte, das in meinem Bruder Plato wohnt, denn es ist das Licht, das die Frommen zu allen Zeiten leiten wird. Doch begehrt mein Gebieter zu wissen, ob diese Kaiser vielleicht eine neue Kunst ersonnen haben, um die armen Sterblichen gerechter zu lohnen und die Unruhe der Völker zu beschwichtigen.»

«Man hat diese neue Ordnung gefunden.»

«Ich weiß; die Auserwählten haben sie schon früher erkannt. Man findet sie in Sakkudion. Auch andere Mauern beherbergen sie. Der Geist zieht sich also auf seine Inseln zurück. Das Fleisch aber schwelgt weiterhin im Laster. Der Bruder verfolgt den Bruder im Namen Gottes, doch zum Vorteil seiner eigenen Leidenschaften. Die Großen neigen sich vor der Sonne der Gerechtigkeit, während sie durch ihre Taten in allen Stunden ihres Lebens Gott beleidigen.

Dem Armen, den der Beamte aller Lebensgüter beraubt, bleibt nur der Trost der Tränen. Und wenn der eine Beamte abgezogen ist, kommen andere Geier dieser Welt.»

Der Bischof ergriff Kaesarions Hand. «Irre ich, mein Freund? Deine Erbitterung scheint eine andere Ursache zu haben. Die Welt ist schon immer so gewesen, Verlockungen und Bosheiten preisgegeben. Darum zieht sich der Geist auf seine Inseln zurück. Wahrhaftig, dieses vergängliche Leben ist voll Kränkung und Leid. Mir altem Mann sagst du damit nichts Neues. Erzähl mir, wie es unseren Freunden ergeht.»

«Unsere Freunde, mein Vater, leben so, wie sie in Amnias gelebt haben. Die greise Theosva seufzt immer noch von Zeit zu Zeit.»

Der greise Plato schwieg einen Augenblick. «Ich würde gern etwas über unsere Tochter erfahren.»

«Das Mädchen, mein Vater, ähnelt unserer Freundin, der Herrin Theosva.»

«Besucht ihr Gemahl sie alle Tage? Ist er freundlich zu ihr?»

«O mein Freund», erwiderte Kaesarion, «da müßten wir Zeugen aus den öffentlichen Bädern und aus den Freudenhäusern hierherrufen, die könnten wohl berichten, wo der Sohn des Kaisers Leo seine Nächte verbringt. Tagsüber schläft er, und die Palastköche bereiten für die Stunde seines Erwachens üppige Speisen, damit er seine Kräfte stärke. Er hat nur allzu getreue Freunde, Feldherren, die ihn wohl in der Kriegskunst unterweisen könnten; doch sie lehren ihn andere Künste und schenken ihm asiatische Knaben und Mädchen für seine Lust, die er mit Wein und Früchten stillt.»

Das alte Ibisgesicht des Bischofs wurde immer länger und verblaßte wie unter einem Schatten.

«Du bringst meiner Seele eine tödliche Kunde ...» murmelte er, «wie hast du dies alles erfahren?»

«O Herr, besser wäre mir, ich hätte nie davon erfahren. Mein Auftrag heißt mich alle Orte dieser Stadt, vom Palast bis zur Hütte, beobachten. Doch nur in diesen letzteren habe ich Tränen gefunden, die frei von Bosheit waren. Denn dort, wo sich Macht und Schätze häufen, gebieten die Dämonen der Habgier, der Mißgunst und der Lüge. Zwar gehorchen die Menschen auch dort den Gesetzen des Kaisers und den Geboten Gottes, doch sie tun es mit List und nur zum Vorteile ihrer Begierden und Leidenschaften. Ihre Schmeichelworte und ihr Lächeln sind giftig. Den Handwerker und den Bauern erschöpfen die Steuern, den Sklaven die Peitsche, den Kaufmann das Schatzamt und die Bestechungsgelder. Hier haben sich die Hungrigen und Armen des Reiches versammelt, sie betteln auf allen Wegen der Stadt, sie grölen tagsüber im Hippodrom, sie lauern nachts um die Paläste und warten auf den Untergang der Herren. Den Palast des höchsten Herrschers schützt das Schwert seiner Wächter, diese aber gelüstet es selbst nach seinen Schätzen. In der Hoffnung, einen anderen Lebenswandel anzutreffen, habe ich mich den frommen Mönchen der heiligen Klöster zugewandt. Doch auch sie habe ich als Bettler dieser Welt erkennen müssen, die mit ihren Gebeten Handel treiben. Ich wollte die Gerechten zählen und habe nach ihnen gesucht von Sonnenaufgang bis Sonnenuntergang. Doch mehr als einen hab ich nicht finden können. So will ich mich nun diesem unterwerfen und ihn bitten, daß er meine Seele tröste.»

«O mein Freund», seufzte Bischof Plato unter Tränen, «gesteh, was hat sich während meiner Abwesenheit zugetragen?»

«Mein Vater», fuhr Kaesarion mit der gleichen Leidenschaft fort, «du warst kaum nach Sakkudion gereist, da hatte ich Gelegenheit, das kennenzulernen, was Deine Heiligkeit mir angedeutet. Mehrere der mir bekannten Ägypter haben mich verständigt, daß einige Bettler und Mönche begonnen haben, mich zu belauern. Da ich von Zeit zu Zeit wie durch Zufall auch den Polemarchen Alexios sah, habe ich begriffen, wer so begierig war, über mein Tun zu erfahren. Und es sind nur wenige Tage verstrichen, bis ich sowohl allein als auch durch den Mund der Herrin Theosva erfahren habe, daß jenes kostbare Kleinod, das du Byzanz zugedacht hast, einem eklen Kadaver zugefallen ist. Da habe ich mit der ganzen Inbrunst meiner Seele dich angerufen und mich insgeheim und voller Trauer mit Deiner Heiligkeit beraten. Ich erhob mich, ging zum Palast des Großwürdenträgers und begehrte Einlaß. Vielleicht, mein Freund und Gebieter, müßte ich diesen großen Staatsmann als zweiten zu den seltenen Menschen rechnen, doch er ist ein Verschnittener, und sein Gesicht trägt die Züge des Fuchses. Der Kaiserin ist er ergeben, die Eitelkeit dieser Welt ist ihm ein Greuel, und er gehorcht getreulich der Macht des Unerforschlichen. Mich hat er zuerst ungläubig und voller Mißtrauen empfangen, bis er erkannte, daß ich ein Anhänger der Ordnung sei. Mit gesenktem Haupte erwiderte er mir alsbald: ‹Ich weiß nun, daß du, mein Herr, deine Lippen nur der Wahrheit öffnest.›

‹So ist es›, erwiderte ich, ‹andere öffnen sie nur zum Essen und zum Fluchen. Vernimm, o großmächtiger Staurakios, daß ich Adler und Reiher gesehen habe, die von den Wäldern des jenseitigen Gestades gekommen sind, um sich hier einen Nistplatz für ihre zweite Brut zu suchen. Dort drüben sind fremde Menschen aus der Ferne eingetroffen, die, nachdem sie sich gesättigt und berauscht, mit ihren Pfeilen die alten Nester jener Vögel zerstört haben. Einige dieser Fremden haben in großer Hast und Eile auch den Polemarchen Alexios aufgesucht. Das Gold des Eleutherion-Palastes hat diese Leute erreicht und wendet sich nun gegen die Basilissa.›

Grinsend fragte Staurakios: ‹Derlei Gäste sind uns wohl nicht aus Sakkudion gesandt worden?›

‹So höre, o höchstmächtiger Gebieter›, erwiderte ich, ‹weshalb der hochgeweihte Bischof Plato sich von den Großen und von den Kleinen abwendet, die er bisher gesegnet hat. Auf Geheiß einer heiligen Eingebung hat Bischof Plato Byzanz ein Juwel der Makellosigkeit geschenkt. Er glaubte, es der Liebe, dem männlichen Schutz und der Rechtschaffenheit anzuvertrauen. Doch die Gabe, hoher Herr, ist in eine besudelte Klaue gefallen. Deshalb kann Bischof Plato nun nicht anders tun, als sich gegen jenen schmutzigen Griff zu wenden und die Schandtat des Kaisersohnes zu verdammen, mit der dieser Gott selbst beleidigt.›

So habe ich ihm alles kundgetan, während ich im Innersten meiner Seele auf deinen Rat lauschte. Und nun bitte ich dich, du mögest mir antworten und sagen, ob du es gewesen bist, der mich geführt hat.»

«Ich habe dich im Traum gesehen, als du nach mir riefest», antwortete bange Bischof Plato, «ich bin also unsichtbar an deiner Seite gestanden. Dem Frevler aber entziehe ich fortan mein Auge und meinen Arm.»

«Auf diese Weise, mein Freund und Vater, hat Staurakios, da er dies erfuhr, für sein Amt Nutzen gezogen, obwohl er sich darüber nicht freuen, sondern vielmehr hätte betrüben sollen. Er aber sprach zu mir: ‹Erhebe dich und folge mir in den Augusteon-Palast.›

Sodann schickte er seine Edelknaben voraus, damit sie der Basilissa seine Ankunft verkündeten, denn er wolle sie grüßen und wichtige Botschaft bringen. Ich habe ihn ins innerste Gemach der Kaiserin geleitet, wohin sonst außer Staurakios niemandem Zutritt gestattet ist.

Wir standen vor der Erlauchtesten und neigten uns vor ihr.

‹Was bringt ihr mir?› fragte die Basilissa.

Da berichtete Staurakios mit wenigen und hastigen Worten alles, was geschehen war, während die Kaiserin von Zeit zu Zeit die Augen hob und mich mit ihren scharfen Blicken maß. Ich verharrte reglos und schwieg.

Als der Großwürdenträger seinen Bericht geendet hatte, wandte sie mir die unruhig zwinkernden Lider zu.

‹Wenn ich recht verstehe, bist du ein Thaumaturg, ein Wunderwirker?›

‹Erhabenste Gebieterin›, erwiderte ich, ‹ich bin ein Diener Gottes.›

‹Vermagst du die Geheimnisse der Menschen aufzudekken und die Zukunft zu enthüllen?›

‹Herrin, ich habe gelernt, die Zeichen zu deuten, die Gott den Menschen und den Dingen aufgeprägt hat.›

Sie zauderte, doch ich begriff, was sie begehrte. Daher zog ich aus den Falten meines Gewandes jene zweiundzwanzig Elfenbeinblätter hervor, auf denen die Hieroglyphen und die Sinnbilder des Lebens dargestellt sind. Ich bat sie, die Tafeln zu berühren und zu schwören, daß sie das erste Leid, dem sie begegnen sollte, lindern werde.

‹Das will ich›, erwiderte sie.

Sie berührte die Blätter mit zitternder Hand und erblaßte, denn in dieser mächtigen Kaiserin lauert die Angst.

Ich schlug drei Blätter auf und breitete sie auf einem Tischchen aus, während ich zu ihr sprach: ‹Siehe, erlauchteste Gebieterin, hier zeigt sich die Antwort auf deine erste Frage. Die mittlere Karte zeigt, wie Deine Majestät sich mit eigenen Augen überzeugen kann, die gestürzte Kirche, daneben neigt sich auf der einen Seite der Eremit, der mit seiner Ampel das Dunkel durchforscht, auf der anderen aber der Kaiser, das heißt die Macht, die den rechten Weg gefunden hat. Du hast also wohl gehandelt, o Herrin, als du die heiligen Bilder Gottes unter deinen Schutz genommen hast.›

Die Kaiserin seufzte mit tränenfeuchten Augen und neigte sich vor den Ikonen. ‹So hat Gott der Herr meinen Kampf gesegnet.›

‹Das beweisen diese Zeichen, hohe Frau. Sieh, hier vor den Augen Deiner Majestät offenbaren sich drei weitere Bilder. Blick, ich bitte dich, auf diesen Wanderer, der mit seinem Stab suchend nach dem Wege tastet; zerrissenen Gewandes schleppt er eine schwere Bürde auf dem Rükken, und seinen Spuren folgt ein reißendes Tier, das nach seinen Fersen schnappt. Dies, Herrin, ist der Unwissende: Er ist blind und kennt seinen Weg nicht, den er auf gut Glück mit dem Stabe ertastet; mühsam schleppt er die Last seines eigenen Fleisches, indes das Laster ihn treibt und zerfleischt. Der Wanderer wendet sich den Blättern zu, die mit der Zahl Dreizehn und Fünfzehn bezeichnet sind. O Herrin, hier ist das Schicksal dessen verzeichnet, dem dein Kummer und deine Sorge gelten, und niemand außer Gott vermag es zu ändern.›

‹So bezeichnet die Dreizehn den Tod?› entsetzte sich die Basilissa. ‹Und die Fünfzehn den Dämon?›

‹Erlauchteste Herrin, der Tod ist nur ein Übergang›, erwiderte ich, ‹was wir das Ende wähnen, ist nichts als ein neuer Anbeginn. Der Kaisersohn folgt also dem Gesetz des Staubes; das ewige Licht vermag er nicht einmal zu ahnen, und er wird sich bis zum Ablauf seiner Zeit blind vorwärts tasten.›

Wieder wandte sich die Despina den Ikonen zu, um sich abermals zu verneigen. ‹Ich danke dir, o mein Gott›, murmelte sie demütig, ‹daß du mir auch diese Prüfung nicht erspart hast.› Dann wandte sie sich Staurakios zu: ‹Was müssen wir tun?›

‹O Licht der Welt!› erwiderte der Würdenträger und faßte sein Herz mit beiden Händen. ‹Aus den Offenbarungen dieses weisen Ägypters geht hervor, daß die Löwen sich zusammengerottet haben und brüllend Byzanz umzingeln. Es bedarf einiger geschickter Jäger, die ich auf Befehl Deiner Majestät wohl zu finden wüßte. Alexios Moseles muß auf der Stelle überführt, gefangen und jenseits des Meeres gebracht werden. Und wenn es die göttliche Weisheit meiner Gebieterin verlangt, daß man ihm das Leben nehme, so wird ihm das Leben genommen werden.›

‹Mein Herz rät mir zu Milde›, seufzte die Kaiserin, ‹es genügt, wenn er sich in unserer Gewalt befindet.›

‹Ich habe den Wunsch meiner allergütigsten Herrin verstanden. Worte wie diese beglücken meine Seele. Doch möchte ich gerne erfahren, was die Despina über ihren Sohn beschließt.›

‹O mein gekränktes Mutterherz!› stöhnte die Despina. ‹Befiehl, daß er sogleich im Triklinium erscheine. Und auch die Patrizier und Beamten mögen sich dort versammeln. Da er unser Sohn ist, werden wir anordnen, daß man ihn seiner Kleider entblöße und mit Ruten züchtige. Wir wollen die ehrwürdigen Väter bitten, daß man um die gleiche Stunde in allen heiligen Klöstern dieser kaiserlichen Stadt Rat halte und Gebete spreche, um von Jesus und seiner gebenedeiten Mutter Bekehrung für den Ungehorsamen zu erflehen. Diesen unseren Willen führet aus. Dem Ägypter hier aber gib, was er begehrt.›

‹O erlauchteste Gebieterin›, antwortete ich, ‹ich begehre nichts.›

‹Ist solches möglich? Kein Gewand? Keine Speise? Bei uns ist es Sitte, die Mönche reich zu beschenken.›

Ich verneigte mich stumm und enthielt mich der Antwort.

‹Dieser Fremdling ist mein Freund›, lächelte Staurakios schlau.

‹Dennoch bin ich ihm etwas schuldig.›

‹Mir gar nichts, Herrin. Doch bist du durch dein gegebenes Versprechen verpflichtet, das erste Leid, das dir begegnen sollte, zu lindern.›

‹So ist es. Ich danke dir, daß du mich daran erinnert hast. Ich will daran denken.›

‹Herrin›, fuhr ich fort, ‹das Leid hat sich dir schon gezeigt, doch du hast es nicht erkannt. Der Sohn des Kaisers Leo hat nicht nur seine Mutter gekränkt und beleidigt. Er besitzt eine Gemahlin, ein Geschenk aus Gottes Hand ... Für diese reine Seele ist der Löwensohn ein schlimmes Gift.›

Die Kaiserin senkte das Haupt, und Staurakios führte mich mit sich hinweg.»

Breb schwieg eine Weile, um seinem alten Freund Zeit zum Überlegen zu gewähren. In der Dämmerung der Zelle und über der Trauer, die das Antlitz des frommen Plato verdunkelte, glänzten nur noch die Augen, die er fragend auf den Fremden richtete, als wollte er mit seinem Blick Antwort für seine innere Unrast erlangen.

«Die Kunde, die uns in der Einsamkeit von Sakkudion betroffen hat, ist also wahr.»

«Sie ist wahr», bestätigte Kaesarion, «gleich nach meinem Weggehen wurde Konstantin, der noch der Nachmittagsruhe pflegte, von Dienern ergriffen und ins Triklinium vor die Kaiserin geführt. Die Herrscherin richtete sich abwechselnd voll furchtbarem Zorn gegen den Sohn, bald demütigte sie sich weinend vor den Ikonen, und indes sie Konstantin verdammte ob der schändlichsten Verschwörung, die man je ersonnen, forderte sie ihn auf, die Namen seiner Komplizen zu nennen, mit denen er sich verbündet hatte, um seine Mutter und das Kaiserreich ins Verderben zu stürzen. Mein Freund, der hochgeweihte Bischof Plato», lächelte Breb, «konnte nicht genannt werden, denn er ist ein weiser Alter, der sich nicht unter die Bestien der Arena mengt. Konstantin senkte die Stirne und blickte zornig unter gefurchten Brauen; die Namen seiner Gefährten aber schluckte er zugleich mit dem bitteren Schaum, der ihm auf die Lippen trat, und biß die Zähne zusammen. Auf einen Wink der Basilissa wurde er von den Henkersknechten gepackt, seines Gewandes entkleidet und auf ein Kubiculum gestreckt; während einige sich über ihn warfen, um ihn festzuhalten, peitschten ihn die andern mit Ruten. Gleich danach schleppte man ihn auf den Knien zu Füßen der Kaiserin, die ihn unter Tränen umarmte. Daraufhin begann der weise Staurakios händeringend die Kaiserin anzuflehen, sie möge doch den Purpurgeborenen verschonen und lieber den hinterlistigen Alexios strafen, der seinen Herrn verraten hatte, um allein für sich Nutzen zu ziehen. Und in der Tat erschienen die herbeibefohlenen Beamten, die sich vor dem Throne der Kaiserin niederwarfen und berichteten, daß der Polemarch über den Bosporus zu den armenischen Heeren gereist sei und der herrlichen Basilissa kniefällig für ihre Gnade danke. Da er solche Reden vernahm, krampfte sich in Konstantin sein Innerstes zusammen, und stöhnend knirschte er zwischen den Zähnen den Namen seines Zechkumpans hervor. In Wirklichkeit aber hatten die Leute des Staurakios Alexios in der kaiserlichen Barke umringt und ihn ob des Verrates, den Konstantin an ihm begangen habe, bedauert. Als er daraufhin wie ein rasendes Tier emporschnellte und wider einen solchen treulosen Herrn aufschrie, beeilten sich die Vertrauensleute des Großwürdenträgers, ihn des Wohlwollens des Staurakios zu versichern. Auch die hochgepriesene Basilissa, die seine Tapferkeit bewundere, ließe sich versöhnen, nur müsse er der Bosheit abschwören und vor ihren huldvollen Knien den Treueeid leisten. Nachdem er sich so unterworfen hatte, brachte man ihn zur Barke zurück, wo Diener ihm den Tisch deckten. Auch diese Stunde des Bangens ging vorüber, und als er erkannte, daß weder die Speisen noch sein Becher vergiftet waren, nahm er die Geschenke, die man ihm überbracht hatte, entgegen und fuhr nach Armenien. Doch bleiben in seiner Nähe wachsame Augen. Vor ihm aber werden gewandte Männer bei den armenischen Heerlagern eintreffen, um den dortigen Söldnern die Augen zu öffnen, wie Alexios Moseles das Vertrauen seines Gebieters Konstantin gelohnt habe. Auch hatten kaiserliche Knechte in den kalkedonischen Wäldern Weinfässer entladen und fette Schafe geschlachtet. Als nun die dort lagernden Krieger alle bereits trunken waren und ihre Becher teils auf das Wohl der Basilissa, teils auf den Triumph Konstantins geleert hatten, kam, ohne daß man es wußte wie, ein Gerücht auf, daß einige der dortigen Hundertschaftsführer und Hauptleute Konstantin, andere aber Alexios verraten hätten. Einige stiegen auf die Tische und riefen, der Sohn des Isauriers hätte sie hierhergelockt, um sie zu vernichten, doch gab es auch andere, die brüllten, Alexios habe sie um Gold an den Großwürdenträger Staurakios verkauft. Bald fielen sie mit gräßlichem Geschrei übereinander her, spießten sich mit ihren Waffen, glitten im Blute aus und stürzten in die roten Pfützen, noch im Fallen einander mit den gebleckten Mündern suchend und beißend.»

Die betrübte Nase bis auf die Knie gesenkt, lauschte der

Greis aus Sakkudion den Reden Brebs, der ihm noch über weitere Ränkespiele des kaiserlichen Ratgebers berichtete.

«Der große Papias vereint unter seiner Hand die Wachen der Festung, die jedermann sieht, und auch die Späher, die man nicht sieht, blinde Bettler, die Augen haben, und Taube, die hören, auch Frauen, die sich überall hinzugesellen, wo trunkene Leute beisammen sind, und Mönche, die sich beständig in der Nähe des Hippodroms und der Basare herumtreiben. Sobald er seine Erfahrungen gesammelt hat, erscheint er um die erste Morgenstunde vor seinem Gebieter Staurakios und erstattet ihm über alles Bericht. Desgleichen gibt es auch unter den Leuten der Palastwache solche, die besonders aufmerksam schauen und lauschen, und auch sie haben eine bestimmte Stunde, in der sie ihre Neuigkeiten melden. Und ebenso haben auch die innersten Gemächer Augen und Ohren.

In der ersten Nacht, die jenem Vorfall folgte, wälzte sich der junge Konstantin krank vor Zorn und Verdruß auf seinem Lager, ohne Ruhe zu finden. Schüchtern pochte seine Gemahlin um Einlaß, sie wollte ihm nahe sein, um ihn zu trösten.

Er biß sich in die Faust, die er außer sich gegen sie hob, und schrie: ‹Was willst du hier, Weib? Willst du meinen Schlaf belauern, um die Worte, die ich dabei murmle, aufzufangen? Verfluchtes Übel meines Lebens! Ich sollte mir diese Zunge, die spricht, wenn es nicht an der Zeit ist, abbeißen.› Und er biß sich auf die Zunge, daß ihm blutiger Speichel auf die Lippen trat.

‹Mein Herr und Gebieter›, sagte Maria traurig, die sich auf den Knien seinem Lager näherte, ‹eine Gemahlin vermag ihren Gebieter, den Gott ihr gegeben hat, weder zu verraten noch zu verurteilen. Hätte mein Herr die Güte gehabt, nur an meiner Seite zu schlafen, so hätte niemals jemand etwas über jene Worte erfahren. Sie wären in meiner Betrübnis begraben geblieben.›

‹Erdreistest auch du dich, mich zu tadeln? Hast du denn

vergessen, daß du noch gestern ein armes Dorfmädchen aus Paphlagonien gewesen bist?›

‹Mein teurer Gemahl, wie könnte ich das vergessen. Nicht mein Streben und Trachten haben mich hierhergeführt, sondern ein Wille, der über dem unsrigen steht. Nimm mich hin wie eine Gabe und verstoße mich nicht. Du selbst hast dich in meinen Schoß gebettet, du kannst mich also nicht mehr verlassen.›

Er wälzte sich unter bitterem Gelächter auf seinem Lager und warf ihr feindselige Blicke zu. ‹Laß mich allein›, brüllte er auf, ‹in diesem Augenblick brauche ich niemanden. Ich will nichts als meine Schläfen zerfleischen und meine Wut herausschreien, denn ich bin geschlagen und gedemütigt worden von jenen, die mir mein Recht gestohlen haben. Nach dem Gesetz des Reiches gebührt mir dieser Thron; ich bin der rechtmäßige Herr dieser Paläste, dieser Stadt und aller Völker. Sie haben mich beraubt: der Eunuch und das Weib, das vorgibt, meine Mutter zu sein. Doch will ich nicht eher sterben, als bis ich mir nicht mein Recht verschafft und ihnen alles heimgezahlt haben werde.›

‹Mein Herr und Gebieter›, schmeichelte die Gemahlin, ‹diese wachen Worte sind ebenso gefährlich wie jene, die du im Schlafe sprichst.›

Beide verstummten und lauschten durch die Mauern den Schritten, die durch die Gänge und die geheimen Verliese schlichen.

Am darauffolgenden Tage erschien Konstantin demütig vor seiner Mutter, verneigte sich bis auf den Boden, und während er ihre Hand küßte, bat er sie um Verzeihung. Er sagte sich von allen listigen Ratgebern los und verlangte, daß man sie bestrafen möge. Alexios vor allem habe Strafe verdient. Hier vor den Beamten erkenne er in seiner Mutter die Hand Gottes; er habe für seine Schuld gerechte Strafe empfangen. Von Stund an habe im ganzen Reiche keine Mutter einen gehorsameren Sohn.

Die Kaiserin schloß ihren Sohn in die Arme, indes Staurakios in seinem Winkel die Mauern betrachtete und den

Wappenbildern von Byzanz zulächelte. Seine Späher aus dem Daphne-Palast hatten ihn frühzeitig aufgesucht. Aus dem Flüstern der Verschnittenen und aus den hastigen Zeichen und dem Kläffen der verstümmelten Zunge der Stummen hatte er genau erfahren, was Konstantin in der vergangenen Nacht getan und gesprochen hatte.

Der Großwürdenträger vermutete daher, daß Gottes Allmacht dem Sproß des Löwenkaisers eine Gemahlin beigesellt habe, die rein und tückelos zur Güte mahnte: ‹Genau so, wie wir es erhofften, als wir ihn durch Sanftmut zu zähmen wünschten. Wenn aber in seinem Herzen weiter die Dämonen züngeln und es soweit kommt, daß wir uns zu jeder Stunde vor ihm fürchten, wird die erlauchteste Kaiserin das Mädchen aus Amnias mit klugen Schmeichelworten von ihm lösen müssen. Um auf unserer Seite zu stehen, muß sie unschuldige Listen beherrschen, dann können wir ihn zügeln, ob er nun im Tageslichte wandelt oder im Bett seines Weibes ruht.›

All dies hat mir Staurakios zu verstehen gegeben», schloß der Ägypter, «denn die Macht, so bekannte er uns, muß einmal das Gesicht der Güte, ein andermal das der Strenge zeigen, je nachdem, wie es die Umstände gebieten.»

«Ach mein Freund», klagte der hochgeweihte Plato, «ich habe mich, sooft ich nach Byzanz gekommen bin, bemüht, hier die Gerechtigkeit meines Herzens walten zu lassen; doch nun erkenne ich, daß ich immer an dem falschen Platze gestanden habe. Besser, ich wäre nie geboren worden, oder wäre ich wenigstens lieber gestorben, bevor ich all dies erfahren mußte. Jetzt ist mein Herz ein Wespennest der Dämonen. Eigentlich sollte ich zur erlauchten Basilissa eilen, die mich zu sehen begehrt; doch muß ich bekennen, daß ich viel lieber nach Sakkudion zurückkehren möchte.»

«Vorerst mußt du unsere Freunde aus Amnias aufsuchen», sagte Breb, und seine Stimme senkte sich beinahe zum Flüstern. Und dennoch war diese Stimme so eindringlich, daß der alte Mann zusammenzuckte.

«Du hast recht», meinte er zustimmend, «ich muß zum frommen Philaret und zur Herrin Theosva.»

«Gewiß sollst du zur Frau Theosva gehen», sprach Kaesarion abermals, «aber du mußt noch jemand mit deinem Besuch beehren. Eine Seele, die Gott uns anvertraut hat. Es ist uns nicht gestattet, sie zu verlassen.»

XII. Kapitel

Der Abendstern

Im Hause am Valentinischen Aquädukt fanden Plato und Breb die Sippe der Amnier zur Beratung versammelt. Sie waren alle von der Kaiserin reich beschenkt worden und freuten sich des Überflusses, die einen ihrer Würden, die andern der Muße; so hatten sich Söhne und Töchter der beiden Alten im Schatten der Terrasse eingefunden. Bischof Plato meinte, sie hätten sich versammelt, um gemeinsam über die betrüblichen Nachrichten zu trauern; doch Kaesarion wußte, daß keiner von ihnen die geheimen Botschaften erfahren hatte; der Vorfall mit der Rute, dessen Kunde im Nu bis in die entferntesten Gefilde des Reiches gedrungen war, wurde in allen Kirchen und Klöstern von den frommen Mönchen gutgeheißen. Die Kaiserin hat ihren Sohn bestraft! Das war eine gottgefällige Tat; läge ihr Reich nicht jenseits der Sterne, hätte auch die allerreinste Jungfrau an ihrem Sohne so handeln können. Und Konstantin war seiner Mutter zu Füßen gefallen und hatte um Verzeihung gebeten! So ist es denn ein Anlaß zu großer Freude. Ohne Traurigkeit gäbe es auch keine Freude. Ebenso können auch die Sünder, wenn sie sich bekehren, den Allerhöchsten erfreuen. Denn jede Sünde kann, weil sie zugleich auch Anlaß zur Reue und Buße ist, auch zum Guten führen. So belehrten die wohlmeinenden Mönche die Leute, daß man sich an der Tat der Basilissa erbauen müsse. Daher freuten sich auch die Amnier einigermaßen. Nur die Herrin Theosva behielt ihre traurigen Augen.

Der Hochgeweihte und Breb stiegen von ihren Eseln, die sie der Sorge Konstantins überließen. Mit freundlichen Worten kam ihnen der fromme Philaret entgegen, alle Anwesenden verneigten sich. Bischof Plato trat auf die Greisin zu, und diese neigte sich tief und küßte ihm die Rechte.

«Der Friede sei mit euch!» sprach der Hochgeweihte und segnete sie alle.

«Ehre sei Gott in Ewigkeit», erwiderte der alte Philaret, «ich bitte dich, hochwürdiger Bischof, nimm gütigst Platz hier in diesem Sessel. Und auch diesen meinen andern Freund bitte ich, uns die Freude zu machen und sich in unserer Mitte niederzulassen. Vernehmt, edle Herren, daß heute hier an dieser Stelle für meine Seele eine große Freude besprochen und beschlossen wird.»

Breb blickte sich im Kreise um und sah auf allen Gesichtern ein heiteres Lächeln. In der Mitte aber stand Johannes, der kaiserliche Schwertträger, mit einem amtlichen Schreiben in der Hand.

«Hochverehrte», sprach er mit einer Verneigung die Gäste an, «ich bitte euch, fragt doch auch ihr unseren Vater Philaret, warum er das rote Gewand mit dem goldenen Gürtel nicht anlegen will, das ihm die gepriesene Despina als wahrem Patrizier und Anverwandten des kaiserlichen Hauses zu schenken geruhte? Es ziemt sich, daß er zu den Versammlungen am Hofe in einem würdigen Gewande gehe.»

«Vernehmt, meine Söhne und Töchter», antwortete lächelnd der Greis, «daß ich noch immer der gleiche bin, der ich in Amnias gewesen. Meine Seele hat sich in keiner Weise geändert, dieser Leib aber bedarf keines neuen Gewandes, denn bald schon wird er dorthin gehen, wo man die Eitelkeiten ablegen muß.»

«Dennoch, mein Vater, sollten wir, solange wir in diesem Leben weilen, seine Ordnungen achten.»

«Beruhige dich, die Ordnung muß in der Seele herrschen.»

«Laßt euren Vater gewähren», sagte die Herrin Theosva in ihrer gewohnten Traurigkeit, «wer ihn liebt, wird ihn auch in diesem Gewande empfangen können. Nun aber vollendet, wie er euch geheißen hat.»

Der Schwertträger Johannes trat auf die Herrin Theosva zu und empfing von ihr einen Kuß auf die Stirne; sodann verlas er, an seinen Platz zurückgekehrt, was in der Urkunde verzeichnet war.

Man hatte sich an diesem Tage versammelt, um die Güter des Hauses zu zählen. Die Kostbarkeiten in den Gemächern, die Vorräte auf den Speichern, die Goldstücke in den Beuteln, alles mußte genau verzeichnet werden, um die vom Alten verlangte Teilung zu vollziehen. Philaret wartete sehnlichst darauf, seinen Anteil zu empfangen, um ihn in kleine Münzen zu wechseln, diese kleinen Münzen aber unter den Armen zu verteilen, wie er es sein Lebtag gewohnt gewesen. Eine Zeitlang hatte er sich gekränkt, weil er nichts mehr zu geben hatte, nun aber konnte er wieder seiner Herzensfreude folgen. Der Schwertträger berechnete also die Verteilung, erklärte jedem, wieviel ihm zustände, und neigte sich vor seinem Vater, dem er mitteilte, daß er ihm vierundsechzig Lire in Gold zu Füßen legen könne.

Der Alte versammelte alle seine Kinder um sich, als wollte er sie unter den Schutz seiner Fittiche nehmen.

«Seht nur», lächelte er ihnen zu, «nun werde ich mir das Gewand meines wahren Amtes zuschneiden können. Es kommt der Tag, da wird hier ein großes Fest stattfinden, und ich werde die Kaiser dieser Welt in meinem Haus zur Tafel bitten.»

Die Jungen aber wechselten frohe Blicke untereinander; die Jünglinge und die Männer, erfüllt von einem gewissen Stolz, daß nun im Dienste des Thrones auch ihre Hände und Gewänder einen Teil der Macht dieser Welt trugen, die Frauen und Jungfrauen aber vielmehr mit dem Hochmut, den die gepriesene Schönheit verleiht, denn sie wußten recht wohl, daß man in Byzanz mehr von ihnen sprach, wenn sie auch gleich keine Würdenträgerinnen waren. Einige unter ihnen hatten die zusammengewachsenen Brauen und die großen Augen der Ahnin des greisen Philaret geerbt, die einst zu ihrer Zeit als ein wahres Wunder

der Schönheit in Theobrisos gerühmt wurde; andere trugen schmale, gerade Näschen wie die hellenischen Göttinnen, alle aber hatten die Wimpern mit Antimon gefärbt und die Lippen mit Schminke gerötet und waren in so kostbare Gewebe gehüllt, wie sie sich einst in ihrer Armut in Amnias nie hätten träumen lassen. Doch hatten sie das stille Nest am Gestade des Pontus längst vergessen. Der Alte schien plötzlich ihrer gewahr zu werden, vor allem seiner Töchter und Enkeltöchter, und er wunderte sich über soviel Glanz.

«Wie mögt ihr euch erkühnen, solche Bürde zu tragen?» tadelte er sie. «Und weshalb glaubt ihr, die Schönheit, die Gott euch gegeben, mehren zu müssen?»

«Großväterchen», erhob sich darauf das feinste Näschen, das Antusa, einer der Töchter Hypatias gehörte, «in der Welt, in der wir jetzt leben, ist es nicht anders gestattet. Unsere Schwester ist Kaiserin, und wir dürfen sie nicht dadurch beschämen, daß wir in Bettlerlumpen einhergehen.»

«Dafür werdet ihr nackt in die andere Welt eingehen und dort betteln müssen», seufzte der fromme Alte.

Die Augen, die wie schwarze Diamanten glitzerten, winkten einander listig zu und verständigten sich über eine zu allen Zeiten bekannte Tatsache, daß nämlich der Tod gewissermaßen ein Märchen sei und die Jugend gar nicht anders als unsterblich sein könne. Die Ohrgehänge schaukelten, die Armreifen klingelten; süßes Lachen küßte Großvaters Hand, und der Alte segnete die Herrlichkeit Gottes, die sich ihm in seinen Kindern offenbarte.

«Ich kann nicht begreifen, warum meine Gemahlin Theosva traurig bleibt», sprach er, während er auf den hochgeweihten Plato und auf die Greisin zuging. «Und warum sitzt unser Freund Kaesarion so allein und in sich versunken. Dieser Tag ist es wert, daß wir ihn in guter Erinnerung behalten.»

Die greise Theosva lehnte ihr Haupt an die Schulter ihres Gemahls, wie es ihre Gewohnheit war, und seufzte.

«So ist es», erwiderte Breb, «gewiß denkt auch die Herrin Theosva daran. Heute sind es zwei Jahre her, seitdem Gott in seiner Güte meine Schritte nach Amnias in euer Haus gelenkt hat.»

«In der Tat», bestätigte der Alte, «deshalb bitte ich meine Frau Gemahlin, sie möge unseren Freunden einen Imbiß und Met bringen, damit auch wir uns vergnügen.»

«Es trifft sich so, daß ich heute faste», antwortete der Fremde, «solange der Abendstern sich nicht am Himmel zeigt, berühren meine Lippen weder Wasser noch Brot.»

«So wird mir der hochgeweihte Bischof Plato Gesellschaft leisten.»

«Der hochwürdige Bischof hat Eile», antwortete die Greisin, «wir sind nämlich von unserer Enkeltochter in den Daphne-Palast gerufen worden.»

«Ist etwas geschehen?»

«Etwas wird wohl geschehen sein, aber von Gott erwarte ich immer nur Gutes.»

«So bleibe ich allein», lächelte der Alte, «denn wie ich sehe, drängt es auch die Jugend, fortzueilen. Ich werde also meinen Diener Kallistos rufen und ihm auftragen, daß er mir drei Lederbeutel von gleicher Größe nähe. In dem einen will ich die Goldstücke, in dem andern die Silberlinge und im dritten die Kupfermünzen aufbewahren. Ich greife ohne zu wählen zu und entrichte die Gebühr. Sobald ein Armer zu mir kommt, vertauscht mein Diener die Beutel und reicht sie mir. Also entscheidet Gott, ob ich in die Hand des Bettlers ein Goldstück, einen Silberling oder eine Kupfermünze lege.»

Frau Theosva hüllte sich in ihren Schleier. Der Bischof segnete die vereinsamte Halle. Der fromme Philaret verneigte sich vor den Freunden und blieb allein in der Gesellschaft freundlicher Gedanken und seines Dieners Kallistos zurück.

Die Sänftenträger brachten den Tragstuhl mit den purpurnen Vorhängen für die Herrin Theosva, indes Konstantin die Grautiere aus dem Stalle holte.

«Santabarenos», sprach Breb, «meine Freunde begeben sich zum Kaiserpalast; Konstantin, der Getreue, wird sie bis zur Pforte des Glücks begleiten. Du aber spute dich und trag mich zu den Toren der Festung hinaus.»

«Ich dachte, du würdest uns ein Stück Weges Gesellschaft leisten», wandte sich ihm der ehrwürdige Bischof zu, «die Herrin Theosva quält eine Sorge, und sie verlangt, auch deinen Rat zu hören.»

«Die Trauernden bedürfen tröstender Worte», erwiderte leise der Fremde, «zieht in Frieden. Mich verlangt nach Einsamkeit. Doch wenn sich um die Dämmerstunde der Abendstern zeigt, so wollet die junge Kaiserin Maria an mich erinnern, denn ich werde um diese Zeit unter diesem Stern jenseits der Mauern am Meeresgestade stehen.»

Nachdem er sich von seinen Freunden verabschiedet hatte, spornte der Ägypter Santabarenos mit Zurufen hügelaufwärts und lenkte ihn dann zu der Pforte von Adrianopel. Als er die Festungsmauern erreicht hatte, stand die Sonne im Westen, und die Glocken von Byzanz läuteten zum Abendgebet. Als der Hauptmann der Torwache in der Hand des Reisenden das Pergament mit dem kaiserlichen Siegel erblickte, trat er beiseite und gab ihm den Weg frei. Die Wachen auf den Toreszinnen sahen ihm nach, wie er ins Freie hinausritt. Sobald er den Weg erreicht hatte, der den Wasserlauf entlangführte, bog er nach links ab zwischen blühenden Heuwiesen und wildem Feigengestrüpp. So ritt er einsam auf die Sieben Türme zu und dann weiter in der Richtung des Meeres, das vor ihm im Abendrot schimmerte. Am Ufer, dort wo die Wellen seidig-weich anbrandeten, machte er halt. Er glitt aus dem Sattel und ließ Santabarenos im Thymian weiden, indes er selbst eine Felsenplatte erstieg, das Gesicht ostwärts gewandt, dorthin, wo sich ferne das Dreieck der kaiserlichen Paläste abzeichnete. Da funkelte ihm zu Häupten am dämmernden Himmel der Abendstern auf. Der Fremde betrachtete aufmerksam seinen eigenen Schatten, der sich auf den spielenden Wogen schaukelte und sich gen Daphne zu verlängerte.

Dort hatten der ehrwürdige Bischof Plato und die Herrin Theosva die junge Kaiserin einsam angetroffen. Verschnittene Diener brachten eilig weiche, purpurgesäumte Kissen auf den von wilden Weinreben und Geißblatt überrankten Balkon. Dorthin geleiteten die Stummen die Gäste, die sie vorsorglich unter den Achseln stützten. Als ihre Gebieterin erschien, warfen sie sich vor ihr auf die Knie nieder. Sodann warteten sie in goldenen Schüsseln mit Rosenkonfitüre auf. Endlich hatte es den Anschein, als wollten sie sich zurückziehen, um die drei vornehmen Persönlichkeiten allein zu lassen; in Wirklichkeit war in diesen schweigsamen Palästen nie jemand wirklich allein. Und wenn keine Ohren das Flüstern vernehmen konnten, so mußten wenigstens Augen aus den Verstecken spähen.

«Großmutter», sagte die junge Kaiserin Maria und umarmte ein zweites Mal die greise Frau, «ich habe dich bereits gestern erwartet. Doch du hast wohl getan, daß du wenigstens heute erschienen bist. Auch bin ich froh, daß unser hochgeweihter Vater Plato mich nicht vergessen hat.»

«Mein teures Kind», erwiderte die Greisin, «niemand hat dich vergessen. Heute haben sich alle unsere Lieben versammelt. Sie waren fröhlich, und die Mädchen sind schöner als je zuvor.»

«Und sie haben meiner gedacht?»

«Gewiß.»

«Erlauchteste Frau», sprach Bischof Plato, «ich bitte dich, sei überzeugt, daß niemand dich vergessen hat. Auch weilst du ja hier an einem Ort, den die Welt nicht aus den Augen zu lassen pflegt. Die Blicke aller Völker sind auf ihn gerichtet, sie huldigen ihm und preisen ihn glücklich. Denn die Welt vergißt gar oft, daß alles, was irdisch und menschlich ist, dahinwelken muß.»

«Hochwürdiger Vater», seufzte die junge Kaiserin, «alles Irdische und alles Menschliche müßte aber auch einmal Blüte tragen.»

Die alte Frau führte die Hand vor die Stirne und bedeckte ihre Augen. Bischof Plato enthielt sich einen Augenblick der Antwort und betrachtete diese fromme und zarte Erscheinung, die da vor ihm in Gold und Purpur gekleidet stand. Die Rosen von Amnias waren verblaßt; statt ihrer rötete künstliche Schminke, welche die Dienerinnen aufgelegt hatten, die Wangen der jungen Kaiserin. Die Augen schienen vergrößert, die Wimpern dichter, doch hinter all diesen Kunstgriffen konnte sich die Seele dennoch nicht zur Genüge verbergen.

«Mein hochgeweihter Vater», flüsterte sie mit bebender Stimme, «ich bitte dich, sag mir, ob ich mich nicht einer Sünde schuldig mache, wenn ich mich nach meiner Kindheit und meiner Unwissenheit in Amnias zurücksehne.»

«Erhabene Herrin, du bist auf ein Gebot der heiligsten Jungfrau hierhergebracht worden.»

«Um eine Strafe abzubüßen?»

«Nicht doch. Du bist auserwählt worden zur Freude Deiner Herrlichkeit und zur Freude aller Menschen.»

«Meiner lieben Mutter hier habe ich anvertraut, welcher Freuden ich teilhaftig wurde. Mein Gemahl hat mich nur eine kurze Weile besucht und geliebt, so kurz, daß ich nicht einmal Zeit gehabt habe, ihn kennenzulernen. Dann sind Dinge geschehen, über die mir zu schweigen ziemt. Meine Sklavinnen lachen und zeigen sich bereit, mich ihre Künste zu lehren: doch dann bringen sie mir auf einer Schüssel eine lebendige Kröte, die ich nicht zu verspeisen vermag. Als meinem kaiserlichen Gemahl jene Kränkung widerfuhr, die Deiner Heiligkeit bekannt ist, habe ich versucht, mich ihm mit der Seele zu nähern, doch er hat mich mit dem Fuße weggestoßen. Auch das hätte ich nicht verraten, aber ich kann meinem Wohltäter nichts verheimlichen. Mein bischöflicher Vater, könntest du nicht die allerreinste Jungfrau fragen, wann ich die Grenze meines Leides erreichen werde? Was gebietet sie mir zu tun?»

«Erlauchteste Frau, du mußt dich deinem Gemahl, dem du angetraut worden bist, unterwerfen.»

«Das gleiche hat mir auch unsere Gebieterin, die Kaiserin, befohlen und mich gestreichelt und umarmt. So werde ich mich denn unterwerfen. Doch kann ich die Schüssel, von der ich gesprochen habe, nicht überwinden. Wenn der Drache mich heimsucht, fühle ich mich bis auf den Grund meiner Seele geschändet.»

«Glaubst du, daß der Kaiser dich nicht mehr liebt?»

«Davon bin ich überzeugt.»

«Das also ist es, was dich bekümmert?»

«Ich gestehe voll Beschämung, mein Vater: nein.»

Die greise Herrin Theosva wandte sich den Rosen zu, um mit dem Schleierzipfel ihre Tränen zu trocknen. Der Bischof war bestürzt vor den Geheimnissen des Lebens. Aus dem, was Breb ihm mitgeteilt, und aus dem wenigen, was er hier vernommen hatte, ahnte er, daß er vor Geheimnissen stünde, deren Erschließung ihm nur nach langem Gebet in heiligen Offenbarungen zuteil werden konnte.

«Sei ruhigen Herzens, erhabene Frau», sprach er, «denn ich will nach Sakkudion zurückkehren, um guten Rat und Lossprechung von einer Macht zu erlangen, die über den Kaiserreichen dieser Welt waltet.»

Die junge Kaiserin seufzte und empfahl sich der reinsten Jungfrau, der Schutzherrin der Herzen. Nachdem aus der Hagia Sophia und von anderen heiligen Orten die Glocken erdröhnt waren, senkte sich die Dämmerung über die Gärten in einem Schweigen, das durch nichts mehr gestört wurde; nur fern und wie im Traum konnte man das Tropfen der Wasserspiele vernehmen. Der Rauch des Abends wallte lautlos aus den violetten Himmeln hernieder.

«Unser Freund, der Ägypter», raunte der Bischof, «hat uns aufgetragen, wir mögen ihn Deiner Hoheit in Erinnerung rufen.»

Und die greise Theosva fügte hinzu: «Heute, wenn sich der Abendstern zeigt, sind es gerade zwei Jahre, daß er dich in Amnias zum ersten Male erblickt hat.»

Die junge Kaiserin zuckte zusammen und schloß die Augen. Als sie sie wieder öffnete, sah sie jene, die neben ihr standen, nicht mehr. Sie wandte ihr Gesicht dem

Abendrot zu und verharrte so, ohne Regung. Dort drüben blickte der Abendstern. Von dem einsamen Gestade löste sich ein Schatten und glitt über den Spiegel der Propontis auf sie zu. Es war ein Wahnbild. Ein süßes Gift, das ihr ganzes Wesen durchdrang.

XIII. Kapitel

Das Schicksal der Mächtigen dieser Welt und das Schicksal der Notleidenden ist das gleiche

Die dreifach aufgerichteten Mauern, die die kaiserlichen Wohnungen umschlossen, die drei Paläste inmitten der lieblichsten Gärten, die ehernen Tore unter den Türmen, sie alle wurden von fremden Kriegern bewacht, nach einer alten Verfügung, die frühere Herrscher getroffen hatten. Diese bewaffneten Knechte hatten ihre Unterkunft, Vorratskammern und Besoldung in nächster Nähe, und die vertrauenswürdigsten Beamten des Kaiserreiches wachten über ihnen. Das Leben des Beherrschers dieser Welt stand unter dem Schutz ihrer Waffen; die Spaziergänge durch die Festung, die Vergnügungen im Hippodrom, sie alle vollzogen sich unter den goldenen Blitzen dieser Armee, die auf Erden nicht ihresgleichen kannte; den Feldzügen des Kaisers folgte ihr furchtbares Geleit, vor dem die Geschlechter der Barbaren erbebten.

Unter der Herrschaft der Isaurier hatten die Waräger sich als die getreuesten und standhaftesten Wächter erwiesen. Sie waren blonde Männer mit blauen Augen, die aus den eisumwehten Gebieten des Nordens gekommen waren. Breitschultrig und hochgewachsen vollzogen sie ihren Dienst finster und schweigsam nach einer unerbittlichen Ordnung. Die Väter hinterließen den Söhnen die kegelförmigen Helme mit der zierknopfgeschmückten Spitze und den goldenen Rüstungen, deren Maß nicht geändert werden durfte. Ein Mann, der nicht imstande war, die Rüstung und den Helm so auszufüllen, wie diese nach dem Maß des ersten Trägers verfertigt worden waren, war nicht würdig, ein Wächter der Kaiser dieser Welt zu sein. Auch durfte ein Waräger keine dunkle Hautfarbe haben. Daher mußten ihre Weiber sich bemühen, hellhäutige Knaben mit lichten Augen zu gebären.

Byzanz aber war ein Pfuhl der Lüste, in dem sich die Völker mischten und miteinander verschmolzen. Deshalb wurde von Zeit zu Zeit, sobald die Rüstungen leer zu bleiben drohten, ein Hauptmann auf einem kaiserlichen Schiffe ausgesandt. Dieser fuhr sodann an den Säulen des Herkules vorbei, gelangte auf den großen Ozean, wendete dann zum gallischen Gestade und lenkte zu jenen Meeren hin, die meist unter Nebel liegen.

Dort, im fernen Dänemark und in Skandinavien, fand der Abgesandte des Kaiserreiches Gestalten von jenem Wuchs, den er suchte. Es gab unter den Kriegern, die noch Odin huldigten, nicht wenige, die von dem Paradies des griechischen Reiches im Süden träumten. Dort war das Leben reich, glücklich und leicht. Dort konnten sie süßen Wein und schwarzäugige Weiber in Fülle finden. Und Gold war dort, so viel, daß es die Sklaven mit Schaufeln in die Schatzkammern warfen. Der Hauptmann prüfte also ihren Wuchs und führte sie mit sich fort. Solange sie auf dem Wasser unterwegs waren, lehrte er sie das Zeichen des Kreuzes, den Namen Jesu und die vorgeschriebenen Rufe. Er zeigte ihnen, wie sie herrlich und stolz in ihren Waffen stehen und schweigen, wie sie den alten Hauptleuten gehorchen müßten und wie sie den großen Basileios an seinem Wappen und an seinem Gewand erkennen sollten. Sodann schworen sie einen schauerlichen Eid, wonach sie vor allem ihrer Zunft die Treue halten wollten und sich nicht darüber verwundern, wenn sich unter den kaiserlichen Hoheitszeichen ein neues Antlitz zeigte; denn in Byzanz herrscht zwar die Gewohnheit, die Gesichter zu wechseln, das Kaisertum aber bleibt bestehen. Sobald der eine stürzt, tritt ein anderer an seine Stelle, der den Mantel aufhebt, um ihn auf die eigene Schulter zu nehmen, und im vergossenen Blut die Krone sucht, um sie sich aufs Haupt zu setzen. Der Waräger ist verpflichtet, sich vor ihm zu neigen, solange Gott nicht einem andern seine Würde bestimmt hat. Dies zu kennen ist sehr wichtig; denn durch dieses Wissen sind die warägischen Wächter die eigentlichen Herren des Heiligen Palastes.

Der eisengraue Hauptmann, der sein Schwert mit dem kreuzförmigen Griff hochhob, wenn sich die Basilissa Irene in ihrer Herrlichkeit zeigte, führte den Namen Arnulf. Sein Brudersohn aber, Karl mit Namen, war der zweite Hauptmann. Diese beiden Bärte, die einzigen, die sich zwischen den glatten Gesichtern der Söldner zeigen durften, der eine schon weißlockig, der andere rötlich gelockt, hatten sich seit geraumer Zeit zu Beratungen zusammengesteckt, deren Beschlüsse dem weisen Staurakios verborgen blieben. Denn die Beratungen der Waräger vollziehen sich immer und zu allen Zeiten auf die gleiche Weise. Gewöhnlich schweigen sie und schauen einander an; sodann schlürfen sie in langen Zügen den Wein aus ihren Bechern; dann schweigen sie weiter und fahren fort, einander anzuschauen. Wenn es dämmert, sagt der eine ein Wort, auf das der andere nach dem zweiten Hahnenschrei mit einem zweiten Wort antwortet. Zwischen diesen beiden Worten der Waräger hätten sieben Paar byzantinische Weiber Zeit, sich zu zanken, und zwölf Mönche könnten unterdessen einer nach dem anderen mit größter Zungenfertigkeit die Dämonen beschwören. Auch ist es nie vorgekommen, daß ein Grieche auch nur eines dieser Worte verstanden hätte. Und auch unter den fremden Sklaven fand sich keiner, der sie verstanden hätte. Und selbst wenn sich jemand bemüht hätte, sie zu verstehen, wäre es schwer gewesen, seine Stirne in das Schweigen der beiden zechenden Waräger zu drängen, denn er wäre zurückgeschleudert worden, tödlich getroffen von einer Faust, die schwerer wog als ein Streitkolben.

Woher und weshalb sich zwischen den beiden Riesen, die gemeinsam mit ihren Zunftgenossen den Schatz der Welt bewachten, diese Beratungen angesponnen hatten, war dem Großwürdenträger zu erfahren nicht gegeben, ehe er aus dieser lügenhaften Welt schied. Der heilige Petrus, der an der Himmelspforte wacht, hätte ihm wahrscheinlich mit seinem Schlüssel gegen die Stirne geklopft und ihm gutmütig zugeflüstert, daß es von Zeit zu Zeit auch anderen Völkern gestattet sei, was von Byzantinern die Gewohnheit jedes Atemzuges war.

Die Waräger haben sich ihre Verschlagenheit nie anmerken lassen, mußte sich der weise Eunuch gestehen und sich die Worte ins Gedächtnis rufen, die er seither beständig wiederholte.

Denn Arnulf und Karl waren die Krieger, die er am reichsten belohnte. Und zwar nicht etwa mit Lobesworten, sondern mit Geschenken und Geld. Desgleichen verstand es auch die erlauchte Basilissa, einen Dienst wie den ihren zu schätzen. Der große Papias Azi Kalimnos hatte von Ihrer Majestät heimlich Weisung erhalten, nie nachzuforschen, welcher der riesigen Wächter in ein Schankgewölbe getreten war, wo er den Trunk mit Schwerthieben bezahlte. Nie durften die Leute, die unter seiner Hand die Festung schützten, sich an einen Ort begeben, wenn dort die Waräger Stirn an Stirn gestemmt wie Auerochsen Schläge austeilten und die Griechen um irgendwelcher Weiber willen in den Gassen mit den roten Lampen niedermetzelten. Wie auch andere Kaiser vor ihr übte die Basilissa Irene Nachsicht in den Stunden, wenn ihre Wächter die Zügel schießen ließen. Denn eine Woche lang standen sie in furchtbarer Zucht schlaflos auf ihren Posten, starr wie die Mauern, sie bewegten sich wie künstliche Gebilde, und ihre Nahrung war eine Handvoll Linsen und ein Tropfen Wasser. Doch wenn andere kamen, um sie abzulösen, so hatten die Abtretenden das Recht, kaiserliche Freiheit zu genießen.

Nach einigen Dutzend Worten, wie sie der alte Arnulf und sein Neffe Karl von Zeit zu Zeit im Verlauf von einem Jahre wechselten, hatten sich die beiden in einer Angelegenheit verständigt, die lange Zeit ungeklärt in ihrem Innersten geruht hatte. Dabei war ihnen freilich auch von außen her eine Erleuchtung gekommen, nämlich der

Scharfsinn des berühmten Strategen der Isaurier, des kühnen Lachanodrakon.

Dieser große Feldherr irrte seit dem Tode des Kaisers Leo an den thrakischen Grenzen umher und bettelte bei den Barbarenfürsten um Obdach. Die frommen Mönche hatten ihn keineswegs vergessen, und sie verdammten ihn alle Tage wie den Antichristen. Die Basilissa hatte ihn des Landes verwiesen und seine Verfolgung beschlossen; so wartete sie nun, daß die heiligen Ikonen dem Ketzer eine Krankheit oder einen schrecklichen Tod schicken würden.

So wanderten also die Worte der Unzufriedenen gegen Norden, der alte Lachanodrakon aber sandte aus der Verbannung von Zeit zu Zeit geschickte Boten zu seinen ehemaligen Söldnern, mit denen er zur Zeit der isaurischen Herrscher die großen Kriege des Reiches ausgefochten hatte. Diese Boten bahnten sich den Weg zu den freien Warägern, bei denen die Späher des Papias Kalimnos nichts zu suchen hatten, und forderten die Hauptleute der Waräger zu einer heimlichen Unterredung auf.

Durch sie hatten die beiden hellhäutigen bärtigen Männer klar die Dinge erkannt, die ihnen dunkel am Herzen nagten, nämlich daß nun nach den strahlenden bärtigen Kaisern vom Throne her zwei glatte Gesichter die Krieger befehligten. Und da sie die Diener der Macht und des Kaisertums waren, konnten sie nicht umhin, sie daran zu erinnern, daß der Krieg das oberste Gesetz ihrer Sippe aus dem hohen Norden war, sein Zeichen aber das Schwert, das von einem Mann mit furchterregendem Aussehen und mit vom Eissturm zerzausten Bart und Brauen geführt wurde.

Nun erst erkannten sie die Ursache ihres Vergrämtseins und daß ihnen etwas fehlte.

Seit geraumer Zeit regieren im Reiche nicht mehr das Schwert sondern gedrechselte Worte und Ränkespiele; nicht mehr die Kriegsleute stehen im höchsten Ansehen, sondern Mönche und Eunuchen. Seht den berühmten Lachanodrakon, er, der Heerführer, der einst die Ismaeliten in ihre Wüste zurückgeworfen und sich sodann gegen die

Avaren, gegen die Bulgaren und gegen die Skythen gewendet und sie alle dem Staube gleichgemacht hatte, er, der einst im Hippodrom Triumphe gefeiert, nun liegt er arm und verstoßen an der Grenze des Reiches. Und von dort erhebt er voll Schmerz die Stimme und ruft die Treue der alten Krieger auf, die sie dem toten Kaiser geschworen, und fordert, daß auf den Thron des Augusteons der rechtmäßige Erbe gesetzt wird.

Am Vorabend des hochheiligen Festes Mariä Himmelfahrt des Jahres 790 hatten gerade diese beiden Hauptleute Wache, als vor den Toren der Kaiserstadt ein eiliger Bote eintraf. Er überbrachte eine geschriebene Kundschaft aus Armenien. Es war ein libyscher Läufer, ein kaiserlicher Herold. Vor drei Tagen war er aufgebrochen, hatte bei jedem Posten die Pferde gewechselt und neue genommen, den Bosporus und das Goldene Horn in einem Nachen überquert, im Lauf den Heiligen Hügel gegen den Palast zu erklommen, und nun begehrte er Einlaß.

«Im Dienste der erlauchtesten Basilissa! Im Dienste des großmächtigen Herrn Staurakios!»

Auf ein Zeichen des Hauptmanns Karl schwangen die Wächter ihre Äxte. Die Knechte öffneten die kleine Pforte.

«Handelt es sich wirklich um eine so wichtige Botschaft?» forschte der Waräger. «Du wirst warten müssen. Die Kaiserin weilt mit allen Würdenträgern, Patriziern und Bischöfen beim großen Abendgottesdienst in der Hagia Sophia. Ein Teil unserer Leute hat rings um das Heiligtum Aufstellung genommen.»

«So muß ich mich auch dorthin begeben. Gib mir einen Söldner mit, der mir den Weg bahnt.»

«Das schickt sich nicht. Die erlauchteste Basilissa befindet sich im Hause des Herrn.»

«Und dennoch muß ich ihr im Augenblick mein Sendschreiben und die Botschaft überbringen. Die armenischen Heere haben sich empört, Boten sind bereits unterwegs, entsandt zu den übrigen Heerlagern in den verschiedenen Provinzen des Reiches. Sie sprechen im Namen des Michael Lachanodrakon und des Alexios Moseles und fordern, daß Konstantin, der Sproß des Kaisers Leo, als alleiniger Herrscher den Thron besteige. Seine Mutter, die Herrin Irene, aber solle mit ihrem Eunuchen schleunigst den Augusteon-Palast verlassen. So tönt ihr Geschrei, und überall wiegeln sie die Krieger auf. Ich bin Tag und Nacht ohne Rast geritten, doch der Aufstand folgt mir auf den Fersen. Wenn wir aufmerksam lauschen wollten, könnten wir den Aufruhr am jenseitigen Ufer des Bosporus hören.»

Der Hauptmann Karl lauschte, doch er hörte nichts. Da begann er zu lachen, was bei ihm gewiß ein seltenes Ding war.

«Was soll geschehen, Hauptmann?»

«Du kommst mit mir.»

«Ich muß aber dorthin gehen, wohin mein Auftrag mich sendet.»

Der Waräger antwortete nicht. Zwischen dem Brauen- und Bartgestrüpp blickte er von oben auf die wendige Gestalt des Libyers herab. Er stieß ihn mit der Brust vor sich her und spornte ihn mit seinem Schildbuckel. So führte er ihn in den inneren Mauerkreis, in dic Wachstube. Dort fanden sie den alten Arnulf in seiner Kammer inmitten der Waffen und alten Kriegstrophäen.

«Von hier rührst du dich nicht weg», befahl er dem Libyer, «setz dich nieder und gib das Sendschreiben, das du gebracht hast.»

«Das darf ich nur in die Hand des großmächtigen Staurakios legen.»

«Du tust, was ich dir sage. Zu reden ist dir nicht gestattet. Sonst treff ich dich.»

Der Mann gehorchte, sodann hockte er sich mit verschränkten Beinen auf den Teppich nieder.

Der alte Arnulf beobachtete ihn verwundert. Schon immer, seit er auf der Welt war, stellte er sich eine Frage, auf die er keine Antwort fand, nämlich, warum sich die Leute aus diesen Teilen der Erde solcherart auf den Boden hockten.

Mit wenigen Worten, die er in einer völlig unbekannten Sprache zwischen den Zähnen zermahlte, erstattete der junge Waräger Bericht. Sodann erbrach er das Siegel und entrollte das Schreiben unter den Augen des Hauptmanns Arnulf.

«Es ist gut», erteilte dieser seine Einwilligung, «geh jetzt und gib unseren Leuten die Befehle aus.»

Er hätte sich eigentlich wundern müssen, daß Gott es so gefügt hatte, daß der libysche Läufer sich ausgerechnet in jener Stunde beim Hauptmann Karl gemeldet hatte, und über den Zufall, daß gerade sie beide Wache hielten, als diese Botschaft eintraf. Doch ein echter Waräger wundert sich über gar nichts mehr, sobald sich einmal ein Entschluß wie ein Nagel in seinem Schädel festgebohrt hat; es bleibt ihm nur noch eines übrig, nämlich das zu vollenden, was zu erfüllen sein Auftrag ist.

Es währte weniger als eine halbe Stunde, da waren die Wachen außer- und innerhalb der Tore verdreifacht. Diejenigen, die sich außerhalb in ihren Unterkünften aufgehalten hatten, waren hereingekommen, um sich ihre Waffen zu holen. Eine weitere Hundertschaft erschien mit neuen Leuten vor der Hagia Sophia, gerade in dem Augenblick, als der Diakon unter dem Kronleuchter den mit der golddurchwirkten Stola geschmückten rechten Arm hob und die süßen Worte sang: «Und wir beten ferner ... für unsere höchst erlauchte und höchst glorreiche Gebieterin, die Kaiserin Irene ...»

Im Vorraum der Kirche erhob sich Tumult. Der Großwürdenträger entsandte einen strengen Blick in jene Richtung. Die einfachen Diener und das unwissende Volk drängten dem Ausgang zu.

Aus Gebet und Kasteiung des Fleisches emporschrekkend, hob auch die Basilissa die schwergekrönte Stirne, daß die Edelsteine aufblitzten. Ihr aufmerksames Ohr unterschied dort draußen plötzlich kriegerische Rufe: Es waren jene wirren, abgehackten Schreie, wie sie sie einst von den Isauriern vernommen hatte. Staurakios wankte in seinem

Kirchenstuhl, er krümmte und duckte sich schutzsuchend unter den Flügel seiner Gebieterin. Die Waräger stießen den Knauf ihrer Lanzen gegen die Fliesen des Vorraumes und riefen den Namen des Kaisers Konstantin. Der heilige Gottesdienst geriet plötzlich ins Stocken.

«Was ist geschehen?» fragte die Basilissa mit herrischer Stimme und strengem Blick.

«Alles, was atmet und lebt, komme mit uns und huldige dem Kaiser!»

Ein Soldat der Wache donnerte ihr diese Antwort entgegen, indes er sein Schwert gegen den Altar schwenkte. Es klang wie das Brüllen eines Auerochsen. Patrizier und Würdenträger duckten den Nacken, noch bevor sie recht begriffen, was da geschah. Als der Schrei zum zweiten Mal erdröhnte, wurde er von Waffenlärm begleitet. Die Basilissa ließ sich von ihren Frauen, die sie stützten, geleiten. So schritt sie mit gesenkter Stirne, gefolgt von den Hofleuten, zwischen den Schilden hindurch. Plötzlich wurde es ringsum still. Draußen herrschte eine warme Augustnacht mit sternübersätem Himmel. Aus der Ferne durchbrach das sanfte Schillern der Wasser der Propontis die Dunkelheit. Hoch und aufrecht loderten die Feuer drüben am asiatischen Gestade. Die Aufständischen hatten Zypressen in Brand gesetzt und sich auf diese Weise Zeichen gegeben.

«Allerreinste Mutter!» ächzte die Kaiserin. «In deine Hände befehle ich meine Seele und mein Leben.»

Auf den Mauern des Heiligen Palastes regten sich Fakkeln, und die Wachsoldaten riefen den Namen Konstantins.

Der alte Arnulf erschien im Daphne-Palast, wo er die Verschnittenen mit dem Rücken seines Schwertes beiseite schob. Plötzlich sprangen alle Türen auf, die Sklaven warfen sich auf die Knie nieder, und in der Kapelle seines Gefängnisses drückte Konstantin die Stirne auf die Marmorfliesen in der Meinung, daß ein neuer Zorn und eine neue Strafe ihm bevorstünden. Doch der Hauptmann bahnte sich den Weg bis zu ihm und verneigte sich.

«Viele ruhmreiche Jahre unserem Kaiser Konstantin!»

Der junge Basileios lächelte, entblößte die Zähne und glaubte an gar nichts. Dann, als er auch die Rufe von draußen vernahm, erhob er sich und reckte die Arme zu Gott empor. Der Mönch, der bisher, wie man ihm aufgetragen, an seiner Seite vor dem Ikonostas gebetet hatte, fiel ihm zu Füßen, verneigte sich wieder und wieder und berührte seine Knie mit der Stirne.

«Man bringe die kaiserlichen Hoheitszeichen hierher!» befahl der Warägerhauptmann.

Konstantins Brauen drohten hochmütig der hereindrängenden Dienerschaft entgegen. «Man bringe mir mein Gewand!» rief er schrill. «Meine Hofleute sollen kommen!»

Noch wußte er nicht recht, was er zu tun hatte.

«Großmächtiger Gebieter», redete ihn der Hauptmann mit der gleichen Gelassenheit an, «es sind Nachrichten eingetroffen, daß sich die Heere in Thrakien und in Asien um deinetwillen erhoben haben. Ich habe also den Palast besetzt und bitte dich, das Erbe deines erhabenen Vaters anzutreten.»

Der Kaiser gewahrte seine Gemahlin, die bis zur Schwelle gelangt war und nun voller Angst um sich blickte und lauschte.

«Meine Gemahlin», gebot ihr Konstantin, «geh hin und kleide dich an, dann komm hierher und nimm Platz zu meiner Linken. Dir hat heute eine Freudenstunde geschlagen.»

Sie wandte ihr Gesicht gegen den mit Gold geschmückten Türstock aus Ebenholz, und ihre Sklavinnen geleiteten sie hinweg.

Unter dem Jubelgeschrei seiner Soldaten zog der Kaiser in den Augusteon-Palast, und sobald es ihm möglich war, nahm er, geschmückt mit den Zeichen seiner Majestät, auf dem Throne Platz. Die Herrin Irene erschien, um ihm zu huldigen und sich ihm zu unterwerfen.

«Vielgeliebter Sohn», sprach sie und neigte sich vor dem goldenen Zepter und dem Reichsapfel, «nach Gottes Beschluß ist die Zeit reif, daß du allein regierest. Erweise dich barmherzig jenen gegenüber, die vor dir gefehlt haben. Für mich selbst bitte ich um nichts als um Frieden, und ich beschwöre dich, du mögest auch fernerhin die heiligen Ikonen beschirmen.»

Der Kaiser zeigte sich sanftmütig gegen seine Mutter und wies ihr den Eleutherion-Palast als Wohnung an. In jenem Augenblick begnadigte er ihrem Wunsche gemäß auch Staurakios und gestattete diesem, daß er sich selbst den Ort seiner Verbannung aussuche. Doch bereits eine halbe Stunde später schrie er, von Erinnerungen gepeinigt, man möge den Verschnittenen gebunden vor ihn bringen. Aber Staurakios hatte bereits den Fluchtweg eingeschlagen und hoffte, in dem Schlupfwinkel, dem er zustrebte, nicht allzu lange auf Nachrichten warten zu müssen über neue Änderungen, wie es dem Brauche von Byzanz entsprach.

Die ganze Nacht über toste der Lärm im Kaiserpalast und weckte die Stadt. Auch die Feuer aus Asien loderten fort. Der Wind, der von den Bergen kam, brachte auf seinen Flügeln die Kunde, daß die Truppen, die in Thrakien lagerten, den alten Michael Lachanodrakon als Heerführer an ihre Spitze wünschten. Aus allen Gassen der Zünfte, die für den Krieg arbeiteten, brachen Panzerschmiede und Pfeilschnitzer auf und zogen mit großem Lärm und Preisgeschrei zum Forum des Augusteon-Palastes und zum Hippodrom. Alle Söldnertruppen und Wächter, die in Byzanz dienten und die Irene geschworen hatten, einzig und allein sie als die Basilissa der Hellenen anzuerkennen, waren vor dem Palast erschienen und forderten mit mächtigem Stimmaufwand, den einzigen und wahren Kaiser zu sehen. Sie alle spien ihre Eide wie kranke Hunde zu Füßen der Waräger aus.

«Gott der Herr sei gepriesen!» sprach an jenem Tage der fromme Philaret zu seinem Freund, dem Ägypter, den er voller Freude empfing. «Alles, was Er befiehlt, ist wohlgetan, und wir sehen hier ein Wunder, wie man es nicht alle Tage sehen kann.»

«Preis sei Gott dem Herrn!» antwortete Kaesarion. «Die

Sterne wandeln weiter auf ihren Bahnen, und die Sonne ist immer noch die alte geblieben.»

«Wie, mein Herr, solltest du etwa noch nicht gehört haben, daß man den Kaiser gewechselt hat?»

«Doch, ich weiß es; ich war gleichfalls zugegen, gleich nachdem ich die Botschaft vernommen hatte. Ich habe den Kaiser gesehen, wie er mit strengen Blicken eilends Befehle erteilte.»

«Nun denn, da siehst du das Wunder. So sind wir, ich und die Herrin Theosva, heute an diesem heiligen Tag Mariä Himmelfahrt die Eltern des neuen Basileios'.»

«Hat sich die Herrin Theosva in den Daphne-Palast begeben?»

«In der Tat. Die Diener verneigen sich jetzt vor ihr bis zur Erde.»

«Und meinst du nicht, mein Freund, du hättest auch hingehen sollen und der jungen Kaiserin deinen Besuch erstatten?»

«O Herr, ich habe diesen Tag bereits meinem Kaiser und seinen Würdenträgern zugesagt, so daß es sich geziemt, daß ich zuerst mein Versprechen erfülle. Diese werden zu mir kommen, und ich will sie erwarten. Während der Festtage vor Mariä Himmelfahrt haben meine Diener alles Nötige vorbereitet. Siehst du, heute ist es gestattet, daß ich meine Gäste mit Fleisch und Fisch bewirte. In allen Gemächern des Hauses sind schon die Tische gedeckt, und auf dem Herd in der Küche kochen und brutzeln die Speisen. Um die fünfte Stunde werden die Diener die Tore öffnen und die Ankunft der Fürsten verkünden, in deren Mitte mein Kaiser kommt.»

«Ich habe sie schon gesehen», lächelte Breb, «sie stehen an allen Ecken und Gassenkreuzungen, die Fürsten Deiner Herrlichkeit; sie knoten ihre Lumpen zusammen und dekken ihre Wunden zu, sie finden ihr Augenlicht wieder und lecken sich die Lippen in der Erwartung der Stunde, da deine Diener mit den Löffeln an die Schüsseln schlagen und nach ihnen rufen werden.»

«So ist es», freute sich der Alte, «sind es viele?»

«Zu viele, Herr; die Armen von Byzanz sind ein Heer ohne Zahl.»

«Preis sei Gott dem Herrn: Die Gärten des Paradieses sind weit genug, sie alle aufzunehmen. Wir haben hier nur wenig Raum, um sie zu empfangen, deshalb werden wir dreimal zum Mahle decken. Doch als erste sollen die Ärmsten der Armen bewirtet werden, die weder Auge noch Zunge besitzen, und jene, die sich ohne Beine fortschleppen müssen. Sie werden dem Kaiser bei Jesus die lautesten Fürsprecher seines Knechtes Philaret sein. Ich habe Anordnung getroffen, daß auch die frommen Väter vom Oktogon und Studion zum Mahle kommen, damit sie zu Häupten der Tafel beten und so die Speisen mit himmlischen Worten heiligen mögen. Ich habe auch Knechte zur kleinen Pforte der Blachernen entsandt mit Dungfackeln, schwarzen Fahnen und Gabeln. Dorthin werden in aller Heimlichkeit jene kommen, die im Himmel die kostbarsten Juwelen tragen werden, hier auf Erden aber vom Aussatz verbrannt sind. Von den Gabeln der Diener werden sie das Brot und die Schüsseln mit den Speisen entgegennehmen, damit sie sich gleichfalls in den Schluchten von Kidarios sättigen können.»

«O frommer Freund», seufzte der Fremde, «freue dich, daß es dir gegeben ist, für einen Augenblick den Hunger des Fleisches zu stillen. Möge Gott sich der Seelen erbarmen.»

Der greise Philaret trat einen Schritt zurück und blickte unsicher. «Quält dich ein Kummer, Freund? Ich bitte dich, vertraue dich mir an.»

«Kir Philaret, ich kann dir nichts sagen. Ich hab von meinem Esel gelernt, das Bittere wie eine gewohnte Speise zwischen den Zähnen zu mahlen, so wie er die Disteln zermahlt. Doch es gibt eine Seele, die ohne Fehl ist auf der Welt, so wie der Duft dieser Rosen ohne Makel ist. Generationen von Menschen mußten sich veredeln, und Paar um Paar hat sich zusammengefunden, bis gemäß dem Willen des Höchsten des allersüßeste Geschöpf das Licht der

Sonne erblickt hat. Eine Gestalt, die jenseits von Zeit und Raum zu stehen scheint, und mich schaudert vor dem Gedanken, daß sie verwelken soll. Ein Aussätziger, o Herr, besudelt sie.»

«Einer meiner Aussätzigen?» wunderte sich der Greis. «Verzeih, mein Freund, doch mein Verstand ist nicht gewitzt genug, um die Fabel Deiner Herrlichkeit zu deuten. Auch muß ich meinen Dienern noch Anweisungen erteilen. Außerdem steht die Gilde jener Unglücklichen unter der Obhut des großen Papias Kalimnos. Ihn habe ich ersucht, daß er sie bis an die Pforte der Blachernen schleichen lasse. Sie läuten mit ihren Schellen, damit sich die Leute vor ihnen scheuen, auch hat man schwarze Fahnen und Rauch gegen sie erhoben.»

Der Fremde neigte sich lächelnd vor dem Greis.

«Verzeih mir, o Kir Philaret, meine Geschichten, und gestatte mir, daß ich hier die Heimkehr der Herrin Theosva erwarte.»

«Auch ich harre ihrer; sie muß kommen, da ich ihrer Hilfe bedarf.»

In der Tat säumte die Greisin nicht lange. Die Diener brachten im Lauf ihre Purpursänfte herbei, damit auch sie der Speisung beiwohne und die Gaben an die beglückten Bettler austeilen könne.

«Nicht wahr, du bringst uns gute Botschaft?» fragte der fromme Philaret, wobei er seine kahle Stirn für einen Augenblick durchs Fenster neigte.

«Gewiß.»

«Unser Mädchen ist glücklich?»

«Ja.»

«So beeile dich», freute er sich, «unser Freund erwartet dich schon, damit du auch ihm ein Mittel gegen seinen heimlichen Kummer gibst.»

Erst als sie im Hintergrund der Terrasse neben Breb angelangt war, zog die Greisin den Schleier vom Gesicht. Auf ihren violetten Lidern konnte der Fremde das Brandmal der Tränen erkennen.

«Laßt mich allein», gebot die Herrin Theosva ihren Dienerinnen.

Der Fremde beobachtete sie schweigend. Doch sie schien gelassen.

«Sie haben ihr den Clavus umgelegt und den Stirnreif aufgesetzt», sprach leise die alte Frau. «Der Kaiser hat mit dem Fuß gestampft. Sie war von Dienerinnen umringt. Solange ihr Mann vom Kummer bedrückt gewesen, hat sie sich in Demut geneigt. Jetzt aber weint sie nicht länger, sondern sie tritt ihm entgegen. Ich habe ihr zugeraunt, daß ich ihr Tun nicht begreife, nun, da ihr Gemahl sich ihr zuwendet. Da hat sie mich angelächelt und mich gestreichelt. Ich habe ihre Brust geküßt und gelauscht, wie das Herz in ihrer Brust pocht. ‹Erlauchteste Gebieterin›, hat der Großeunuch gerufen, ‹Seine Herrlichkeit, der große Basileios, wartet. Das Festgeleit steht bereit, das Volk hat sich im Hippodrom versammelt.› Im nächsten Augenblick umringten sie die Frauen des Hofes und führten sie hinweg.»

«Edle Frau, du hast demnach das Recht, dich zu freuen», sprach Kaesarion.

Die Greisin schlug die Augen nieder und bezwang ein Schluchzen. «Wie könnte man helfen?» fragte sie, indes sie die Augen plötzlich groß auf den Ägypter richtete. «Lehre mich, was ich tun soll, damit ihr Leib gesundet, damit sie wieder Schlaf und Ruhe findet, damit sie sich dem Willen ihres Gemahles fügt. Ich sehe, der Kaiser kehrt wieder zu ihr zurück; die Gottesmutter hat unsere Gebete erhört. Meine Dienerinnen aber sagen, es gäbe vielleicht noch etwas zu tun, das in deiner Macht liegt. Auch meinen sie, daß sie vielleicht mit bösem Zauber besprochen worden ist.»

Der Fremde strich sich mit der Hand über die Stirne. «So ist es in der Tat, edle Frau», sagte er, «der Zwang kann zum giftigsten Zauber werden.»

«So ist es», bestätigte auch die alte Frau, «das Mädchen hat sich mir längst anvertraut. Doch nun hat ihr Gemahl sie gerufen und aufgefordert, an seiner Seite auf dem Throne in großer Herrlichkeit Platz zu nehmen.»

«Das könnte für eine Frau ein wirksames Heilmittel sein.»

«Es hilft aber nichts, es hilft aber nichts», jammerte die Greisin, «sie ist mit versteinertem Gesicht und mit zusammengepreßten Lippen gegangen.»

Kaesarion, von seinen finsteren Gedanken bedrängt, ritt allein hinab, ohne seinen Diener zu beachten. In einer Stunde inneren Ringens mühte er sich, in seinem Herzen ein reißendes Tier zu bezwingen. Sein trauriges Antlitz war ganz von der Welt, die ihn umgab, abgewandt. Vergebens krochen die Siechen mit vorgereckter Klaue und lauten Bettelrufen auf dem Weg seines Esels. Erst nachdem er den Kern der Stadtmitte erreicht hatte, gelang es ihm, sich zu beherrschen. Er verließ seinen Esel und seinen Diener und verschaffte sich langsam, doch mit großer Geschicklichkeit Platz durch die Menge. Das weiße Gewand und die Hand, die hier und dort einige Silberlinge ausstreute, öffneten ihm den Weg. Doch in der Nähe des Hippodroms herrschte diesmal ein Gedränge, wie er es noch nie erlebt hatte; die Menge wälzte sich in unruhiger Freude und Erregung. Alle Welt wollte den Kaiser sehen, als ob der über Nacht seine Haut gewechselt hätte.

Kaufleute, Soldaten und allerlei Gesindel rotteten sich an den Eingängen zusammen. Sie fanden ihren Spaß daran, daß sie nicht eindringen konnten, und versuchten einer über den andern hinwegzuklettern; sodann wandten sie sich den Sesamgebäckhändlern und den Zelten zu, wo Mönche ihre in Zypressenholz geschnitzten Ikonen verkauften, indes Perser mit schmierigen Gesichtern heimlich Elfenbeintafeln mit unzüchtigen Malereien zeigten.

Als Kaesarion in der Nähe der kaiserlichen Tribüne die Stufen erstiegen hatte, auf der er sich gewöhnlich niederzulassen pflegte, erblickte er den jungen Basileios, der mit einer weißen Tunika und einem goldbestickten purpurnen Obergewand und dem Clavus angetan war.

Er hatte sich erhoben, um die Volksmenge zu grüßen. Das Diadem war ihm dabei ein wenig schräg in die Stirne gerutscht.

Seine Gemahlin, die Kaiserin Maria, mutete in ihrem goldenen Schmuck wie eines jener heiligen Bilder an, die zu zerstören den Isauriern eine böse Freude bereitete. Sie spalteten sie: das Gold für sich, das geweihte Antlitz für den Kehrichthaufen der Festung bestimmend. Kaesarion Breb nahm das Antlitz in sich auf und verschmähte das Gold. Im brüllenden, mit Staub vermengten Getose, das die Menge mit den aufgerissenen schwarzen Mündern ausstieß, schien er gelassen, bis jenes Antlitz in seiner kostbaren Fassung aufschreckte und die Augen voller Freude oder voller Entsetzen auf ihn heftete.

«Mein Herz hat dich gefunden», sprach Kaesarion lautlos zu ihr, «nun können wir diesen eitlen Augenblick zur Sonne aufsteigen oder im Meer der Propontis versinken lassen; wir haben noch die ganze Ewigkeit der Trauer vor uns.»

«Glücklicher Santabarenos», murmelte er, nachdem der Aufruhr sich beschwichtigt und der Kaiser seinen Platz wieder eingenommen hatte, «du verstehst es besser, dein Los zu tragen, und weichst nicht von deinem Lebenspfade ab.»

«Von wem sprichst du, Herr?» fragte ihn ein Kaufmann, der neben ihm stand.

«Von einem Weisen, von dem ich noch viel zu lernen habe.»

«Handelt es sich um einen Epikureer oder um einen Stoiker?»

«Um ein Wesen, das seine Zügel kennt und seine Last mit Anstand zu tragen versteht.»

«Siehe da, das ist wahrhaftig eine neue Lehre. Von einem solchen Philosophen würde auch ich mich gerne unterweisen lassen, wenn mich nur meine Wege nicht so in Anspruch nähmen! Mal in Alexandrien, mal in Babylon, mal in Byzanz! Was ist geschehen, Herr? Die Kaiserin hat sich in aller Hast zurückgezogen; ihre Begleiterinnen fassen sie unter den Achseln und geleiten sie hinweg.»

«Ich habe nicht achtgegeben», erwiderte Breb. «Ich war mit meinen Sorgen beschäftigt.»

Der Kaiser blickte unmutig und bleckte die Zähne im schwarzen Bart. Rückwärts gewandt erteilte er seinen Dienern Befehle und kehrte sich dann finster und hochmütig wieder dem Volke zu.

«Glücklicher Santabarenos!» murmelte Breb kummervoll zum zweiten Male.

XIV. Kapitel

Von einem Wundervogel,
der menschliche Augen und Stimme besitzt

Die erste frohe Botschaft hatte nach dem Herrschaftswechsel im Reiche der Wundervogel in den Gärten von Eleutherion gesungen.

Die Kinder, die jenseits der Mauern im Staube spielten, vernahmen ihn erneut, sie hielten inne und blickten einander an; dann aber wandten sie ihr Ohr einem anderen Getön zu, das aus dem Herzen der Stadt erscholl.

Sobald der Festzug erschien, schwangen sie sich auf die Bäume und Hausdächer der Gassen, die dem Palaste der Kaiserin nahe lagen. Eine Hetärie lanzenbewehrter Aghlabiten eröffnete den Zug. Nun folgte inmitten seiner Waräger der Kaiser selbst. Das Roß, auf dem er voller Stolz saß, trug gold- und silberbeschlagene Zügel, einen gezähnten Brustharnisch und vor der Stirne ein kupfernes Horn. Es war ein weißes Pferd, das sich seines Ranges wohl bewußt schien; zornig und hochmütig wie sein Gebieter, drohte es von Zeit zu Zeit mit dem Horn, und ab und zu schlugen seine Hufe mit ungebärdigem Stampfen auf das Pflaster. Kaiser Konstantin hatte die freie Hand in die Hüfte gestemmt und blickte, ohne sonst jemanden zu sehen, nur auf seine eigene Herrlichkeit, in der er sich wohl wie ein neuer Alexander dünken mochte.

Weitere Aghlabiten beschlossen den Zug. Der Basileios hatte sonst keine Würdenträger mitgenommen, denn er ritt nur um der Zuneigung willen, die er seiner Mutter bezeigen wollte, zum Eleutherion-Palaste.

Die Abwesenheit jener, die auf das Geheiß des hohen Herrschers auf die Ordnung des Reiches achteten, war ein

Zeugnis dafür, daß die Basilissa Irene von den Dingen der Regierung ausgeschlossen war. Andrerseits hätte die Anwesenheit Michael Lachanodrakons, des alten Strategen der Bilderstürmer, der nun an der Seite des jungen Konstantin den ersten Platz im Reiche eingenommen hatte, für die Basilissa Irene eine Demütigung bedeutet. Daher mochte das Gebaren des Kaisers auch als eine Art Höflichkeit gegen jene zu deuten sein, die ihn einst unter dem Herzen getragen hatte. All dies bemerkten und überlegten die Bürger in ihren Gedanken, während sie dem festlichen Zuge zujubelten.

Während des Ablaufs eines Jahres ritt Konstantin diesen Weg nun bereits zum zehnten Male. Zwischen seinem ersten und zweiten Kommen war, soweit sich die Bewohner jenes Stadtviertels zurückerinnerten, eine ziemlich lange Frist verstrichen, doch nach dem dritten waren die Besuche häufiger geworden.

Die Kinder, die auf die Dächer geklettert waren, gaben ihren Müttern, die lachend zu ihnen emporschauten, Auskunft: «Der bunte Vogel im Garten des Palastes hat zweimal ‹Konstantin-Konstantin!› gerufen.»

Und in der Tat, jedesmal, wenn der Vogel rief, kündigte sich auch der Festzug an.

«Welcher Vogel?» fragten einige unter den Männern.

«Der bunte Vogel», antworteten die Weiber. «Auch die Kinder wissen es, daß sich im Garten des Palastes von Zeit zu Zeit ein bunter Vogel zeigt.»

«Hat ihn jemand gesehen?»

«Man kann nicht gerade behaupten, daß ihn jemand gesehen hätte, aber er ist gewiß da. Wäre es nicht so, würde man nicht darüber erzählen. Auch einige Diener aus dem Eleutherion-Palaste berichten, daß Theodota, die Tochter des Strategen Gerontios, einen solchen Vogel besitzt. Es kann also gar kein Zweifel bestehen.»

«Und hat ihn jemand rufen gehört?»

«Die Kinder haben ihn gehört.»

«Vielleicht ruft die Tochter des Gerontios», überlegten

die Hellenen und zwinkerten einander lachend von der Seite zu. «Einige haben den Vogel gesehen, aber nicht gehört; andere hören ihn, ohne ihn zu sehen. Doch die Tochter ist vorhanden, und sie hat eine süße Stimme. Man kann sich in der Festung umschauen, soviel man will, es gibt keine zweite, die einen so wunderbaren Gang und Blick besitzt. Wenn sie dahinschreitet oder einen ansieht, bedarf es keiner Worte mehr.»

Ein Fremder in weißem Gewand, dem die Bewohner jener Gassen von Zeit zu Zeit begegneten, stand ebenfalls in der Nähe der Schwätzer und blickte zu den Pforten des Eleutherion-Palastes hinüber, hinter denen der Festzug verschwunden war. An seiner Seite befanden sich ein mit Glöckchen behängter Esel und ein Diener von hünenhafter Gestalt.

Die Kinder kletterten herab und näherten sich ihm zutraulich.

«Konstantin», sprach er, «nimm aus dem Beutel, was diesen Kindern zusteht, und teil es aus.»

Der Riese fuhr mit der Hand in den Beutel, den er um die Hüfte geschnallt trug, und zog daraus Süßigkeiten hervor, die er der Reihe nach an die kleinen Leute verteilte. Unter Jubelgeschrei einander stoßend, haschend und auf einem Beine hüpfend, entfernten sich die Kinder.

«Jetzt weiß ich auch, was für Vögel da riefen und nach welchem Konstantin», belustigte sich der redselige Bürger. «Jedesmal, wenn der Festzug hier vorbeikommt, empfangen sie dergleichen Gaben.»

«Weißt du am Ende vielleicht auch, was die Fremden am Hofe der Kaiserin suchen?» fragte die Frau.

«Das weiß ich nicht; ich denke, sie kommen auch, um zu hören, was der sonderbare Vogel singt. Das wird ein Vogel sein, der alles weiß und vieles sagt …»

Der Tag war lau, der Winter ging zu Ende. Gen Norden wölbte sich der Himmel grün wie Kristall, nach Süden zu besänftigte sich seine Farbe zu einem blumenhaften Blau. Ein warmer Wind wehte von den Inseln herüber, von denen er über die Spiegel der Wasser Boote mit geblähten Segeln bis zum Goldenen Horn führte. Die entlaubten Zweige trugen neue Knospen; die düsteren Zypressenalleen säuselten der Erde ein leises Liedchen vor und weckten ihre erstarrten Träume. Glocken erklangen; Kirchenkuppeln glitzerten. Der Kaiser wollte für eine Weile die drückenden Sorgen der Welt vergessen. Seit geraumer Zeit empfand er immer öfter das Bedürfnis, seine Mutter aufzusuchen. Er hatte sie einmal aufgefordert, im Augusteon-Palast Wohnung zu nehmen, und sie um Rat in Regierungsangelegenheiten befragt. Nun rief er sie aufs neue an seine Seite, indes die Kaiserin weiter die Einsamkeit des Eleutherion zu bevorzugen schien.

Die Diener öffneten die Tore und stimmten für den großen Basileios Preisrufe an. In düsteren Gewändern, Stirn und Schläfen von schwarzen Schleiern verhüllt, ging ihm die Kaiserin zwischen den Säulen bis an die Marmorstufen entgegen. Sie verneigte sich vor ihrem Sohne. Der Kaiser sprang aus dem Sattel und eilte rasch herbei, um ihr die Hand zu küssen. Sodann richtete er sich stolz auf und blickte auf die Frauen und Jungfrauen der Kaiserin. Die Diener und Verschnittenen warfen sich auf die Knie; die Frauen und die Jungfrauen verneigten sich und berührten mit dem Rücken ihrer Hände die Fliesen. Als sie ihre Gesichter wieder emporhoben, zeigte sich zwischen diesen auch Theodota, die dem Kaiser zulächelte. Konstantins Blick hellte sich auf.

«Herrin», sprach er, während er an der Seite der Basilissa Irene zwischen den Bogengängen auf das Kubikulum zuschritt, «ich bin abermals gekommen, um meiner Mutter und Teilhaberin an der Herrschaft zu bekennen, daß ich sie vermisse und daß es mich nach ihrer Nähe verlangt.»

«Mein Sohn», antwortete ihm die Despina, «meine Sorge gelten nunmehr dem Heil der Seele und den Heiligtümern Gottes. Ich bereite meine letzte Ruhestätte vor.»

«Damit hat es noch lange Zeit, Herrin. Doch bis dahin benötige ich noch die Weisheit meiner Mutter, die sich dem Reiche so wohltätig erwiesen hat. Ich bin im vergangenen Jahr genötigt gewesen, Byzanz zu verlassen und an die Grenze der bulgarischen Barbaren zu ziehen. Mit der Hilfe Gottes und seiner allerreinsten Mutter habe ich diese Barbaren geschlagen und unterworfen. Siehe, nun kommt die Zeit, da ich nach Asien gegen die Ismaeliter ziehe. Auch dort müssen wir noch Ordnung schaffen. Und wenn ich weiß, daß unterdes in Byzanz die Weisheit waltet, wächst meine Macht, und ich kann früher heimkehren.»

«Es ist wahr», pflichtete ihm Frau Irene bei, «auch dem Kaiser steht jener Lohn zu, den man Ruhe nennt, zu diesem Zweck haben die Kaiser ihre Paläste in heiligen Gärten errichtet. Und so wünsche ich Deiner Herrlichkeit, daß du alle deine Feinde unter den Hufen deines Pferdes zerstampfen und rasch zu den Freuden zurückkehren mögest, die deiner würdig sind. Doch bitte ich dich, mich nicht dadurch zu strafen, daß ich zu jeder Stunde im Augusteon-Palaste Gesichter sehen muß, vor denen es mir graut.»

Lachend zeigte der Kaiser seine Wolfszähne im krausen Bart. Er war schön und von hohem Wuchs. Seine Augen wanderten zu den Frauen, die im Säulengang zurückgeblieben waren.

«Sei ruhig, Mutter», sprach er mit gedämpfter Stimme, «die Sorge um mein Heer in Thrakien hat mich dazu bewogen, den Alten dorthin zu entsenden.»

«Das ist eine gute Botschaft», bestätigte ihm die Kaiserin, «doch sobald er den Befehl, mit dem er ausgesandt wurde, erfüllt hat, kehrt Lachanodrakon zurück, um wieder in dem Sessel Platz zu nehmen, den man ihm angeboten hat. Mag sein, er ist seinem Kaiser ein getreuer Diener; aber mir bitte ich zu verzeihen, daß ich ihn nicht in meiner Nähe leiden mag. Deshalb ist mir im Eleutherion wohler.»

«Du weißt dennoch recht wohl, Mutter, daß er bis zu einem neueren Befehl nicht heimkehren kann. Ein Soldat taugt an dem Platz, den sein Herr ihm zuweist. Ich bin bereit, Deine Hoheit vor einem Anblick zu verschonen, der ihr nicht behagt; auch bin ich bereit zu vergessen, was vielleicht mir nicht behagt hat. Gib Staurakios in seiner Verbannung Kunde von unserer Gnade.»

«Kann ich dir wirklich vertrauen, daß meine Diener Verzeihung finden werden?»

«Sie sollen sie finden, weil sie getreu unter der Hand gedient haben, die sie beschirmt hat. Ich hege in meinem Herzen keinen anderen Zorn als gegen jene, denen ich vertraut und die mich hintergangen haben. Heute hoffe ich nun endlich, daß sich die Wunde, die in meinem Inneren so lange geschwärt hat, schließen wird. Ich habe Botschaft erhalten, daß unser Freund Alexios sein Heer und den Krieg verlassen hat und heimkommt, um von unserer Gnade seinen Lohn zu empfangen.»

«Zweifellos erwartet er die Ehre, seinen Triumph im Hippodrom zu feiern.»

«Mag sein. Meine Leute erwarten ihn mit einer Grußbotschaft von mir. Sie werden ihn in die Barke bitten und ihn über den Bosporus vor mich führen.»

«Wirst du ihn empfangen und ihm gestatten, mit dir zu sprechen?»

Konstantin wies lachend die Zähne. «Ich weiß nicht; das wird sich noch zeigen. Morgen wird auch Deine Hoheit im Augusteon anwesend sein.»

Die Kaiserin schien einen Augenblick zu zögern.

«Der Kaiser erkühnt sich nicht, dir zu befehlen, Herrin», drängte Konstantin, «er bittet dich.»

Irene streckte ihm die Hand entgegen. Er ergriff sie und küßte sie von beiden Seiten, er behielt sie in der seinen, um seine Freude in den Edelsteinen ihrer Ringe zu spiegeln.

«Mein vielgeliebter Sohn mag mir dennoch gestatten, daß ich vorerst meine Ratgeber, die niemals trügen, befrage. In der Kapelle des Palastes beginnt der Gottesdienst; ich gehe hin, um vor der Ikone der Allerreinsten niederzuknien.»

«Darf auch ich dich begleiten?»

«Ich möchte allein sein. Auch meine Frauen und Jungfrauen lasse ich hier zurück.»

Mit einem unschlüssigen Lächeln entfernte sich die Despina. Der Kaiser trat an das hohe Fenster, um den Garten zu betrachten, der vom letzten Widerschein des Abendrotes vergoldet wurde.

Er stand mit dem Rücken zu dem Säulengang, wo sich die Frauen des Hofes einen Augenblick flüsternd berieten. Dann rauschten die Falten ihrer Gewänder, und als er sich umwandte, fand Konstantin sich Theodota gegenüber. Er schritt mit brennenden Augen auf sie zu und schloß sie schweigend in die Arme.

Sogleich schmiegte sie sich an ihn und umschlang ihn wie eine Efeuranke. Mit gesenkten Lidern barg sie das Haupt an seiner Schulter, ein leichter Seufzer verlangte Zutritt zu seinem Innersten, in dem der Aufruhr des Fleisches tobte.

«Die Basilissa kehrt zurück», klagte sie und bog vorsichtig ihre bemalten Lippen zurück. Da riß er sie vom Boden und hob sie hoch in seinen Armen, andere bloße Stellen suchend, in die er seinen Bart wühlte. Ihr Leib erbebte unter leisem Lachen.

«O Theodota», keuchte der Kaiser wie nach einer mühsamen Arbeit, «morgen zieht die Kaiserin in den Augusteon-Palast.»

Das Mädchen freute sich.

«Du tust recht daran, dich zu freuen, Theodota; denn ich spreche nicht von meiner Mutter, sondern von der einzig wahren Kaiserin, nach der mein ganzes Wesen lechzt. Hierher komme ich, um zu leiden, dort aber werde ich endlich Linderung finden.»

«Meine erlauchte Gebieterin hat also eingewilligt, den Eleutherion zu verlassen.»

«Sie hat eingewilligt. Alles lege ich ihr zu Füßen. Ich brauche nichts, nur dich!»

Sie entglitt seinen Armen und warf sich ihm zu Füßen. Er zog sie wieder zu sich empor. Auf dem Gang wurden Schritte laut.

Als der junge Kaiser seiner Mutter entgegentrat, war

seine Braue finster und drohend in Erwartung der Antwort. Die Basilissa aber lächelte sanft.

«Morgen», sprach sie, «werde ich an der Seite meines geliebten Sohnes im Augusteon sein, und wir wollen gemeinsam Alexios Moseles empfangen, um ihn für seine Tat zu belohnen.»

«Der morgige Tag wird für mich der schönste meines Lebens sein», sagte Konstantin und wandte sich den Frauen zu, um unter ihnen jene zu suchen, die sich eben erst aus seinen Armen gelöst und in seinem Blute eine Flamme zurückgelassen hatte.

Am nächsten Tag schaute das gutgläubige Volk mit großer Freude zu, wie die Kaiserin in den großen Palast zog, geleitet von Soldaten und Patriziern. Sie hatte den Purpur von der Farbe der Schwertlilien und auch den Stirnreif angelegt, zum Zeichen, daß sie bereit sei, ihrer Einsamkeit zu entsagen. Die Mönche aber, die in heiligen Offenbarungen von dieser himmlischen Wandlung erfahren hatten, ließen die Glocken in den Türmen erdröhnen. Die einen lasen Gebete, die anderen schlossen sich dem festlichen Zuge an, so daß die Gassen erfüllt waren von ihren schwarzen Kutten.

Vor dem Hippodrom drängten sich auch die berittenen blauen Wagenlenker; Posaunen und Drommeten huben an, das Lied der Sieger zu schmettern.

Aus der Hagia Sophia trat, das Weihrauchschiff schwingend, der hochgeweihte Kirio-Kir Tarasios zwischen seinen Klerikern hervor. Und innerhalb der großen Pforte stand Kaiser Konstantin selbst, um seine Mutter zu empfangen.

Einige der frommen Klosterväter brachten die seltsame Kunde in die Stadt, daß die junge Kaiserin bei jenem Empfange nicht zugegen gewesen wäre. Es hieß, sie sei krank. Andere überlegten, der Kaiser hätte ihr wohl befohlen, im Frauengemach zu bleiben, damit man nicht zwei Kaiserinnen zugleich sähe.

Doch gab es listige Händler, die sich nicht scheuten, denen, die ihnen Glauben schenkten, zu versichern, daß bei jenem Ereignis dennoch eine dritte Kaiserin anwesend war. Es erwarteten sie Eunuchen und ein eigenes Gynäikon im Daphne-Palast, indes die Herrin Irene im Augusteon blieb, die andere aber, nämlich die Amnierin, heimlich und in Hast nach Halkis gebracht worden war.

Dort, im Palast über dem Meeresgestade, befand sich noch jemand, der nicht würdig war, die Freude auf dem Angesichte Konstantins zu schauen. Es war Alexios Moseles, der sehr betroffen war, daß sein hoher Herr so wenig Eile zeigte, ihm seine Gunst zu beweisen. Einer solchen Ehre konnten sich übrigens nur wenige Würdenträger rühmen.

Drei Tage lang saß die Kaiserin Irene allein ohne ihren Sohn im Triklinium und erteilte Befehle. Am dritten Tage erschien Staurakios, um vor ihr niederzuknien und ihr unter Freudentränen die Hände zu küssen.

Nachdem er nunmehr seiner Demütigung enthoben war, legten ihm die Diener aufs neue den Mantel seiner alten Würde auf die Schultern, worauf sich einige der anwesenden Hofleute beeilten, durch Zeichen ihre große Freude kundzutun, da sie in diesem Ereignis ein göttliches Werk erblickten. Staurakios aber erhob sich, nachdem er noch einmal niedergekniet war, mit seiner gewohnten Miene, lauerte und lauschte nach den geheimsten Wünschen und Beschlüssen seiner Gebieterin.

«Höchst erhabene und höchst weise Herrin», sprach er, «gestatte mir gütigst, daß ich vor meinem Herrn, dem Kaiser, erscheine und meine Stirne zu seinen Füßen neige, um ihm für seine Vergebung und für seine grenzenlose Gnade zu danken.»

«Wir wollen ihn auch diesen dritten Tag noch ruhen lassen», lächelte die Despina, «nach so viel Entbehrungen und Arbeit hat er ein Recht auf Muße. Auch den Kaisern gebührt, was die anderen Sterblichen im Überfluß besitzen. Morgen um die dritte Stunde aber wirst du, unser getreuer Freund, so gütig sein, dich dem Befehl Seiner Majestät zur Verfügung zu stellen. Denn wir wollen uns hier versammeln, um dem Polemarchen Alexios den gerechten Lohn zu erteilen.»

So kam es, daß die Beamten und die Krieger sich erst am vierten Tage, als sich der Glanz des Frühlings über die Palastgärten zwischen den blühenden Aprikosenbäumen ausbreitete, an Konstantins Anblick erfreuen konnten.

An jenem Tage bestanden keinerlei Zweifel mehr in bezug auf die Gerüchte, die die Verschnittenen in aller Heimlichkeit durchsickern ließen. Auf seinem Wege vom Augusteon nach Halkis hatte Konstantin die Augen blinzelnd im Sonnenlicht gehoben, als sich auf einem Heliakon in Daphne für einen Augenblick jene zeigte, die man begonnen hatte, die dritte Kaiserin zu nennen. Die Stummen senkten die Köpfe, die Verschnittenen wechselten Blicke untereinander. Die Würdenträger machten harmlose Gesichter. Die Despina und Staurakios schienen völlig ahnungslos.

Doch der unbekannte Vogel, der immer zur Stelle ist, wenn es sein muß, hat es in der Festung von Turm zu Turm und von Dachfirst zu Dachfirst gerufen, daß der Kaiser sein Ehegelöbnis mit Füßen getreten und das Bündnis zerrissen, das niemand außer Gott zu lösen vermag.

Der Kaiser will die Enkeltochter des frommen Greises aus Amnias verstoßen, die von der allerreinsten Jungfrau für Byzanz bestimmt war. Seit drei Tagen schon beschwört die Herrin Irene Konstantin, daß er diese Sünde nicht begehen möge, er aber beharrt in seinem Entschlusse.

Es muß wohl ein Dämon oder ein Zauber im Spiele sein. Jetzt wird sich erst wirklich der Nutzen erweisen, den die vor den heiligen Ikonen in den heiligen Klöstern versammelten frommen Mönche bringen können. Die Menschen können irren, auch die Kaiser, die frommen Väter aber beten zu Gott und seinen Heiligen und berichten ihm, was sich zugetragen hat. Da erheben sich die Heiligen und treten vor den höchsten Kaiserthron, die Gottesmutter selbst legt Fürsprache ein, und Gott der Herr streckt seine Rechte aus und gebietet, daß alles sich wieder zum Guten wende. Genauso geschieht es, wenn Aufstand und Krieg entbrennen, wenn Seuchen oder Hungersnöte wüten, wenn die Erde erbebt oder wenn die Vampire den Mond fressen. Die Welt erschauert, die Mönche beten, der himmlische Kaiser entsendet seine unsichtbaren Diener, und die Ordnung kehrt wieder in den Wald des Lebens zurück.

Doch am dritten Tage waren die Gedanken des jungen Kaisers auch in anderen Beziehungen nicht gütig gestimmt. Die Kaiserin hatte, was Alexios betraf, andere Wünsche geäußert; selbst Staurakios hatte mit verhaltener Stimme und in tiefster Demut ihm beharrlich Vorstellungen gemacht. Doch der Kaiser hatte nur mit dem Schwert gegen den Mosaikboden gestoßen und unerbittlich vor sich hin geblickt. Während er unter dem Heliakon von Daphne vorübergezogen war, hatte sich sein Blick besänftigt, doch als er in Halkis auf der Terrasse über dem Meere eintraf, versteinerte sein Blick unter gefurchten Brauen.

Golden schillerte die Propontis. Ein bläulicher Nebel schwebte der Prinzeninsel zu. Kein Hauch säuselte in den Gärten. Zwischen den Zypressen breiteten die blühenden Bäume ihre Sterne aus und verströmten zarten Duft. Die Stummen faßten Moseles unter den Achseln, führten ihn vor seinen Gebieter und halfen ihm, sich vor diesem zu verneigen.

Endlich konnte der Sieger von Asien frohlocken.

Doch Konstantin betrachtete ihn nur einen Augenblick mit starrem Antlitz. Dann wandte er seine Augen dem Glanz des Meeres und dem Nebel der Ferne zu.

Zwischen den geringeren Dienern trat daraufhin eilig der Henker hervor und bahnte sich mit gesenkter Stirne den Weg. Die Stummen umklammerten den Polemarchen. Der Mann im roten Gewand mit dem geschorenen Schädel berührte mit glühendem Eisen eines nach dem andern die Augen des Mannes, der des Kaisers Freund gewesen und der sich nun mit einem Schrei in Todesnot auf dem Rücken wand. Da warf Konstantin noch einmal einen

Blick zurück. Gleich darauf war der Mann verschwunden, sein Brüllen gurgelte unter der Erde und verröchelte in die Tiefen.

Zwei buntgefiederte Vögel wippten auf dem Wipfel der nächsten Zypresse und streuten aus ihren winzigen Schnäbeln Trillerperlen in die lautlose Stille.

«Laßt uns gehen», befahl der Kaiser, «wir haben noch anderes zu tun. Der kommende Tag harrt unser.»

Der Himmel blieb unverändert. In demselben heiligen Lichte und an demselben lieblichen Ort hielten am darauffolgenden Tage Diener die fünf zu Mönchen geweihten Oheime des Kaisers, die Brüder des Isaurischen Löwen, fest. Nikephoros blendete der Henker das Augenlicht; den übrigen frommen und erlauchten Cäsaren Christophoros, Niketas, Antimos und Eudokimos schnitt er mit scharfem Messer die Zunge heraus und schleuderte sie auf die Marmorfliesen.

«Die Kaiserin ist untröstlich über diese Taten», verkündete der unsichtbare Vogel, der mal von den Sieben Türmen, mal von den Blachernen rief.

Als alle Feigenbäume von Byzanz ihren Blütenflor abgeworfen hatten, kam auch der geweihte Plato aus seiner Einsamkeit aus Sakkudion herbei, um diese unglaublichen Nachrichten zu vernehmen.

Daran kann doch nichts Wahres sein, überlegte er, gewiß haben Glockengießer, die von einem heiligen Kloster eine Glocke in Auftrag erhalten haben, wie es in dieser wunderlichen Stadt Sitte ist, eine mächtige Lüge verbreitet, damit diese Lärm schlägt und die Glocke dadurch einen schönen und hohen Klang gewinnt.

Kaum war er in Sankt Pantheleon eingetroffen, da sandte er auch schon Botschaft ins Haus der Ägypter. Daraufhin erschien noch am gleichen Nachmittage Konstantin, der hünenhafte Diener, verneigte sich tief vor dem Hochgeweihten und küßte ihm die Rechte.

«Freund Konstantin», sprach der Bischof zu ihm, «was für eine gute Kunde bringst du mir? Ist dein Gebieter vielleicht zur Frühlingsfeier hinaus vor die Stadt gegangen? Denn so ist es hierzulande Brauch an so lieblichen Tagen.»

«Hochgeweihtester», erwiderte der Diener, «mein Gebieter weilt im Hause der Ägypter.»

Als der Bischof seine Schnabelnase und die runden Augen nach ihm umwandte, erkannte er, daß Betrübnis das Gesicht des Dieners verdunkelte.

«Was ist geschehen?» sorgte er sich, «ist mein Bruder erkrankt?»

Der Diener schüttelte ratlos den Kopf. «Hochgeweihter Vater, ich kann nichts mehr begreifen. Siehe, nun ist es schon der achte Tag, seidem er mir nicht mehr gestattet, ihn zu sehen. Einsam sitzt er in seiner Kammer, und die Diener dürfen nicht einmal die anstoßenden Räume betreten. So wie er es angeordnet hat, stellen wir ihm jeden Abend einen Krug mit Wasser hin, den er selbst holt, ohne daß ihn jemand dabei sieht. Er betet und fastet. Das hat er auch schon früher in Ägypten getan.»

«Was ist die Ursache?»

«Das kann ich nicht wissen, Geweihtester, ich bin nur ein unwissender Knecht.»

«Hast du ihn gesehen?»

«Nein.»

«Woher weißt du dann, daß er betet?»

«Ich weiß es nicht, Hochgeweihter, doch ich denke es mir. Mag sein, er spricht kein einziges Gebet und sitzt nur da und starrt vor sich hin. Davor fürchte ich mich am meisten. Gewiß leidet er großen Kummer.»

Vater Plato überlegte. Dann bat er den Abt des heiligen Klosters zu sich und begehrte von ihm Neuigkeiten aus der Welt zu hören. Der fromme Amos war wie stets in großer Eile, schüttelte seine gekrauste Mähne und schnaufte in seiner dunklen glänzenden Haut, die zu prall über seinen feisten Leib gespannt war. Er wußte über alles Bescheid, da er fortwährend in der Stadt umherging. Doch über den Ägypter konnte er nichts sagen.

«Hat man etwas über ihn berichtet?»

«Hochgeweihter, ich habe keine Kunde vernommen.»

«So hast du vielleicht etwas über unseren ehrwürdigen Freund Kir Philaret gehört?»

«Ich habe ihn am heiligen Palmsonntag besucht, Geweihtester, als er seinen Armen wieder einmal die Tafel deckte. Ich fand ihn fröhlich, und so freute auch ich mich mit ihm.»

«Ist es wahr, was man sich über die kaiserliche Familie erzählt?»

«Alles, was gut ist, ist auch wahr, Hochgeweihtester. Denn unsere Gebieterin, die Herrin Irene, ist nunmehr in den Augusteon-Palast zurückgekehrt. Seit dem Tage, da sie wieder im Glanze sitzt, schmeckt auch uns das Öl wieder besser.»

«Das freut mich zu hören, Bruder Amos. Doch man spricht davon, daß die Cäsaren dem Henker ausgeliefert worden seien.»

«O hochgeweihter Vater Plato», jammerte der fromme Amos und warf die stämmigen Arme hoch, «seit jenem Tage findet unsere Gebieterin keinen Trost mehr. Sie hat Wachslichter geschickt und in allen heiligen Gotteshäusern Gebete angeordnet. Der Enkel des Kopronymos ist schwerer zu zügeln, als wir meinten. Man redet noch von ganz anderen Dingen, Hochgeweihter, und man wird wohl noch mehr hören, denn die Missetaten dieses Ungeheuers sind ohne Zahl.»

«Das ist es, wovor ich bangte», ächzte der Bischof.

Vater Amos beeilte sich, ihm beizupflichten: «Was gut ist, ist wahr, Hochgeweihter; auch was böse ist, ist wahr. Gott der Herr legt alles in seine Waagschale und mißt es, er lohnt jeden nach der Ware, die er ihm bringt. Die wahnwitzigen Taten unserer Widersacher sind für uns eine süße Labe, denn wir wissen, daß ihnen ein furchtbares Gericht bevorsteht.»

Nachdenklich betrachtete der Bischof den frommen Abt, und für einen Augenblick erhellte ein leises Lächeln seine vergrämten Züge, während er überlegte, welches Tier nach der Meinung seines Freundes Breb in dem gedrungenen Leib des Amos wohnen mochte. Er besann sich, daß er zum Diener Kaesarions zurückkehren müßte. So begab er sich wieder auf den Gang hinaus. Hier fand er den Diener an einen Pfeiler gelehnt mit gesenktem Kopf, so daß ihm die Haarsträhnen in die Augen fielen.

«Konstantin», gebot ihm der Bischof, «führe mich zu deinem Gebieter.»

Klosterknechte brachten den Esel und halfen dem Greis in den Sattel. Ohne den heiteren Frühlingstag, ohne den Lärm der Stadt zu beachten, zog der geweihte Plato in sich gekehrt durch das Gedränge der Wechslergasse. Unruhig stieg er zwischen den Marmorsäulen hinab, zog seine schwarze Kutte eng um den mageren Leib, um der Berührung der Sklaven auszuweichen, und betrat, von Konstantin gefolgt, das Haus. Nachdem er die Gänge durchschritten hatte, gelangte er in einen der inneren Gärten. Er sah Menschen mit braunen Gesichtern, die weiße Gewänder trugen. Sie neigten sich vor ihm und gaben ihm den Weg frei. Im Hintergrund öffneten sich unter den Platanen dunkle Gänge.

Der Diener blieb stehen.

«Hochgeweihter Vater», murmelte er, «ich darf hier nicht weitergehen. Deine Heiligkeit möge durch diese Türe eintreten. Mein Gebieter wird sogleich wissen, wer ihn besucht. Sollte er kein Zeichen und keine Antwort geben, so warte ich hier auf den Befehl Deiner Heiligkeit.»

Der Bischof trat ein, nicht ohne eine gewisse Scheu. Es herrschte in diesem alten Hofe der Ägypter eine Ruhe, von der die Fußgänger der anliegenden Gassen nicht einmal etwas ahnen konnten. Ein gezähmter Kranich trat aus dem Gang hervor und schritt über den Rasen auf den Brunnen zu, der sich in der Mitte des Gartens befand.

Nachdem er einige Schritte durch die Dunkelheit getan hatte, befand sich der hochgeweihte Plato auf einem runden Platz, auf den durch die grüne Glasdecke ein schwaches Licht fiel. An den Wänden entdeckte er Hieroglyphen und Malereien, von denen ihm einige bekannt waren aus den Lehren seiner Zeit.

Er sah über einer niedrigen, zwischen schmalen Holzsäulen gefaßten Türe innerhalb des Delta genannten Buchstabens von Strahlen umgeben das Auge Gottes.

Daneben tat sich auf Zedernangeln eine andere, noch engere Türe lautlos auf.

In ihrem Rahmen erblickte der Bischof Kaesarion und trat auf ihn zu. Ohne ein Wort ließ der Fremde ihn eintreten.

Vater Plato fand eine Zelle mit nackten Wänden, einem dürftigen Bett und einem Stuhl unter zwei schmalen Fenstern, die unter der Decke angebracht waren, so daß sie ihr Licht aus dem blauen Himmel empfingen. Es war die Zelle eines Eingekerkerten.

Der Bischof entsetzte sich, und seine runden Augen wurden weit.

«Ist es mir wohl gestattet zu sprechen und dich zu befragen?» flüsterte er.

Sein Freund war abgemagert, doch unter den müden Lidern glühten die Augen von einem inneren Feuer.

«Mein Vater, ich bin froh, daß du gekommen bist», sprach Breb, «heute endet die Zeit meiner Einsamkeit.»

«Wenn ich recht verstanden habe, fastest du seit neun Tagen», wunderte sich Vater Plato, «warum hast du eine solche Buße auf dich genommen?»

«O mein Freund und Vater, das ist keine Buße. Ich bin mit mir zu Rate gegangen und habe mich bemüht, Rätsel, auf die es keine Antwort gibt, zu lösen. Deshalb bedurfte ich der Stille und der Einsamkeit. Nachdem ich mich von allem befreit hatte, was beschwert und trübt, bin ich ausgezogen, um nur mit den Augen des Geistes zu schauen. Der Blinde, der sich den Todesweg ertastet, hat mit seiner Klaue das makellose Geschöpf an seiner Seite getroffen. Der Isaurier zählt zu jenen Lebewesen, in denen noch gewissenlose Geister hausen. Die Enkelin Frau Theosvas hätte ein anderes Schicksal verdient.»

«Es ist also wahr? Es gibt also keinen Zweifel mehr?»

«Es gibt keinen Zweifel mehr.»

«So ruht auch auf ihm der Fluch der alten Isaurier. Er mordet und vernichtet. Auch dieser wird sich morgen gegen die heiligen Ikonen erheben.»

Breb blickte den Alten fest an und lächelte leise. So verharrte er schweigend, bis der Mönch sein Blut in den Schläfen hämmern fühlte. Die nackten Wände verdunkelten sich, die Deckenfenster wurden blauer.

«Ich will dir ein Geheimnis anvertrauen, mein Vater», sagte Breb, indem er ihn unablässig und beharrlich anschaute, «ich weiß, daß es auf die Frage, die wie ein Wurm in mir nagt, keine Antwort gibt. Warum Unschuldige leiden müssen, das können wir in unserer begrenzten Zeit nicht erkennen. Doch ich weiß, wer den Geist des Isauriers verwirrt und wer ihm den Arm gestärkt hat. Alexios ist gestürzt, die Cäsaren wurden getroffen, die Kaiserin Maria liegt zertreten, die armenischen Truppen, die sich um des Moseles' willen empören, werden sich in ihrem Blute wälzen; die heiligen Bischöfe werden kommen, um ihn zu verdammen, und man wird sie aufs Haupt schlagen; all dies wird geschehen, damit die Völker frohlocken, wenn ihn das Verderben erreicht. Und dies alles ist das Werk der Wölfin.»

«Ich verstehe nicht recht», flüsterte Vater Plato, «ich begreife nicht, weshalb.»

«Mein Vater und Freund», sprach Breb, «erhebe dich von hier, wenn du meinst, daß es nötig sei, begib dich in den Augusteon-Palast und verlange, daß die kaiserliche Frau dir ihr Herz öffne.»

«Könnte ich wagen, das zu fordern? Zu diesem Zwecke pflegt sie mich zu rufen, wenn es ihr beliebt.»

Kaesarion blickte den Bischof eine Weile mit starrem Blick an.

«Nun gut, wenn du nicht dorthin gehst, wird sie hierher kommen», entschied er mit einer Stimme, die Vater Plato aus weiter Ferne zu kommen schien, «du sollst nun, geweihter Vater, die ewig ungestillte Machtgier erblicken. Um sich an der Eitelkeit der Macht zu laben, treibt die Herrin Irene ihren Sohn dem Abgrund zu. Und jetzt wirst du erst begreifen, weshalb sie ihm eine von der Gnade Gottes auserlesene Gemahlin zur Seite gestellt hat. Nur deshalb, damit sein Frevel von heute um so ruchloser erscheine.»

Die Stimme des Ägypters verlor sich wie in den Tiefen der Erde. Es wurde vollkommen dunkel, und da erblickte der hochgeweihte Plato vor sich die erhabene Kaiserin. In vollem Prunke saß sie auf ihrem goldenen Sessel. Ihre Kleinodien glitzerten, ihre Nüstern bebten. Ohne Stimme und ohne Worte befragte er sie mit seiner Seele.

«O mein Vater», flüsterte Breb, nachdem die Erscheinung verblaßt war, «ich bin der Ausgesandte gewesen, der eine makellose Blume hierhergebracht und in einen schmutzigen Strudel geworfen hat.»

Vor dieser Stimme erschauerte der fromme Plato; in der Finsternis tastete er nach dem Freund und suchte voller Bangen, als wäre der Mann gar nicht mehr zugegen und hätte nur diese schmerzerfüllte Stimme zurückgelassen wie ein selbständiges Wesen.

XV. Kapitel

In dem sich die Zeit der Glücklichen und der Unglücklichen erfüllt

Als die beiden Freunde zum Hause des greisen Philaret gelangten, fanden sie die ganze Umgebung bevölkert von Bettlern, die mit lauter Stimme wehklagten. Sie kletterten auf die Zaunpfähle, sie drängten sich vor dem Tore, wobei sie einander stießen und übereinander hinwegzusteigen trachteten. Die Diener konnten sie nur mit Mühe zügeln; denn alle wollten zu ihrem gütigen Vater und Beschützer vordringen und ihm zeigen, wie sie sich kränkten ob des Leides, das ihm widerfahren war. Küchen- und Kellermeister hätten angesichts eines so tiefen Jammers eigentlich gleich begreifen müssen, wie dem abzuhelfen wäre, und den Verstoßenen dieser Welt Speise und Trank reichen sollen, denn das brauchen die Menschen, wenn sie sich freuen, und mehr noch, wenn sie Kummer haben.

Johannes, der Schwertträger, eilte den Dienern mit zwei Wachleuten, die ihn begleiteten, zu Hilfe. Die Soldaten zogen ihre Schwerter und setzten sie denen, die aufrecht kamen, an die Kehle, während sie jene, die auf dem Boden herankrochen, mit ihren eisernen Fußschienen in die Seite stießen.

Es war schwer, zwischen all dem Bettelvolk vorzudringen. Bischof Plato und Breb blieben also stehen und beobachteten das Geschehen. Die Krüppel kreischten noch lauter, sie fluchten und drohten Verderben. Doch als sie des Ägypters ansichtig wurden, besänftigte sich der Aufruhr, und der Kampf verebbte. Dieser Fremde pflegte seinem hünenhaften Diener einen Beutel voll Kupfermünzen zu reichen; der Diener aber gab jedem, was ihm gebührte, wenn sie sich alle der Reihe nach aufstellten und ruhig weitergingen, ohne das weiße Gewand seines Gebieters zu berühren. Auf diese Weise wurde eine Gasse frei, durch die die beiden Besucher schreiten konnten.

In einem Winkel der Vorhalle hatten sich die schwarzgekleideten jungen Frauen versammelt. Als Bischof Plato sich ihnen näherte, huben sie an zu wehklagen und benetzten seine Hand, die sie küßten, mit ihren Tränen.

Im ersten Raume befanden sich einige Männer und Mönche, die durch das offene Fenster hinaus in den Garten auf die blühenden Rosen blickten. Dienerinnen bewirteten sie mit erfrischenden Getränken.

Den frommen Philaret fanden sie einsam an der Seite der Herrin Theosva. Ein frommer Mönch las im Scheine einer Wachsfackel Gebete. Man hatte die Greisin auf einen niederen, mit Purpurteppichen bedeckten Diwan gebettet. Ihre Augen waren geschlossen, das Antlitz immer noch voller Trauer; ein seidener Faden hielt die Hände über der Brust zusammen. Auf diese kleinen Hände mit den schmalen Fingern hatte man ihr ein goldenes Kreuz und eine neue Münze aus dem gleichen Metall gelegt, damit sie den Zoll für die Überfahrt in eine andere Welt entrichten könne.

Der alte Mann zeigte keine Trauer. Nur Ratlosigkeit malte sich auf seinem schönen, von weißem Haar gekrönten Antlitz. Er verneigte sich vor seinen Freunden, faßte jeden von ihnen bei der Hand und führte sie so zur Gefährtin seines Lebens. Es war, als hätte er selbst einer Erklärung bedurft.

Mühsam erhob sich seine Stimme: «Was fang ich jetzt an? Meine Herrin verläßt mich ...»

Der alte Mönch unterbrach sein Gebet: «Bis jetzt hat er kein einziges Wort gesagt», raunte er dem Bischof zu. Er verneigte sich tief, küßte Bischof Plato die Hand und kehrte dann zu seiner Fackel und zum Gebet zurück.

Kir Philaret folgte ihm mit Blicken, ohne zu verstehen, was jener gesagt hatte.

«Was fang ich jetzt an?» fragte er abermals die Besucher. Dann trat er zurück und richtete den Blick erwartungsvoll auf sie.

Der Hochgeweihte grüßte die teure Tote und verweilte zu ihren Häupten, mit halbgeschlossenen Augen murmelte er ein Gebet für die Seele, die nun zu ihrem Richter ging.

Breb trat an das andere Ende des Bettes, zu ihren Füßen, um der entschlafenen Göttin geradewegs ins Antlitz schauen zu können.

«Herrin», fragte er, ohne die Lippen zu bewegen, «hast du das Mädchen noch gesehen, bevor du deine Reise angetreten hast?»

Ein Schatten schien über das Gesicht der Greisin zu fallen. Sie hatte sie nicht gesehen.

Bischof Plato wandte sich zu Kir Philaret: «Wie ist das geschehen? Was hat sich zugetragen?» fragte er.

Der Alte zuckte die Schultern. «Gestern nachmittag plauderten wir beide miteinander», sagte er, «wir erinnerten uns an Amnias. Sie war vom Heimweh nach jenem Ort und jenen Zeiten ergriffen. Ich verlangte einen Becher Wein. Wie es ihre Gewohnheit war, schickte sie keine Dienerin danach, sondern ging selbst, um ihn mir zu bringen. Sie kehrte zurück und stellte den Becher auf den Tisch. Dann flüsterte sie: ‹Mein Gemahl, ich möchte unsere Tochter besuchen.› Und noch einmal sprach sie: ‹Mein Gemahl, ich bin zu schwach, ich werde nicht zu ihr gehen können; sie muß zu mir kommen.› Mir blieb keine Zeit, den Wein zu trinken. Ihre Augen weiteten sich, sie stöhnte, dann machte sie eine Bewegung, als wolle sie mich zurückstoßen, dann neigte sie das Haupt. Das war alles. Warum hat sie mich zurückgestoßen?»

«Ehrwürdiger Philaret», sprach Breb, «sie hat dich nicht zurückgestoßen. Sie hat dich aufgefordert, dorthin zu gehen, wo ihre Sorge weilte.»

«Wahrhaftig, das muß es sein. Ich habe sie bloß nicht verstanden. Ich habe den kaiserlichen Hof benachrichtigt, doch wie ich sehe, ist die junge Kaiserin noch nicht gekommen.»

Die Gäste schwiegen.

«Kir Philaret», fragte der Fremde, «sind der Herrin Theosva, nachdem sie dich verlassen hatte, vielleicht Diener begegnet? Haben sie ihr vielleicht etwas gesagt? Hat sie vielleicht eine Nachricht empfangen?»

«In der Tat», wunderte sich der Greis, «es waren zwei Frauen in großer Hast gekommen; die sagten ihr etwas und gingen wieder fort. Danach kam meine Herrin Theosva zurück und brachte mir den Becher. Ihre Hand zitterte nicht. Doch gleich darauf sank sie nieder, um sich nicht mehr zu erheben.»

Durch das Fenster strömten die Düfte des Gartens herein und wehten über die geschlossenen Lider der Entschlafenen.

Doch die versiegelten Wimpern würden sich nicht wieder öffnen, diese Augen sollten die Welt nicht mehr schauen. Nach langem Leiden und kurzen Freuden war die Greisin fortgezogen an das Gestade ohne Stürme und in das Licht ohne Schatten. Diesen Trostworten, die der Bischof Plato murmelte, lauschte Kir Philaret und freute sich, daß seine Gemahlin vor dem himmlischen Kaiserthrone gut empfangen würde. Breb starrte unverwandt auf die geschlossenen Augen, hinter denen die Bilder des Grames erloschen waren, und auf die bitter gekrümmten Lippen.

«Herrin», redete er sie an, «geh hin, ohne noch einmal das Haupt zurückzuwenden. Auch wir werden einmal den Erdenstaub und die Erinnerungen abstreifen und dahingehen, um neu aufzublühen.»

Zugleich mit dem Duft der Gärten drang von draußen auch der Lärm der Diener und Bettler herein.

«Sie wissen wohl, daß ich sie bewirten und ihnen alles geben muß, was ich noch besitze», lächelte der fromme Amnier. «Wahrhaftig, auch ich muß meine Angelegenheiten ordnen und mich für die Reise rüsten. Sprich, hochgeweihter Vater Plato, was befiehlst du mir zu tun?»

«Es geziemt sich», erwiderte der Bischof, «daß dieser Leib in das Kloster der Jungfrauen nach Rodolphios übergeführt werde. Dort wollen wir die Totenwache halten und eine Gruft für ihre ewige Ruhe bereiten. Du, Herr, bleibe hier, um von deinen Kindern und Kindeskindern Trost zu empfangen.»

Der Greis wandte den Blick und gewahrte Kallistos.

«Bring mein Geld», befahl er ihm, «und meine Gewänder hierher. Ordne in der Küche an, daß man das Totenmahl bereite. Unsere Herrin verläßt uns.»

Der Diener verneigte sich und ging, um die Aufträge auszuführen.

Der alte Mann trat vor den Bischof.

«Erlaube mir, o Hochgeweihter», bat er, «so lange hier zu verweilen, bis man ihre Bahre ins Kloster trägt. Ich habe noch Schulden, die ich begleichen muß. Nachher folge auch ich der Gefährtin meines Lebens.»

Der Greis entfernte sich mit einem verstörten Lächeln, so daß er denen, die ihm begegneten, heiter dünkte. Gleich darauf merkte man, daß die Diener die Tore geöffnet hatten. Mönche kamen, die neben dem Leichnam Weihrauch opferten, um ihn dann mit sich hinwegzuführen. Wehklagend warfen sich die Dienerinnen zu Boden. Die jungen Frauen in der Vorhalle aber, die der Ahnin aus Theobrisos und der Herrin Theosva ähnelten, schluchzten und stießen mit Pfauenstimmen spitze Schreie aus.

«Ihr Mädchen und Lenze», lächelte ihnen der Amnier zu, «weint mir nicht allzusehr, damit sich eure Schönheit nicht trübe. Eure Mutter zieht an einen Ort, der lieblicher ist als dieser.»

Gegen Abend erreichte das Kloster der Jungfrauen von Rodolphios neben der Goldenen Pforte die Kunde, daß man am kaiserlichen Hofe vom Ableben der Herrin Theosva erfahren hatte und daß man für sie in allen Gotteshäusern Totenwache halten würde. Auch die Glocken sollten läuten. Die Patrizier und Würdenträger würden kommen, um sich vor ihrer Bahre zu neigen. Sobald sich die

Kaiserin Maria von dem Siechtum, das sie befallen hatte, erholt habe, würde auch sie erscheinen. Die hocherhabene und überaus gütige Kaiserin Irene wäre selbst gekommen, hätten nicht allzu viele Pflichten und schwere Aufgaben sie zurückgehalten; denn Kaiser Konstantin sollte schon am nächsten Tage Rüstung anlegen und sich in den Sattel schwingen. Er hatte Befehl erteilt, Heere am jenseitigen Gestade zu versammeln. Auch hatte er Botschaft an alle Strategen in Asien entsandt, daß sie ihm entgegenziehen sollten, denn er wäre im Begriff, Armenien zu besetzen, um diejenigen Söldner, die sich um des Polemarchen Alexios willen erhoben hatten, niederzuwerfen und zu vernichten.

Nachts wurde zwischen den Mauern des Klosters die große Totenwache gehalten. Aus dem Dunkel ihrer Zellen traten die frommen Jungfrauen mit Fackeln in den Händen und beleuchteten die Blumen im Garten. Die Pforten waren für alle frommen Christen geöffnet. Unter der Kuppel der heiligen Kirche hatte man alle Kronleuchter entflammt. Die Nonnen sangen der Entschlafenen süße Lieder, während Äbte mit Stab und Mitra den Gottesdienst hielten.

Von den Weibern, die von außerhalb der Mauern gekommen waren, hatten die Klosterfrauen vernommen, der Isaurier habe den Verschnittenen von Halkis geboten, alle Tore des Palastes zu schließen. Zwar stünde es jedermann frei, den Palast zu betreten; verlassen aber dürfe ihn niemand.

«O mein Sohn», habe die Kaiserin Irene zum Basileios gesprochen und ihn beschworen, «hast du denn nicht gehört, was man berichtet? Laß die junge Kaiserin nach Rodolphios gehen, damit sie sich von der alten Theosva verabschieden kann.»

«Das kann nicht sein», habe Konstantin gerufen, «ich lege heute mein Totenhemd an. Und ich will nicht, daß dieses Weib, das ich von meiner Seite gestoßen habe, sich des Lebens freue.»

So konnte die Kaiserin Maria in jener Nacht nicht bei der Totenwache erscheinen, und die frommen Klosterfrauen stießen zwischen ihren Fackeln Flüche gegen einen solchen neuen Herodes aus. Sie spien heimlich im Schatten nach ihm wie nach einem Dämon und neigten sich vor den Heiligen des Ikonostas.

Am nächsten Tag erfüllte der Auszug des Kaisers in den Krieg die Festung mit großem Lärm. Mit Schild und Rüstung prunkend, hatten sich die Waräger mächtig um ihn geschart und klirrten mit ihren Waffen. Die schweren Karren rollten ans Ufer des Goldenen Hornes hinab, um auf die schwimmenden Brücken geschoben zu werden. Von allen Türmen brausten die Glocken; die Mönche der heiligen Klöster zogen herbei, segneten die Schwerter und Äxte und Streitkolben dieses Heeres wie auch jene anderen, die sich versammeln sollten, damit die Widersacher des allmächtigen Herrschers mit durchbohrter Brust, mit durchschnittener Kehle und zermalmten Kiefern in den Staub sänken. Ihre Zähne sollte man auf den armenischen Feldern aussäen, und das Regenwasser sollte sich in ihren Schädelhöhlen sammeln, auf daß daraus die Tiere ihren Durst stillen konnten. Die Bürger standen und lauschten auf das Rauschen der Heerzuges, bis er drüben am kalkedonischen Ufer verebbte. Dann kehrten sie in ihre Wohnstätten zurück.

Am dritten Tage betrat der fromme Herr Philaret, gefolgt von seinem Diener Kallistos, das heilige Jungfrauenkloster. Die Nonnen gaben ihm den Weg durch das Kirchenschiff frei und bemerkten verwundert, daß er erfüllt von einer gewissen Heiterkeit und in Eile einherschritt. Er neigte sich vor den heiligen Ikonen und vor den Mönchspriestern, welche die Totenwache hielten. Sodann trat er an die Seite der Herrin Theosva. Lächelnd betrachtete er sie eine lange Zeit.

«Komm, Kallistos», gebot er sodann, «begleite mich zu der frommen Äbtissin.»

Die Nonnen führten ihn sogleich ins Gästezimmer und ließen ihn auf einer Ruhebank Platz nehmen, denn er schien ermattet, und sein Atem ging kurz. Die Kellermeisterin kredenzte ihm einen Becher Wein. Einen Augenblick richtete der Alte seine Augen auf die Frau, die ihm den Trunk gereicht hatte, dann schüttelte er das Haupt. Mit einem Zeichen bat er, man möge den Becher hinaustragen.

«Ich bitte die fromme Eulampia hierherzukommen», entschied er.

Die greise Äbtissin erschien zwischen ihren jungen Begleiterinnen, die sie unter den Achseln stützten. Die Herrin des Hauses verneigte sich demütig, wobei sie hastig die Bernsteinkugeln durch ihre trockenen Finger gleiten ließ. Sie war nur noch ein Schatten unter schwarzen Schleiern. Dennoch fehlte ihrem Auge und ihrer Zunge nicht die Schärfe.

«Womit kann ich unserem Gebieter Philaret zu Diensten stehen?» fragte sie. «Wir haben für unsere Schwester Theosva alles vorbereitet, so wie es sich geziemt. Wir haben ihr die Aussteuer für die Reise gerichtet, der Zoll ist bezahlt und das Totenmahl gerüstet; so wird sie wohlbehalten an jenen Ort der Seligkeit gelangen.»

«Ich danke dir, Herrin», erwiderte der Alte. «Ich habe eine Bitte, die mich betrifft.»

«Kir Philaret, dein Wunsch ist für uns Befehl.»

Der Greis wendete sich zu Kallistos.

«Sieh», sprach er, «hier in diesem Ebenholzkistchen bringt mein Diener dir alles Gold, das mir noch verblieben ist. Ich bitte dich, Herrin Eulampia, nimm diese Gabe für die allerreinste Mutter dieses Heiligtums entgegen. Tragt in die Urkunde meinen und den Namen meiner Gemahlin ein und bewirtet die Armen zweimal jährlich an unseren Sterbetagen.»

«Kir Philaret», die Äbtissin verneigte sich, «es soll alles so geschehen, wie du es angeordnet hast. Wir wollen vor unserem Altare jener gedenken, die dahingegangen, und jener, die noch unter den Lebenden weilen.»

«Ich bitte dich, Herrin Eulampia, du wollest auch mich hier aufnehmen. Ich möchte meinen armen Leib im gleichen Grabe an der Seite meiner Gefährtin Theosva bestattet wissen.»

«Sobald die Zeit kommt, Herr.»

«Die Zeit ist gekommen», seufzte der Greis, «gleich nachdem ich allein in unserem Hause zurückgeblieben war, begriff ich, daß die Zeit gekommen ist. Ich bin nun allein in Amnias.»

«Die Wohnung Deiner Herrlichkeit ist in Byzanz, Kir Philaret.»

Der alte Mann schüttelte das Haupt. «Mein Platz war in Amnias. Nun ist er hier. Ich bitte dich, nehmt mich hier auf. Noch heute abend werde auch ich an der Seite meiner Herrin Theosva schlafen.»

Ehe er entschlief, bat Kir Philaret die beiden Freunde, an sein Lager zu kommen. Bischof Plato und der Fremde suchten ihn also auf. Er teilte ihnen seinen Beschluß mit, den sie, ohne sich zu verwundern, anhörten. Breb setzte sich an seinem Lager nieder und ergriff seine Hand, die er kalt zwischen den Fingern fühlte. Da wandte er sich dem Bischof zu.

«Unser Freund, Herr Philaret, befiehlt», sagte er, «daß man heute abend die Kaiserin Maria hierherführe.»

Der fromme Vater Plato erhob sich, um diesen Wunsch am kaiserlichen Hofe vorzutragen. So erteilte man im Augusteon die Einwilligung, daß man die Pforten in Halkis öffne, und die Kaiserin Maria wurde von den Verschnittenen in großer Eile in ihrer Purpursänfte nach dem Kloster Rodolphios getragen.

Die Mainacht war still und hoch. Das Bettelvolk, das den ganzen Nachmittag um seinen Schirmherrn geklagt hatte, war jetzt besänftigt und hatte sich zurückgezogen. Kaiserliche Diener sperrten die Tore. In den Zellen herrschte Unruhe, dann traten die Nonnen abermals mit ihren Wachslichten hervor. Im Gastzimmer des Klosters hatte der fromme Philaret sein Haupt zum letzten Schlummer auf die linke Schulter geneigt. Lang schrillte der Schrei der Kaiserin Maria auf. Dann kam ein großes Schweigen über das ganze Kloster. Als die Diener und Mönche eintraten, geleitete Breb die junge Kaiserin durch einen Korridor auf den Erker über dem Garten.

So, als merkten sie gar nicht, daß dies ihre erste Begegnung war nach langem Sehnen, standen die beiden in einiger Entfernung voneinander, jeder in seiner eigenen Dunkelheit befangen. Am Himmel zeigte sich kein Mond; dennoch gewahrten sie nach einer Weile einer des andern Trauer im Licht der Sterne. Die Luft war klar, das Gold der Höhen machte die Nacht durchsichtig.

«Erlauchte Herrin», sprach Kaesarion, «es ist Gottes Wille, daß dies die Stunde des Scheidens und Abschiednehmens sei. Ich bin nur deshalb so lange in Byzanz geblieben, um dich zu sehen.»

«Auch du gehst fort?» fragte ratlos die junge Kaiserin.

«So wie ich es dir gesagt habe.»

«Warum hast du dann bis zu dieser Stunde gewartet?» fragte sie mit aufbrechender Heftigkeit. «War dir mein Unglück bekannt?»

«Gewiß, es war mir bekannt.»

«Und hast du vielleicht gehört, daß mir eine Freude beschieden gewesen wäre?»

Breb schwieg.

«O Herr, beantworte meine Frage, denn ich bin es gewohnt, dich als allwissend zu betrachten. Meine Großmutter hat mir einige erstaunliche Dinge berichtet. Sie hat mir des öfteren von Deiner Herrlichkeit Kunde gebracht. Ich wußte, daß du über mich wachtest. Nun, da ich ganz allein bleibe, begreife ich nicht, weshalb auch du mich verläßt.»

«Erlauchte Gebieterin», sprach der Ägypter, «darf ich mich erkühnen, deine Hand zu ergreifen?»

Die Kaiserin streckte ihm ihre Rechte entgegen, und plötzlich beugte sie sich wie von Schauern erzitternd vor, um die Finger zu küssen, die die ihren umspannten. Der Fremde beschwichtigte sie, indem er die linke Hand auf ihr Haupt legte.

«Erlauchte Herrin», sprach er mit weicher Stimme, «dich

hat nicht das Gebaren des Kaisers unglücklich gemacht, sondern meine Liebe.»

«Ist das wahr?» rief Maria mit erstickter Stimme.

«Es ist wahr.»

Da umarmte sie ihn weinend.

«Es ist wahr», wiederholte er sanft, «doch müssen sich unsere Pfade auf dieser Welt nun trennen. Wenn eine Kaiserin ihren Gemahl verliert, so wie es Deiner Majestät widerfahren ist, hüllt sie sich in schwarze Schleier und zieht auf die Prinzeninsel. Das Leben Deiner Hoheit kann nicht den gewohnten Lauf wie bei den übrigen Menschen nehmen. Und auch über mir waltet eine Macht, die mir nicht gestattet, die Gelübde zu brechen, die ich geschworen habe.»

Die Hände an den Schläfen, trat die Kaiserin zurück.

«Weh mir», schluchzte sie, «so ist es wahr, daß du in den Tempeln der Ägypter geweilt hast.»

«In der Tat ist mir dort die Offenbarung zuteil geworden. Doch diese Kunde, erlauchte Herrin, darf dich nicht kränken. Siehe, wir werden scheiden, und auch jene Täuschung, die wir Fleisch nennen, wird schwinden. Doch das, was jetzt von Schmerz geklärt zwischen uns steht, das ist ein goldener Zweig, der in eigener Glut erstrahlen wird in Zeit und Ewigkeit.»

Die junge Kaiserin trat näher und bettete ihr Haupt an die Schulter des Ägypters.

XVI. Kapitel

Eine Epistel aus Sakkudion

«Hochweiser Herr», richtete der fromme Theodor von Sakkudion sein Schreiben im Jahre des Herrn 797 an Kaesarion Breb, «nach der Anweisung, die Du uns hinterlassen, haben wir Deinen Diener Konstantin hier bei uns beherbergt; und nun, da die von Deiner Herrlichkeit bestimmte Stunde gekommen ist, senden wir ihn mit diesem Schreiben zu Dir. Indem er Dich in Dein Heimatland zurückgeführt hat, hat Gott der Herr in seiner Güte Dich wohl an einem friedlichen Gestade beschirmen wollen; hier bei uns aber hat der Sturm gewütet. Oft haben wir in unserem Leid Deiner Herrlichkeit gedacht, wir haben uns Deiner Lehren erinnert und uns so weniger schwach gefühlt.

Vernimm nun, o Herr, daß jener, der das Gute mit Bösem vergolten hat, mit seinen Heerscharen nach Armenien gezogen ist, wo er die Söldner, die dem Alexios Moseles treu ergeben waren, überfallen hat. Sein weißes Roß ist bis an die Knie im Blut gewatet. Die niederen Soldaten hat man mit Schwertern niedergemetzelt und mit Streitkolben zerschmettert, ihre Hauptleute aber wurden von den Warägern an Kamelschweife gebunden und gevierteilt. Die Weiber und Kinder der Schuldigen hat man in die Wüste getrieben, damit sie verschmachteten und von den wilden Tieren zerrissen würden. Als sich dann an jenen Orten keine Stimme mehr erhoben hat, ist der Kaiser in seine Hauptstadt zurückgeeilt. Und wie es der Lauf dieser Welt ist, zog das wahnwitzige Herz des Kaisers ins Haus der Freuden ein, indes das Herz der Erleuchteten im Hause der Tränen weilte. Der Kaiser hatte es schriftlich kundgetan, daß er sich von seiner Gemahlin losgesagt hätte und daß er entschlossen sei, sich vor der Welt mit Theodota zu zeigen, der nach seinem Befehl jeder Sterbliche in Byzanz zujauchzen müsse. Da ist unser Vater Plato aufgebrochen und hat sich auf den Weg in die Festung begeben, wo er, wie es seine Gewohnheit war, im Kloster Pantheleon Unterkunft genommen hat. Wir sind gerade an einem Sonntagmorgen um die Stunde des Gottesdienstes dort eingetroffen. Der Hochgeweihte bestieg die Kanzel, und sein erstes Wort galt dem unrechten Wandel des Isauriers, wobei er mit dem weisen Spruch anhob: ‹Wehe dem, der das Gute böse, das Böse aber gut heißt.›

Im Verlaufe jener Woche hat man die Kaiserin Maria wie eine gewöhnliche Frau aus Halkis hinweg- und auf die Prinzeninsel übergeführt. Viele Mönche und Bürger hatten heimlich von ihrer Verbannung Kenntnis erhalten und sich am Meeresufer versammelt, wo sie ihre Stimmen und Klagen erhoben. Auch unser Vater ist hingegangen und hat den Arm erhoben, um sie zu segnen. Ihre Majestät war ganz in schwarze Gewänder und Schleier gehüllt. Bevor sie die Barke bestieg, kniete sie nieder, um ihre Stirne vor dem hochgeweihten Bischof zu neigen. Unser Vater aber tröstete sie mit geziemenden Worten.

‹O hochgeweihter Vater›, schluchzte Ihre Hoheit, ‹ich habe erkannt, daß der Tag unseres Todes besser ist als der Tag unserer Geburt.›

‹Erlauchte Herrin›, antwortete Vater Plato, ‹das himmlische Reich bedeutet nicht Speis und Trank, sondern Gerechtigkeit, Friede und Freude des Geistes. Dort wird die Gerechtigkeit wie der Fenchel blühen. Ihr guten Leute aber›, wandte sich Seine Ehrwürden sodann an die Versammelten, ‹wißt, nicht diese Krieger und Verschnittenen sind schuld an der Schmach der jungen Kaiserin und an der Verhöhnung der Unschuld; vor dem einzig gerechten Richter wird sich dafür der Zügellose verantworten müssen, der sein Haus auf Unrecht gründet, der seine rechtmäßige Gemahlin haßt und der sich als ein Mörder erwiesen hat; er, der das Gesetz mißachtet und den Herrn über Leben und

Tod beleidigt. Es ist wahr, unsere Bücher lehren uns, daß wir den Kaiser nicht verurteilen und dem höchsten Gebieter des Volkes nichts Übles nachreden sollen; doch dieser Ruchlose hat schon mit seinem Namen Schimpf und Schuld geerbt: der Fluch der Bilderstürmer lastet auf ihm!›

Als die Menschen diese unheilverkündenden Worte vernahmen, entsetzten und empörten sie sich. Sie hoben den hochgeweihten Vater auf ihre Schultern, reihten sich zu einem Zug und führten ihn so zum kaiserlichen Palast. Der ehrwürdige Bischof, dem noch die Tränen im Barte hingen, trat ein, und die Wachen öffneten ihm den Weg, denn sie fürchteten sich vor ihm. Dort rief er dem Isaurier zu: ‹O Kaiser, dein Fleisch und Blut wird das Reich Gottes nicht erben, sondern im eklen Pfuhle verfaulen!›

Die Beamten des Augusteons eilten hinaus, umringten und beschwichtigten ihn, die erlauchte Kaiserin Irene aber war zutiefst bekümmert. Die Söldner gingen hinaus und befahlen dem Volke auseinanderzugehen. Diener des Augusteons geleiteten unseren ehrwürdigen Abt unter ihrem Schutz bis zum Goldenen Horn, wo sie ihn in die kleine Barke der gnädigen Kaiserin Irene setzten. Dort haben auch wir uns um ihn versammelt; das Volk aber eilte lärmend ans Gestade; die Nachricht wurde in allen heiligen Klöstern bekannt, und die Glocken huben an zu läuten.

So brachte ein schwacher Greis die ganze Festung in Aufruhr. Die Schiffer verneigten sich vor ihm, hißten die Segel, und wir glitten auf die Propontis hinaus.

Als wir an der Prinzeninsel vorüberfuhren, trat der Hochgeweihte aufs Deck hinaus und segnete das Eiland. Dort steht, wie Dir wohl bekannt sein dürfte, ein heiliges Kloster, das der allerreinsten Jungfrau geweiht ist, dessen Mauern bis ans Meeresufer herabreichen, so daß sich an ihnen die Wogen brechen. Auch ragt ein Erker über das Meer hinaus. Als unser Schiff sich nun auf Befehl des Hochgeweihten diesem näherte, konnte ich zwischen den frommen Klosterfrauen unsere junge Kaiserin erspähen. Unser ehrwürdiger Vater segnete sie unter Tränen.

O mein Lehrer, ich entsinne mich noch der Worte, die Du zu mir, Deinem demütigen Diener, gesprochen, als Du in unserem Kloster zu Besuch geweilt hast. ‹Kein Mensch hat Gott den Herrn je gesehen›, schreibt unser Evangelist Johannes. ‹So ist es›, hat Deine Herrlichkeit mir bestätigt, ‹denn Gott der Herr nimmt nicht die Gestalt der Kreatur an.› Und Du hast noch hinzugefügt, daß wohlgesetzte Worte doch nie das Wesentliche, nämlich die gute Tat, zu ersetzen vermögen. Unser hochgeweihter Vater Plato kennt nun das ewige Licht und gibt für seine Taten vor dem Gerichte Gottes Rechenschaft.

Konstantin, dem Isaurier, hatte es nach einer Weile gefallen, die Heilquellen von Prusias in unserem Bithynien zu besuchen. Während er dort mit seinem Hofstaat und mit seinen Kriegern Aufenthalt nahm, vergnügte er sich damit, am Hange des großen Berges Olympos zu lustwandeln. Sodann, nachdem er liebliche Wälder und Wasser durchquert hatte, erdreistete er sich, nach Sakkudion zu kommen, um die Versöhnung unseres ehrwürdigen Bischofs zu bewirken. Dies geschah im Sommer des Jahres 796. Er rastete vor den Klostertoren, übersandte Geschenke und bat um Gastfreundschaft. Doch der hochgeweihte Plato gestattete nicht, daß man die Riegel zurückziehe. So mußte der Isaurier schmachvoll umkehren. Doch schon nach wenigen Tagen kam er wieder.

‹Der erhabene Herr und Gebieter dieser Welt wünscht Einlaß, um Gott dem Herrn in der heiligen Kirche des Klosters zu huldigen!› riefen die Herolde vor dem Tore.

Doch die Tore blieben verriegelt, bis der Zug mit dem Kaiser eintraf. Als der Zug anhielt, trat unser Vater, der Bischof, in die Turmnische über dem Tore und gebot dem Isaurier, er möge diesen reinen Ort verlassen und zurückkehren in sein wahres Reich, dorthin, wo Musik aufspielt und der Wein fließt, indes persische Hetären und Lustknaben Unzucht treiben. Da traf jenes Ereignis ein, das zu ahnen mir nicht schwer gewesen. Der Isaurier erhob sich schäumend aus seiner demütigen und bittenden Haltung und erteilte den Warägern seine Befehle. Da kamen aus dem Hintergrund Karren mit Kriegswerkzeug herangerollt, sechzig Knechte richteten die Sturmböcke gegen die Tore und begannen den Angriff. Bald darauf drangen sie mit Schwertern und Speeren in die Kirche ein. Sie legten Feuer an die Zellen, brachen die Keller auf und zapften die Fässer an. Unseren hochgeweihten Vater schleiften Soldaten an seinem weißen Bart vor den Kaiser. Auf diese Weise hat dieser heilige Greis seine Seele ausgehaucht.

Wir sind von gestern, und unser Leben ist ein Schattendasein auf dieser Erde. Ich beeile mich, diese Epistel zu beenden, denn es könnte sein, daß sich heute nacht ein günstiger Wind auf dem Meer erhebt.

Die Würmer, die sowohl in den Taten als auch in den Blüten sitzen, wie Deine Herrlichkeit gesagt hat, haben auch diesmal die Weisheit des Ewigen bestätigt. Es währte nicht länger als ein Jahr vom Hinscheiden des Hochgeweihten, das heißt, so lange, wie der Zyklus bedarf, um sich zu vollenden, und in Byzanz entbrannten Aufruhr und Sturm. Staurakios und Ephtychios, die Vertrauten der gepriesenen Kaiserin, saßen viele Nächte Stirn an Stirn beisammen, um sich zu beraten. Sie beschenkten die Waräger, die Aghlabiten und die Scholaren so reichlich mit Goldmünzen, daß deren Liebe zu Konstantin sich verminderte. In den heiligen Klöstern haben die frommen Väter so innig für die guten Entschlüsse der Despina gebetet, daß alles bereit war, als das letzte Korn aus dem Stundenglas fiel. Eines Morgens traten die Wachen beiseite, die Stummen drangen in das Pfauengemach des Daphne-Palastes und rissen den Isaurier von der Seite Theodotas vom Lager. Sie schleppten ihn vor seine Richter ins Triklinium, wo er schweigend empfangen wurde. Die Kaiserin kniete vor den Ikonen. Staurakios warf nur einen einzigen Blick auf seinen Gebieter. Sogleich stürzten aus den inneren Gemächern geschickte Schergen, in deren Mitte der Henker im roten Gewand kam. Dem reichten sie das Werkzeug, indes die Stummen den Isaurier auf den Rücken warfen und festhielten. Der Schrei des Geblendeten gellte wie einst jener des Alexios auf, und die Herrin Irene hielt sich die Ohren zu. Die Diener aber hoben den Vernichteten auf und schleiften ihn nach Daphne.

Nachdem ich von diesem Strafgericht erfahren hatte, bin ich vor vier Tagen, am heiligen Feste Mariä Himmelfahrt, zu der Prinzeninsel gefahren, wo ich mich vor unserer frommen Schwester, der Herrin Maria, verneigt habe. Ich habe ihr Deine Worte mitgeteilt, wie Du mir aufgetragen hattest. Sie hat das Haupt gesenkt und geweint. Ich habe keine Antwort erwartet und mich zurückgezogen.»

XVII. Kapitel

Die Eisblume

In jenem Jahr, es war das hundertsechsunddreißigste des fünften Zyklus, mußte Kaesarion auf Geheiß des Altpriesters die Einsamkeit des verborgenen Berges aufsuchen. Nachdem er aus dem Orient zurückgekehrt war, pflegte er ihn zweimal jährlich aufzusuchen, um über alles, was er gesehen hatte, Auskunft zu geben. Die beiden besprachen und berieten sich über diese Geheimnisse, dann ließen sie davon ab und gewährten ihren Sinnen Zeit, darüber zu brüten. So geschah es, daß in der Ödnis aus den geheimnisvollen Eiern Phantasmen schlüpften, über denen der Alte starren Blickes grübelte.

Der Ägypter, dies war sein neuer Beiname, entstammte einem blonden Menschenschlage, der zu Füßen des Omul-Berges wohnte. Seine sechs Brüder waren die Herren über die Herden jener Orte und hatten Hirten und Knechte unter ihrem Gebot. Auf der Alm von Casele hatten sie balkengezimmerte Wohnstätten für ihre Weiber und Kinder errichtet. Die Knechte hausten, wie es bei den Gebirgsbewohnern der Brauch war, in Hütten neben den Ställen und Hürden. Einige Herden wurden gegen Ende des Herbstes zum Überwintern bis in die Schilfdickichte und Auen der Donau getrieben. Da sie mit den Barbaren aus der Ebene, denen sie Tribut zahlten, in gutem Einvernehmen lebten, konnten Herren und Knechte auf den bekannten Wegen entlang der Flußläufe bis dorthin ziehen. Um die Mitte des Septembermonates versammelte sich daher die Sippe der Breb, um von dem Ägypter Abschied zu nehmen. Denn diesmal machte er sich auf eine Reise, von der es keine Wiederkehr gab. Neffen und Schwägerinnen grüßten ihn wie einen Fremden, die Männer aber küßten ihm beide Hände, wie einem, der hinauf in Gottes Einsamkeit steigt.

Unter dem Hügel am Ende des Dorfes befand sich der Friedhof. Dorthin begab sich Kaesarion, um niederzuknien und den Toten Rechenschaft zu geben, wie er die befohlene Ordnung erfüllt hatte. In der Sippe der Breb war es Brauch, daß man den Erstgeborenen Gott weihte. Der Nächstgeborene verwaltete die irdischen Pflichten. So weit man sich erinnern konnte, hielten sie dies so, und der Ewige lohnte es ihnen mit allen Gütern der Erde. Die Zurückgebliebenen wuchsen in Tugend und Reichtum auf; langmähnig und von mächtigem Wuchs, kämpften sie gegen Räuber und Bären; die Scheidenden wurden schmal und blaß während ihres Suchens vor den Pforten der Geheimnisse. Die Reichen und Starken verachteten sie ein wenig, diese der Einsamkeit preisgegebenen Mönche; doch manchmal fürchteten sie sie auch und huldigten ihnen, besonders, weil sie Zauberformeln und Heilmittel kannten, nicht sosehr für die Menschen als für die Herden.

Breb erhob sich also von den Gräbern und schritt auf das Dorf zu. Aus der Ferne beobachteten ihn die Weiber, wie er entblößten Hauptes in der Herbstsonne näher kam. Es schien, als sproßten Lichthörner aus seinen Schläfen.

Konstantin führte die Reit- und Lastpferde vor.

«Edler Herr», meinte er, «ich hoffe, daß diese Tiere uns gut tragen werden. Eigentlich sollten wir unseren Esel aus Sakkudion hier haben. Sobald ich dich, so weit als mir gestattet ist, begleitet habe, hätte ich mit ihm heimkehren können. Da hätte ich wenigstens einen Gefährten gehabt, mit dem ich mich unterhalten könnte. Ich hätte ihm den Glöckchenzaum gelassen, zu seiner und der Weiber und Kinder Freude, und allen erzählt, wohin wir überall zusammen gereist sind.»

Der Ägypter lächelte. Die Weiber und Kinder wunderten sich abermals, obwohl sie schon viel über Santabarenos' Streiche und Taten gehört hatten.

Aus dem Wiesengrund unter dem Grate kamen die Tempeldiener, um niederzuknien. Ihr Herr berührte ihre Stirnen mit der Rechten, hob sie auf und umarmte sie.

Im Gold des Morgens zogen die Reisenden nordwärts den Hang entlang. Breb schritt voran, gefolgt von Konstantin, der die übrigen Pferde führte, die eines an den Schweif des anderen gebunden waren. Zu beiden Seiten des Pfades drängten sich die Wälder. Birken ließen ihre vergilbten Vorhänge über Bachufer hängen; in den Tälern reihten sich die wilden Kirschbäume mit ihrem kupferfarbenen Laub; der erste Reif hatte dem Hochwald ein neues Gesicht und neue Geräusche verliehen. Alles war erfüllt von einer süßen Schwermut, die dem Asketen bis auf den Grund seines Herzens drang.

«Sag, Konstantin», sprach Kaesarion und wandte seinen silberüberblühten Bart zurück, «hast du vielleicht etwas in Byzanz gelassen? Ich höre dich heimlich seufzen und murmeln.»

«Herr», antwortete der Knecht, «ich will's nicht leugnen, denn das hieße vor Gott eine Sünde begehen. Wolltest du mich, so wie es Brauch ist, freigeben, so würde ich dorthin zurückkehren und in den Gehorsam des Klosters des heiligen Pantheleon treten. Lieb sind mir die Glocken, auch mundet mir der Wein, den die frommen Väter keltern.»

«Meintest du nicht, daß es Zeit wäre für dich, dir ein Weib zu nehmen?»

«Auch das wäre nicht schlecht, Herr. Wenn ich der andern überdrüssig bin. Aber die Griechinnen schwatzen zuviel.»

«Vielleicht findest du hier in den Bergen ein Mädchen.»

«Sieh da, daran habe ich noch gar nicht gedacht. Auch hierzulande sind die Weiber nicht weniger geschwätzig. Wenn Deine Herrlichkeit befiehlt, daß ich bleibe, will ich mir hier im Gebirge ein Weib suchen unter den dicksten und schönsten. Sollte es aber notwendig sein, daß ich einen Brief tragen soll, gehe ich dorthin zurück.»

Kaesarion schwieg verstimmt und betroffen ob seiner Schwäche, die er bewiesen hatte, da er sich mit dem Knecht ins Gespräch ließ. Er warf Konstantin einen Blick zu und gewahrte, daß der Mann ohne Arglist lächelte.

«Wenn ich ein paar Mönche von dort herbrächte», spann der Knecht seine Überlegungen fort, «damit wir auch hier ein heiliges Kloster errichten, würden unsere Priester mir zürnen und mich verfluchen. Ich denke, das beste ist doch, ich nehme mir ein Weib aus den Bergen. So bleibt jeder bei seinem. Auch die Kraniche, die dort oben lärmen, kehren, wie ich sehe, heim ins Land der Ägypter.»

«Ich glaube, du irrst, Konstantin. Gott hat diesen Vögeln dort nur über Winter ihr Futter angewiesen. Ihre Heimat aber ist hier bei uns.»

«Auch das habe ich nicht bedacht», gab Konstantin zu, «die Ägypter haben keinen Winter, darum sind wir besser und reicher als sie.»

Breb kehrte wieder zu seinen Gedanken zurück. Aus den Höhen riefen unentwegt die Zugvögel, die gegen die Prinzeninsel segelten.

Ihr Weg, der nordwärts den Hang entlanglief, führte sie unter dem klaren Himmel lange Zeit an schweigenden Schluchten vorüber. Während ihrer ersten Rast kamen schilleräugige Vögel und Eichkätzchen von den Tannenwipfeln, um sie näher zu betrachten. Konstantin war nicht besonders erstaunt, als er seinen Gebieter zu ihnen sprechen hörte. Von den tiefer gelegenen Bergwiesen konnte man das Röhren der Hirsche vernehmen, die einen noch schrill, die andern tief und dröhnend wie Donnergrollen.

«Die mit den achtzehn Geweihenden gebieten den Jungen, den Hirschkühen aus dem Wege zu gehen …» überlegte Konstantin mit lauter Stimme.

«Gott offenbart sich in der Stimme der Wolken und der Hirsche», bestätigte Kaesarion Breb, «wie auch in andern Stimmen des Berges.»

Und in der Tat hörte man unter dem dichten Dickicht der Schlucht das Winseln der Wolfsjungen, doch dann verstummte es jäh, weil die alte Wölfin nach ihnen geschnappt hatte, um sie zu belehren, daß die Jäger Stille bewahren müssen. Aus dem Himmelsblau riefen voller Staunen die Adler.

So wanderten sie von Quell zu Quell, den ganzen Nachmittag. Gegen Abend vernahmen sie Alphörner aus den Tälern. Sie folgten dieser Richtung, die sie hinab zu einer Sennhütte führte.

Am Morgen brauste der Nordwind durch den Tannenwald. Nachdem der Ägypter die Huldigung der freundlichen Gastgeber entgegengenommen hatte, schnallte er sein weißes Gewand fester, zog sich die Filzkappe über die Schläfen, schlüpfte in den zottigen Wollmantel und umgürtete sich ein zweites Mal. Er legte sich die Kapuze um den Nacken, und nachdem er aufgesessen war, drückte er das Kinn gegen die Brust. Der kalte Hauch stach ihm in die Augen. Vor ihm zeigte sich die Ferne violett und von Nebeln verschleiert.

«Gestern haben sich Anzeichen eines langen Herbstes gezeigt», sagten die Hirten.

«Das ist wahr», erwiderte Kaesarion, «aber die Kraniche sind vor dem Schneesturm geflohen. Treibt heute eure Schafe früher zu Tal.»

Sie schüttelten ungläubig die Köpfe. Die Reisenden kamen bis gegen Mittag recht gut gegen den Wind voran. Dann aber begann plötzlich ein Schneeregen zu peitschen. Der Weg senkte sich zum Bett jenes Wassers, das man Olt nennt. Zwei Stunden vor Einbruch der Dämmerung ordnete der Gebieter Rast an. Nachdem die Pferde sich ausgeruht und ihre Körner gefressen hatten, sah Konstantin nicht wenig verwundert, daß sich die Worte der Hirten bestätigten. Der Schneeregen hatte aufgehört, und er begriff nicht, weshalb sein Herr die Weiterreise bei Dunkelheit befohlen hatte. Es wehte noch immer der gleiche Wind. Sie folgten beim Glitzern des Wassers ihrem Weg. Von Zeit zu Zeit zeigte sich zwischen den geballten Wolken der Mond. So gelangten sie an den Rastplatz von Aluniș, wo sie befreundete Sippen kannten.

Die Mitternacht war nahe. Der Glanz des Mondes war erloschen.

«Sobald wir unter Dach sind, nimm den Pferden den Sattel ab», gebot der Herr, «hier werden wir lange rasten.»

Während sie in der Hütte weilten, mühte sich der Knecht, indes er ab und zu die Stirne hob, um nach dem Schneesturm draußen zu schauen, zu begreifen, mit welchen Worten sein Gebieter das Unwetter gebannt und dann wieder freigelassen haben mochte. Denn daß ihm die Kraniche, die Adler oder die Wölfe die Botschaft gebracht hatten, darüber bestand kein Zweifel. Den gewöhnlichen Sterblichen ist die Sprache der Vögel und der anderen Tiere nicht verständlich, doch gewisse Auserwählte Gottes erfahren alles und wissen, wie sie die Naturgewalten bannen oder entfesseln können.

Am vierten Tage verließen sie das Flußufer und stiegen unter Schneegestöber zum Berggrat empor. Dort hielt der Asket an und blickte prüfend über Täler und Wälder. Er gebot den Schneemassen, in die Abgründe zu rollen. Die Sonne zeigte sich, und die Wasser stürzten springend wie schäumende Rosse zu Tal. Am Abend, während der letzten Rast, fanden sie Gefährten. Der Knecht lud einen Teil der Lasten ab und sammelte die Pferde. Noch einmal warf er sich seinem Gebieter zu Füßen und bat ihn, ihm die Hände zum Kusse zu reichen. Alsdann faßte er sich ein Herz und bekannte ihm, daß er entschlossen wäre, sich in den Dörfern der Schafhirten ein Weib zu suchen. Schließlich kehrte er zum Feuer der übrigen Knechte ins Tal zurück.

Am folgenden Tage stieg Kaesarion gemeinsam mit sechs Mönchsgefährten auf die Rauchsäule vor der Höhle zu. Seine Begleiter legten ihre Lasten nieder; die Jünger begrüßten den Ägypter und führten ihn unter die Felswölbung, wo der Widerschein der fernen Feuer spielte. Vor dem Altare erwartete ihn der Greis. Mager und zusammengesunken saß er in seinem steinernen Sessel. Freudig hieß er seinen Nachfolger willkommen und strich ihm über die Stirne.

«O mein Sohn», sprach er, «die Zeit ist gekommen.»

Kaesarion kniete nieder.

Die Worte und Bekenntnisse jener Aufopferung im Geiste hat niemand vernommen, nur das Schweigen der Höhle. Das Lebenslicht des Alten glomm noch so lange, bis er dem Ägypter seine Prophezeiungen über die Menschen dieses Bodens mitgeteilt hatte. So wie er voraussah, sollte aus dem Osten ein Dämon der Zuchtlosigkeit und des Schreckens über sie kommen.

Der neue Dezeneus trat um die siebente Tagesstunde aus der Höhle. Um den Hals trug er über dem weißen Gewand das alte Kleinod, das den Greis dreiundfünfzig Jahre lang geschmückt hatte. Die Mönche des Zalmoxis, die sich im Laufe des Tages versammelt hatten, beugten vor ihm die Knie und neigten die Stirnen. Er streckte die Arme über sie aus und blickte sie mit erstarrten Blicken an, wissend, daß er der letzte Diener des verborgenen Berges war.

Nachwort

Seit seinem Erscheinen im Jahre 1933 wurde dieses Werk Mihail Sadoveanus auf vielerlei Weise gelesen: als historischer Roman, als Märchen, Parabel oder Liebesgeschichte. Auch der Leser von heute erliegt der Faszination des in seiner Titelsymbolik an ein Märchen erinnernden Buches. Diese unverminderte Wirkungskraft verdankt es zweifellos dem facettenhaften Spiel seiner Struktur. Mit der Darstellung historischer Tatbestände besitzt sie eine reale Ebene, die bei aller Faktentreue durch ihre zeitliche und geographische Entrücktheit zugleich etwas Legendäres hat. Als Schauplatz eines parabelhaften Geschehens erhält auch die reale Handlung Parabelcharakter, dient dem Autor als Gleichnis für die zeitgenössische rumänische Gegenwart.

Sadoveanus Haltung zu ihr, und wie er sie verstand, wird mit dem Eindringen der Handlung in die Welt des spätantiken Byzanz deutlich. In Kaesarion Breb, dem aus Dakien nach Byzanz gesandten Jünger, erfolgt eine zunehmende Distanzierung von dieser sich als Nabel der gesamten zeitgenössischen Zivilisation verstehenden Gesellschaft. Ihm erscheint die von ihren Herrschern mit Brutalität und Raffinesse gepflegte Hochkultur des Byzantinischen Reiches, in der das hellenistische Erbe der ehemals oströmischen Provinz mit orientalischen Traditionen und Leitsätzen der neuen christlichen Lehre eine enge Bindung eingegangen war, im gebrochenen Licht ihres unvermeidbaren Niedergangs. Diese Gesellschaft kann in ihrer korrumpierenden Zwecksetzung, ausschließlich einem totalitären Herrschaftsanspruch zu dienen, von Breb nicht akzeptiert werden, dessen tiefer Humanismus in dem heidnischen Kult des Dakergottes Zalmoxis wurzelt.

Der Aufenthalt im Byzanz der Jahre 780 bis 797 ist für Breb die letzte Station einer ganzen Reihe von Erfahrungen und Proben, die er bis zur Rückkehr ins heimatliche Dakien und der ihn dort erwartenden Weihe zum 33. Dezeneus bestehen muß. Seine Initiation zum Hohenpriester des Zalmoxis fordert traditionsgemäß auch von Breb, daß er sich außergewöhnliche Fähigkeiten durch kultische Übungen wie Meditation und Ekstase aneignet. Dazu gehören aber auch profunde Kenntnisse in der Astronomie, der Kunst des Wahrsagens und der Heilkunde. Als Breb in Byzanz die letzten Proben bevorstehen, befähigt ihn sein «geheimes Wissen» bereits, die verborgenen Sinngehalte der Vergangenheit zu deuten, hinter die Erscheinung der Dinge zu blicken und künftige Ereignisse vorauszusehen. So offenbaren sich ihm bald die tatsächlichen Hintergründe des großen byzantinischen Bilderstreits, bei dem es nach außen hin um die kirchendogmatische Frage ging, ob die orthodoxe Verehrung von Heiligenbildern durch Kerzen, Weihrauch, Niederknien und Küssen Abgötterei und Heidentum sei. Er durchschaut den Streit als Vorwand für gewalttätig und gnadenlos ausgetragene Machtkämpfe zwischen Staat und Kirche einerseits und den verschiedenen staatlichen Fraktionen andererseits. Sein politischer Weitblick beschwört für das an der Schwelle zu einer Feudalmacht stehende Byzantinische Reich die Vision tiefer innerer Erschütterung und sozialer Zerrüttungen, wie sie das beginnende 9. Jahrhundert dann tatsächlich bringen sollte. Im Besitz eines höheren Wissens, ist Breb frei von jener Angst, die den gewöhnlichen Sterblichen heimsucht, der unter den Zwängen des Undurchschaubaren lebt und sich der weltlichen und göttlichen Willkür ausgeliefert fühlt. Es macht ihn unanfechtbar für jedes Ränkespiel, befähigt ihn zu tiefer Menschenliebe, so daß er in den Augen der Umwelt zum Philosophen und Weisen, zum Wundertäter und prophetisch begabten Ratgeber wird. Durch sein Ethos und praktisches Wirken stellt Breb sich auf eine Gegenposition zur korrupten byzantinisch-orthodoxen Gesellschaft, deren humanistischen Gehalt zu prüfen er im Auftrag des 32. Zalmoxispriesters nach Konstantinopel gekommen war. Seine auf eine kosmische und gesellschaftliche Harmonie gerichtete Philosophie erweist sich als Synthese von heidnischer Tradition der Geto-Daker, einem aufklärerischen Rationalismus und Elementen der orientalischen Mystik. Die offenkundige Überlegenheit dieses «Weisheitsideals» macht Breb zum moralischen Zensor der byzantinischen Verhältnisse. Doch verführt ihn diese Rolle nicht zu Fanatismus und Intoleranz. Als er die letzte und schwerste Probe seines Lebens besteht, nämlich die Liebe zur unglücklichen Kaiserin Maria durch ihre Sublimation in ein tiefes menschliches Mitempfinden überwindet und die Weihen des 33. Dezeneus erhält, ist ihm bereits bewußt, daß er mit seiner Haltung dem aggressiven missionarischen Anspruch der christlich-orthodoxen Lehre nicht gewachsen ist, daß er der letzte Dezeneus sein wird.

Mit diesem Schluß hat Sadoveanu die Vorstellung von einem menschlichen, sozial gerechteren Miteinander in den Bereich des Mythos gerückt und hat dieser Vorstellung gleichzeitig mit der Gewißheit von ihrer unbestreitbaren Überlegenheit auch utopische Züge verliehen. Damit ist er in der Auseinandersetzung mit den totalitären Praktiken des reaktionären rumänischen Herrschaftsregimes in den dreißiger Jahren weiter gegangen als die meisten seiner Schriftstellerzeitgenossen.

Autoren wie Camil Petrescu (1894–1957), Hortensia Papadat-Bengescu (1876–1955), Mihail Sebastian (1907–1945) oder Mircea Eliade (geb. 1907), die geschult an der Psychoanalyse Marcel Prousts und am intellektuellen Elitarismus André Gides für eine «Modernisierung» des rumänischen Romans gesorgt hatten, reagierten mit ihren vielfach autobiographischen Gestalten auf die «verlorengegangene» Einheit von Mensch und Umwelt mit individualistischer Revolte oder durch das Hervorheben individueller Zerrissenheit und ihrer Tragik. Diese menschliche Entfremdung wurde im Gefolge des ersten Weltkriegs, der Weltwirtschaftskrise, der wachsenden wirtschaftlichen und politischen Abhängigkeit des Landes von fremden Mächten und schließlich von den faschistischen Machthabern als unaufhaltbar und total empfunden. Sadoveanu setzte ihr im «Goldenen Zweig» die in sich ruhende Gestalt Brebs entgegen, dessen humanistisches Weltverständnis bereits einen gesellschaftlichen Gegenentwurf zu dieser Realität beinhaltete. Der aus den Praktiken des Zalmoxiskultes erwachsene Anspruch, durch Selbsterziehung zu einer höheren Weisheit zu gelangen, mündet in seinen späteren Werken «Der persische Diwan» (1940) und «Die Wolfsinsel» (1941) in die aufklärerische Überzeugung, daß menschliche Erfahrung sich ständig vervollkommnet, daß es einen Fortschritt der Vernunft gibt. In der «Wolfsinsel» läßt Sadoveanu schließlich die humanistische Utopie von einem Vernunftsstaat erstehen, der seine Verantwortlichkeit bewußt wahrnimmt, indem die «Weisheit» Oberhand behält über jede Form der Gewalt.

Unter diesem Gesichtspunkt sind die drei zwischen 1933 und 1941 erschienenen Romane in engem Zusammenhang zu sehen. Sie waren neben offenen Stellungnahmen des Schriftstellers Sadoveanu in der Zeitschrift «Die Wahrheit» eine verstecktere Form des Protestes gegen die Herrschaftspraxis und den zunehmenden Irrationalismus des rumänischen Faschismus. 1937 begannen die Angriffe gegen Sadoveanu, indem in der faschistischen Presse eine Verleumdungskampagne inszeniert wurde, die in der öffentlichen Verbrennung seiner Werke gipfelte.

Die drei Bücher bezeichneten auch einen Einschnitt in den gesellschaftspolitischen Vorstellungen ihres Autors. Seine in den großen historischen Romanen entworfene volkstümlerische Utopie eines bäuerlich-demokratischen Gemeinwesens, getragen von Freibauernschaft und aufgeklärtem Fürst, wurde nun in einem philosophisch verallgemeinerten und dadurch für die Gegenwart besser verwendbaren Modell aufgehoben. Um es anschaulich zu machen, griff Sadoveanu so weit in die Geschichte zurück wie in keinem anderen seiner historischen Romane. Mit der Hinwendung zum Mythos des heidnischen Dakergottes Zalmoxis befand er sich allerdings inmitten einer großangelegten geistes- und kulturgeschichtlichen Debatte, die vor allem rumänische Historiker und Ethnographen seit Jahren in Atem hielt.

Die Suche nach Merkmalen der nationalen Identität hatte durch den 1918 erfolgten Anschluß Transsilvaniens an die bereits seit der Mitte des 19. Jahrhunderts vereinigten Fürstentümer Moldau und Walachei neue Impulse erhalten. In breiten Kreisen galt die Besinnung auf die eigene Tradition als der einzig richtige Weg zum Selbstverständnis des jungen rumänischen Nationalstaates. Man sprach vom «Aufstand des autochthonen Grundelements», von der Durchsetzung national-spezifischer Züge und wollte dem vernachlässigten geto-thrakischen Erbe neben dem lateinischen bei der Herausbildung des rumänischen Nationalcharakters einen angemessenen Platz geben, verfiel dabei jedoch nicht selten in eine wahrhafte Thrakomanie.

Beim Aufspüren frühester nationaler Ursprünge kam es so auch zur Wiederentdeckung des Zalmoxiskultes, dessen soziale und ethische Potenzen für die Besserung der miserablen Gegenwart nutzbar gemacht werden sollten. Auch die Literatur nahm sich dieses Phantasie und Nationalgefühl gleichermaßen stimulierenden archaischen Mythos begierig an. Sie konnte dabei auf sehr frühe Quellen zurück greifen. Als erstes antikes Zeugnis standen Herodots (484–425 v. u. Z.) Bemerkungen in seinem großen Geschichtswerk «Histories apodexis» zur Verfügung. Hier war Zalmoxis als Getergott erwähnt, wurden verschiedene kultische Handlungen beschrieben. Laut Herodot hatte Zalmoxis bei dem griechischen Philosophen Pythagoras auf Samos gedient und nach seiner Freilassung die hellenistischen Bräuche und Lebensgewohnheiten nach Dakien gebracht, wo er wegen seiner Weisheit und umfassenden Kenntnisse zum Ratgeber des Dakerherrschers wurde. An einem besondern Ort – bei Herodot ist es ein eigens errichtetes Bauwerk – hätte Zalmoxis sein Wissen an einen von ihm in bestimmten Zeitabständen zu Tisch geladenen

Kreis von Auserwählten weitergegeben. Sie seien so durch eine Art kultischer Initiation zu Trägern seiner Lehre herangebildet worden. Kernstück dieser Lehre war die Verkündigung, daß ihnen und ihren Nachkommen als Auserwählten ein ewiges, glückliches Leben, also Unsterblichkeit, zuteil würde. Nach Schilderung Herodots verschwand Zalmoxis für drei Jahre in einem unterirdischen Versteck, um danach mit seiner «Auferstehung», also durch Epiphanie, seine Aussagen unter Beweis zu stellen und schließlich gottähnliche Züge anzunehmen.

Spätere Zeugnisse über den Zalmoxiskult wandelten bestimmte Elemente der Herodotschen Überlieferung ab, fügten neue hinzu. So spricht Platon (427–347 v. u. Z.) im Zusammenhang mit Zalmoxis von den «heilkundigen Priestern der Geto-Daker», Sokrates (469–399 v. u. Z.) erwähnt ihn als thrakischen Heilkundigen, der zugleich auch Herrscher gewesen sei.

Ganz sicher hat Sadoveanu auf spätere Quellen zurückgegriffen, als er den Lebensweg des 33. Hohenpriesters des Zalmoxis gestaltete. Erst Strabon (63 v. u. Z.–19 u. Z.) untersuchte nämlich im 7. Band seiner «Geographika» die Beziehung zwischen Zalmoxis und den Dezenäen als dessen Nachfolgern, die durch stufenweise Initiation – darunter auch eine obligate Ägyptenreise – selbst gottähnliche Züge erhielten. Unter Bezugnahme auf die Herodotsche Überlieferung modifizierte er bestimmte Züge des Zalmoxismythos, arbeitete vor allem das hohe gesellschaftliche Ansehen des dakischen Dezeneus heraus, das dieser sich durch seine astronomischen und prophetischen Erkenntnisse erwarb, fixierte sein Bild als Visionär, engster Vertrauter des weltlichen Herrschers, in Askese auf der Spitze des Heiligen Berges lebend, verehrt und angebetet.

Sadoveanu ist weder in die romantisierende Literatur der Jahre zwischen den Weltkriegen einzuordnen, die den Dezeneus als missionarischen Zivilisator der Nation und Reformator der religiösen Institutionen darstellte, noch erlag er den «Thrakomanen», denen die mystisch-konservativen

Elemente der Zalmoxislegende als wichtigste Argumente im Kampf gegen den drohenden Verlust nationaler Identität dienten. Er hat mit der Geschichte Brebs in der ihm eigenen anschaulichen Weise den gültigen humanistischen Gehalt des dakischen Mythos bildhaft gemacht. Doch nur ergänzt durch einen aufklärerischen Rationalismus erschien ihm dieser noch nutzbar, um in seiner Zeit ethisches Verhalten zu erzeugen. In Kenntnis der historischen Realität ließ er das ausschließlich einer kleinen heidnischen Oberschicht vorbehaltene philosophisch-religiöse Ideal des Zalmoxiskultes der christlichen Heilslehre unterliegen, die auch den Massen Unsterblichkeit und Erlösung in einem besseren Jenseits verhieß.

Mit der Parabel vom «Goldenen Zweig», die Sadoveanu in einem brillanten Zusammenspiel von geschichtlicher Realität und Legende, von Rationalität und Mystik schuf, bestimmte er seine weltanschauliche und künstlerische Position, für die er in dem folgenden Jahrzehnt finsterster nationaler Geschichte mutig eintrat.

Berlin, Juli 1984 Eva Behring

Inhalt